TSCHECHISCHE BIBLIOTHEK

Herausgegeben von Peter Demetz,
Jiří Gruša, Peter Kosta, Eckhard Thiele
und Hans Dieter Zimmermann

Eine Initiative
der Robert Bosch Stiftung

Jakub Deml

Pilger des Tages und der Nacht

Jakub Deml

Pilger des Tages und der Nacht

Prosa, Lyrik, Tagebuchtexte

Übersetzt von Christa Rothmeier
Ausgewählt und kommentiert
von Christa Rothmeier
zusammen mit Vladimír Binar

Deutsche Verlags-Anstalt
München

Erste Lichter (1907/1917)

Auszug

Verzauberung der Worte

Wir erschauern von allen Dingen. Hinweg über Städte, wo wir mit den Schornsteinen sangen, trägt uns der Wind in kornreiche Fluren, dort mischen wir mutwillig Düfte und lassen die Farben spielen, flüstern zwischen den Grannen der Ähren in die Träume der Kornblumen, die wachzurütteln das Rot der Kornraden und Mohnblumen und die ungestümen Rufe der Kronwicken versuchen.

Wir glänzen auf den Deckflügeln der Marienkäfer, die von der festen, unsichtbaren Hand eines Steuermanns gelenkt wie durchscheinende, von innen beleuchtete, liliputhafte Luftmaschinen mit der Ruhe von Kolossen ganz leise in den Azur fliegen.

– Das Blau des Himmels, die kreideweiße Farbe der Wolken, das Grün der Wiesengründe, die flammenden Edelsteine aller Farben, den Bergkristall der Bäche mit ihrem Fischinstinkt verschmelzen wir zur klangreichen Musik ineinander verschlungener Töne, in der auch das menschliche Herz zittert und schwach wird.

Von kieferbestandenen Hängen herab fließen wir mit dem müden Atem des Harzes.

Unsere Botschaften reichen die Bäume sich einer dem anderen weiter, das Gras und die Blumen auf den Gräbern verkünden sie mit ihrem Rauschen, mit dem Ächzen der Friedhöfe und dem Hall der Sonntagsglocken schweben sie über Dörfer, doch halten die fest zusammengepreßten Lippen der Felsen sie gefangen: nur mit ihren von Tausenden Füßen auf öffentlichen Wegen abgetretenen Hüften erzählen sie täglich von alltäglichen Besuchen.

Niemand darf unser Geheimnis äußern: hoch oben am Himmel ließ eine Schwalbe ihren Gesang erschallen, ihre Nachricht jedoch flog keine Stunde lang fort. Tausende anderer singen, als sänge eine einzige unter dem ganzen Azur. Tausende anderer fliegen empor, Tausende fallen in die Ruten der Halme, die vertrauten Nester. Sie fliegt auf, schließt die Augen – fliegt herab, fällt mit ängstlichem Blick.

Wir sind nicht befreit. Wir sind verzaubert in Wind und Licht. Irren verbannt durch das All, geliebt von Höhen und Tiefen, solange wir unseren Namen nicht verraten. Aber auch verschmäht hören wir nicht auf zu klingen und durch die Zeitalter wohlzutun.

Und wir sterben, auf den Lippen einen Vorwurf an unsere Schwestern. Und unser Tod wird wie das Licht sein, das bei Sonnenuntergang die Gipfel der Berge verläßt; und das wird seine letzte Gestalt sein: Schwesterchen, ihr habt nicht gesprochen, ihr habt nicht gesprochen, ihr habt nicht gesprochen.

Sommer

Morgen

Letztes Aufleuchten des heiligen Aspergillus der
Nacht.
Abgestellte Rauchfässer des Dunsts.
Prozession goldener Baldachine
aus mit Magnesium und Lilien beleuchteten
Höhlen.
Raketen von Tönen. Und von Flügeln.
Kinderlachen.

Mittag

Glockenläuten der Ähren. An-die-Tische-Setzen.
Stille.

Schnakenchor

Wir sind die Klänge, voll der Lust in der Sonne
und voller Gift.
Wir sind das Pianissimo der Bächlein, Gänseblümchen,
des aufgewirbelten Staubs,
der auf den Grund der Erde fallenden
goldenen Körnlein,
wir sind der Klang an Sonnenstrahlen

zersplitterter Spinnweben,
wir sind die Musik kleiner und zarter Dinge.
Wir sind das Echo des Lebens in den Grotten des
Todes,
wir sind der Schatten eines Abwesenden
und wie eine heisergeredete Klage.
Wir sind der Klang straffgespannter
Telegrafendrähte,
die letzten Nachrichten eines Dahingehenden
bringend,
wir sind das Rauschen der Wasser, der armen Seelen
im Fegefeuer
und das Atemholen von allem, was zu weit weg ist.

Nach Sonnenuntergang

Die Weiße des Korns einen Tag vor der Mahd,
unter einem dunklen, stumpf glühenden Himmel –
o Grauen der plötzlich aschfahlen Gebärerin!
Die Bäume an diesem Abend, verängstigt
durch das Zittern des Lichts auf Gewässern, am
Himmel
und in den Blicken,
sind die Schatten verdrossener Liebender,
erschreckend wahrhaftig
auf die Wand des Unendlichen geworfen.

Nacht

O – Erde! Der Tag wurde geboren am Firmament!
Was alles zu dir herabsinkt,
du entzückte
und voller Leben
im Tod!
Zündet die edelsten Kräuter an, zwingt zu Tränen,
das ist nicht der Tag, das ist nicht die Wahrheit,
das ist nicht das Paradies …!
Die Musik der Teiche spielt: was für Scharen?
Die Wasser wallen? die Wasser spielen?
Die Übermacht jener Flöten …
Zaubrische Macht
dieser Spiegel!
Spiegel, oder Blicke?
Sind oder dünken sie so tief
wie der Himmel?
Wortlos patrouillieren versonnen
die Wächter der Sterne.
O in der Ferne schimmernde Gewässer,
silberne Glocken,
Empfängnis und Verfall zu Ehren
in Schwung versetzt!

Heim! (1913)

Auszug

Der, den man den Priester Jakub Deml nennt, der aber seinen Namen nicht kennt. […]

17.11.1912

Fast gleichzeitig mit Ihrer schönen Antwort erhielt ich ein Schreiben aus Jinošov, ich solle augenblicklich kommen, meine kleine Schwester Matylka sei schwer krank. Also fuhr ich. Letzte Station Náměšť nad Oslavou. Der Mond leuchtete mir auf den Weg, statt grüner Zweige legten die jahrhundertealten Pappeln zu beiden Seiten der Landstraße ihre Schatten vor mich und knarrten, Skeletten gleich, über meinem Kopf. Kälte und Wind. Das Wehklagen der Telegrafendrähte. Sirren des sich verzweifelt am mütterlichen Ast festhaltenden trockenen Laubs, sogar nach dem Tod – oder immer wieder und schon vergeblich aus dem Staub auffliegend. Die Sterne schmiegen sich mit dem Gesicht an die höchsten Stellen des Himmels, immer mehr, weil es kalt ist und alles, was sich nicht festklammert, vom trostlosen Wind geschüttelt wird. Mein Weg führt über eine Hochebene (untertags kann man von hier aus sogar die Feldwege und Hügel meines Geburtsortes sehen …), auf beiden Seiten Herrschaftsäcker, links von einem Eichenwald umsäumt, hier näher, dort ferner der Straße. – Ich traf gegen zehn Uhr im Dorf ein. Nur Hunde meldeten sich; wenn ich sie so in der Nacht höre, denke ich immer, sie bellen den Tod an.

Meine erste Frage war: »Wie geht es Matylka?« Aber während der ganzen Fahrt hatte ich mir selbst die Frage gestellt: Wird sie noch leben, wenn ich ankomme? – Sie war noch am Leben. Ich schlief mit ihr allein in einem Zimmer des Wirtshauses. In der ersten Nacht machte ich kein Auge zu. Mein Schwesterchen erstickte manchmal fast vor Husten, ihr Atem hatte das Tempo einer Taschenuhr – und setzte manchmal ganz aus. Ab und zu stöhnte sie; besorgt, daß ich ihr meine Angst um sie offenbarte, erkundigte ich mich während der Nacht einmal: »Matylka, tut dir etwas weh?« Und einmal (als mir schien, sie atme schon zu lange nicht): »Matylka, schläfst du?« So lauteten meine zwei Fragen, ich hatte lange überlegt (in solchen Nächten verstreicht die Zeit langsamer), wie ich sie stilisieren sollte, und es dann wieder lange hinausgeschoben, sie auszusprechen. »Nein«, sagte sie. Sie hatte recht, denn wenn alles schmerzt, tut nicht mehr nur etwas weh. Einen Moment seufzte sie in sich gekehrt: »Ach, Gott.« So hätte ein auf der Straße zertretener kleiner Wurm es gesagt. […]

28. April 1910. Meine Schwester ist am 25. April gestorben. Heute war ihr Begräbnis. Ich bitte Sie sehr, beten Sie für sie.

AM ABEND VON CHRISTI HIMMELFAHRT, IM SELBEN JAHR. Die beiden letzten Briefe von Ihnen schwebten auf meine Seele herab wie die Blätter eines Baums an einem Allerseelentag nach dem ersten Frost. Der Sommer starb, die Kastanien begannen zu trauern und ließen ihren Kopfschmuck auf die Erde fallen. Ich bin diese Erde, die in ihrem Inneren die Körper von Toten und Kristalle und schwermütige Wurzeln und die Quellen furchtsamer Gewässer birgt, denn auf der Oberfläche ist alles öd und leer, und der Frost war nicht stark genug, um die Nacktheit meiner Quellen und Flüsse zu bedecken, und jeder Blick eines Menschen schmerzt mich, und meine Fische blicken verwundert auf die durchsichtige Platte über ihrem Kopf und fliehen in Panik, wenn ein Schritt ertönt. Hört ihr mein Flüstern, sterbende Blätter? Ihr habt mich zugedeckt, bevor der Schnee kam und diese Treue nun uns beiden bezeigt. Eure Farbe und Gestalt, euren Duft, eure Kraft, eure Erinnerungen und Hoffnungen, alles sauge ich in mein heute so schmerzliches und ermattetes Inneres.

Heute werde ich mein Morgenlied nicht zu Ende singen, wie ich es vorhatte, ich sang es in der Vorahnung des Todes und im Vergessen, es war ein Traum, ich weiß, die Sonne wird an diesem Tag nicht aufgehen, sie ist zu empfindsam wie jede Blume, und es ist gut so, soll die Welt einmal ihre eigentliche Gestalt haben. Leise stiegen die Wolken herab, übergossen die Panoramen der Trauer mit Nebel, die Wolken, Schwestern des stummen Schmerzes, luftiges Laub ratloser Äste, Nebel tödlicher Vertrautheit, Seele der Bäume, die sich mit der Seele der Erde auf dem Bett der Agonie, der Vermählung und des Begräbnisses der Melodie, vereinen. Das entpuppte Wesen des Lebens, ohne Heimat, Tracht, Sprache – der Verbannten mitleidvolles Land. Ich glaube, Marmeladow sagt in einem Buch von Dostojewski folgenden Satz: »Wissen Sie, was das heißt, junger Mann, wenn ein Mensch nirgendwo mehr hingehen kann?«

Ich konnte bis jetzt noch nach Stará Říše gehen, nun hat man mich auch von dort vertrieben, so daß es in unserem ganzen Vaterland kein Plätzchen mehr für mich gibt. In der Kirche von Stará Říše gibt es auf keinem einzigen Altar ein Kruzifix, daher stellte ich mir, als ich zelebrieren sollte, selbst ein Kruzifix auf den Altar, vorgestern aber hat der hiesige Pfarrer es mir verboten, so daß ich gestern und heute keine heilige Messe mehr las. Und ich weiß nicht, wohin ich gehen soll, wenn – der Bischof will nicht mit mir reden, und jedermann vergönnt mir die Verbannung. Außerdem regnet es unentwegt, die Wege sind schlecht, besonders für einen Landstreicher. Herr Florian hatte mir zu essen gegeben, zwar nur Kaffee, Brot und Kartoffeln, er selbst hat nichts anderes, aber immerhin war es etwas zu essen, jetzt wurde mir auch das entzogen. Ich bekomme schon fünfzehn Monate lang kein Gehalt, der Bischof hat mir 450 Kronen pro Jahr zuerkannt, nachdem er mich gegen meinen Willen in die dauernde Defizienz versetzt hatte, aber auch dieses Gehalt ist mir bis jetzt nicht angewiesen worden, und Herren, die sich in diesen Dingen auskennen, sagten mir sogar, ich würde überhaupt kein Gehalt bekommen. Sie wollen mich mit Hunger zur Kapitulation nötigen, und es hat sich ein Judas gefunden, der mich ausliefert, aber lieber werde ich ganz herunterkommen, als mich dem Schisma zu beugen oder dem Mißbrauch von Autorität. Höhnisch applizieren sie an mir mein Hauptprinzip, daß ein Priester ein Bettler und ganz arm, nur auf Gott angewiesen sein soll, denn einmal, als mich der Bischof danach fragte (»Wovon leben Sie?«), antwortete ich: »Aus Gottes Hand«, und der Bischof sagte: »Sie verlangen von Gott ein Wunder, das ist eine schwere Sünde.« Also sagte ich, das Evangelium ermahne uns: Nicht um Speise, Trank und Kleidung besorgt zu sein, all das nämlich suchen Heiden, sondern die Vögel des Himmels und die Blumen des Feldes anzusehen ... Der Bischof rügte mich, ich würde lästern, und mit ihrem stiefväterlich bösen Verhalten wollen sie das Evangelium an meiner Person Lügen strafen, wollen mich verspotten, wollen mich vernichten und ausrotten, wie ich es allerdings schon längst und tausendmal verdiene. Sie hingegen, beten Sie für mich, auf daß ich einer der Vögel des Himmels (darauf liegt die Betonung) und eine der Lilien (darauf liegt die Betonung) des Feldes sei.

MEIN TRAUM IN DER NACHT VOM 26. ZUM 27. APRIL 1910. Ein großes Gasthaus. Generalvisitation. Bischof Huyn ist zugegen, aber nicht zu sehen. Eine Ebene. Große Menschenmengen. Es ist jener Augenblick zwischen Nacht und Tag, wenn die Sterne allmählich erlöschen. Auf dem blaugrünen Himmel die heilige EUCHARISTIE, größer als der Mond, schneeweiß und wie der Morgenstern leuchtend. [...]

Die Linien des Kreuzes und des Kreises waren ein und dasselbe, so als würde ein und dasselbe Gesicht den Ausdruck verändern; die Linie des Kreises bewegte sich in sich selbst und im gleichen Rhythmus wie die Linie des Kreuzes; die Linie des Kreuzes bewegte sich lebhaft und stark wie eine wechselnde Strömung; die Bewegung in diesen Linien war wie die Bewegung einer fliegenden Taube, eine komplizierte Bewegung und wie die Bewegung eines blankpolierten Schwerts. Das Kreuz wurde immer schmaler, bis es scharf wie ein Rasiermesser war. – Die Menschen wußten: Der *Komet* ist da!

Niemand schlief mehr im eigentlichen Wortsinn, und die meisten Menschen waren im Freien, aber das Gasthaus war voller Leute, und ich hörte einen Mann, der sich mit der Hand über die Stirn fuhr und sagte: »Man kann nicht schlafen, das kommt von der Neurasthenie!« Das Wort »Neurasthenie« betonte er, und er sagte es nur meinetwegen. Er sah aus wie ein den Blick samt dem Kopf zur Erde richtender Stier. Der gleichen Meinung waren alle Leute, die Mehrheit jener, die nahe dem Gasthof standen, war sehr verschlafen, alles rüstete sich zur Visitation, alle glaubten, das alles wäre ganz *natürlich* und daher vollkommen *unschädlich*, und mir fiel ein und ich beobachtete es, daß die Menschen *allen* Glauben den *Naturforschern* schenkten und die Hauptsache nicht der Himmel war (zum Himmel schaute auch gar keiner hinauf), sondern die *Visitation* … Und diese Erscheinung am Firmament hielt niemand, der Bischof nicht ausgenommen (er war ganz vom Pomp seiner eigenen Erscheinung gefesselt – ich sah ihn auf geheimnisvolle Weise im Benehmen und im Aussehen des Volks), für ein GEISTLICHES SAKRAMENT oder die heilige EUCHARISTIE, weil sie auch Kometen die Evolution zuschrieben. Weil aller Glaube in der Macht der

Wissenschaftler war, wurde es für ein ganz natürliches Phänomen gehalten, daß dieser Stern die Form einer HOSTIE hatte. Keiner wunderte sich darüber, keiner staunte darüber, und es bemerkte auch gar keiner; und wer es bemerkt hatte, wie dieser Bourgeois mit dem Stierschädel und dem der Erde zugewandten Blick, geriet in Zorn und erklärte es sich sofort natürlich, zum Beispiel mit den überreizten Nerven. Ich erwachte durch mein eigenes Weinen.

Anmerkungen zu diesem Traum. Diese Nacht nach dem St.-Markus-Tag war die erste Nacht, da Matylka schon im ewigen Licht war, und ich wußte das nicht. Zuletzt hatte ich mich von ihr dadurch verabschiedet, daß ich ihr aus der Jinošover Kirche den Leib des Herrn brachte. Der Herr Pfarrer von Jinošov wollte ihr diesen Dienst nicht erweisen, weder persönlich noch durch den Kaplan, denn er fürchtet sich, das päpstliche Dekret vom täglichen Empfang der heiligen Kommunion zu akzeptieren, so wie sich fast alle Priester heute davor fürchten, was sie ein Ärgernis nennen, ich aber, leider oder Gott sei Dank, fürchte mich vor diesem Ärgernis am allerwenigsten. Jetzt sollte ich Ihnen das Geheimnis meines Charakters sagen, sollte Ihnen die Wurzeln meines ganzen Leidens enthüllen, und ich weiß nicht, wie ich es sagen soll, weil sogar davon zu sprechen für mich eine ganz schreckliche Sache ist. Ich werde es Ihnen an diesem scheußlichen Vorfall erklären, weiß aber wirklich nicht, ob ich Ihnen alles ausreichend klarmachen kann. Gut, ich werde mich überwinden und versuchen, Ihnen einen Teil meines Inneren zu enthüllen. Ich kann niemanden hassen, denn ich weiß, wie hassenswert ich selbst bin. Ich liebe jeden, weil er mir liebenswert erscheint und weil ich nicht mich selbst nicht lieben kann. [...] Ich liebe die Gerechtigkeit, aber ich kann sie nicht ohne Liebe lieben. Daher ist mir alles Amtliche so aus tiefster Seele zuwider. Ich sage irgendein Wort. Ein an sich böses Wort über jemanden. Und da empört sich einer und sagt: Du hast dich schuldig gemacht, nimm es zurück! Doch verstellt sich dieser mein Richter, ich weiß es, weil er mich eines Wortes wegen wie einer Tat wegen verurteilt. In meinem Wort hatte es keine Tat, keine böse Tat, keine feindselige Tat gegeben, weil ich niemandem Leid zufügte, und habe ich das getan, mache ich es augenblicklich wieder gut, vor allem mit Herzensqualen und tunlichst mit einer sofortigen Tat. Ich möchte, daß meine Strafe freiwillig ist, weil meine Schuld nicht freiwillig war. Ich möchte nicht, daß ich wie ein Tier bestraft werde, wenn ich mich wie ein Mensch vergangen habe. Auf diese Weise entstehen Feinde in mir. Aber auch diese bösen Gefühle reifen rasch, und das zuvor bittere und harte Obst ist bald süß und schmackhaft. Ich bete heimlich für meine Feinde, und je mehr ich mich dabei überwinden muß, desto inbrünstiger bete ich. Und da kommt einer und sagt: »Du sündigst!« Ich erkundige mich warum? »Weil du für deine Feinde nicht betest!« Und schlagartig stockt der Strom meines Gebets, weil man sich anmaßend an mir vergriffen – mich meiner Freiheit beraubt hat. Ich bin kein Tier, ich bin kein Holz, ich bin keine Inventarnummer einer Redaktion oder eines Ordinariats. Ich bin ein Mensch. Und ohne Zweifel bin ich ein Slawe. Ich will nur solche Gesetze kennen, die mit dem Gesetz Gottes übereinstimmen, und ich will keine Gesetze kennen, die nur dem Stolz dienen. Autorität um der Autorität willen ist das gleiche wie Kunst um der Kunst willen. Einzig Gott existiert für sich allein, und ich hasse andere Götter und beuge nicht das Knie vor ihnen, und ich werde mich nicht vor ihnen rechtfertigen. Diese Dinge sind mir klar. Aber ich weiß diese Dinge nicht aus Büchern, auch nicht aus Meditationen, ich weiß sie nämlich aus meinem Herzen, welches so feinfühlig und eigensinnig ist, daß es stur wird und mir absolut den Dienst aufsagt, sobald ich in Umstände gerate, die ich Ihnen soeben angedeutet habe. Ich kann einen Sünder lieben, ich bin selbst ein Sünder, Heuchelei jedoch, Hinterlist und menschliche Götter oder Götzen zu lieben bringe ich nicht fertig. Und wenn ich mit einem Dummkopf rede, dann nur mit einem aufrichtigen. Mit verschuldeter Dummheit kann ich nicht mehr reden. […] Ich könnte jetzt von meinem Weggang aus Třešť und aus Bystrc zu erzählen beginnen, aber das schildere ich Ihnen später, heute werde ich auf die Causa Jinošov eingehen, damit Sie meinen Traum besser verstehen können.

Meine Schwester Matylda war augenblicklich bereit gewesen, täglich den Leib Christi zu empfangen. Ich belehrte sie und bereitete sie vor, was nicht viel Arbeit und Zeit erforderte, weil ich meine Schwester genau kenne, wie auch jenes päpstliche Dekret. Eine schlimmere Arbeit stand mir mit dem Jinošover Pfarrer bevor. Weil ich ihn (Sie wissen schon, was ich von meinem Charakter sagte) nicht beleidigen, ja nicht einmal kränken wollte, gab ich ihm gewissermaßen nebenbei zu verstehen, meine kranke Schwester wünsche sich, täglich die Kommunion zu empfangen. Der Herr Pfarrer begriff nicht, entweder absichtlich oder unbewußt, das möchte ich nicht entscheiden. Aus einem längeren Gespräch gewann ich allerdings die Überzeugung, daß der liebe Herr Pfarrer von jenem päpstlichen Dekret keinen blassen Schimmer, daß er es gar nicht gelesen hatte! Es ist furchtbar, liebe Freundin, wenn katholische Priester fünf Jahre nach der Erlassung eines päpstlichen Gesetzes es noch nicht einmal kennen! Weil ich nicht in den Wind reden wollte, ging ich heim und schickte dem lieben Herrn Pfarrer besagtes päpstliches Dekret. Dann suchte ich den Herrn Pfarrer abermals auf, in der Hoffnung, er wäre schon ausreichend instruiert und willens, mir und meiner Schwester entgegenzukommen, denn ich zweifelte nicht, daß der Herr Pfarrer, kaum daß er das Dekret in Händen hielte, es sofort lesen würde; mein Instinkt, der in solchen Fällen unfehlbar ist, weil ich, auch wenn ich tausendmal schweige, meine Seele nicht durch die Stimme, den Blick, die Haut usw. manifestieren kann, – mein Instinkt also sagte mir, der Herr Pfarrer *weiß, wie schrecklich* mir an dieser heiligen Sache liegt! Und tatsächlich, ich irrte mich nicht: der Herr Pfarrer hatte das Dekret wirklich sofort gelesen. Zu meinem Entsetzen jedoch (obwohl ich selbst das geahnt hatte!) erkannte ich, daß der Herr Pfarrer dem lieben Dekret, das heißt dem Heiligen Vater, nicht glaubte, nicht vertraute, daß er es nicht akzeptierte, daß er voller Zweifel und Einwände steckte, wie jeder Priester, der eigentlich gar nicht

Priester sein wollte, der nur aus irgendeinem schrecklichen Zufall, aus Ratlosigkeit, Not, also gewissermaßen »per Schub« Priester geworden war – ich überzeugte mich, daß der liebe Herr Pfarrer, wie die meisten seiner hochwürdigen Mitbrüder, keine Ahnung vom Wert der Unsterblichkeit der Seele, vom Erlösungswerk Jesu Christi hatte und daß er jenes päpstliche Dekret las und so aufnahm, wie es zum Beispiel auch der Brünner Herr Bischof und vielleicht auch andere Bischöfe gelesen und aufgenommen hatten: als amtliche Weisung, jedweder anderen amtlichen Weisung gleichwertig. Sie haben den päpstliche Auftrag als Buchstaben angenommen und wurden deswegen vom Buchstaben getötet, sie und die ihnen anvertrauten Schafe ... Wie soll ich es dem Jinošover Pfarrer oder einem anderen Pfarrer verübeln, wenn ich sehe, daß an erster Stelle der Bischof schuldig ist! Die »Akten der Brünner Synode« sind ein unwiderlegbarer Beweis, daß Bischof Huyn das päpstliche Dekret, den Willen und den Wunsch des Heiligen Vaters, den Willen und den Wunsch der Kirche schlicht und einfach nicht verstanden hat. – Um den gordischen Knoten der Eseleien des Pfarrers zu durchhauen, sagte ich ihm, meine Schwester Matylda wünsche den täglichen Empfang der heiligen Kommunion und ich würde ihn darum ersuchen. Darauf gab mir der Herr Pfarrer zur Antwort, meine Schwester sei kein Pfarrkind von ihm, sie gehöre nach Tasov (meine Schwester lebt schon ein Jahr in Jinošov) und niemand in seiner Pfarre gehe bis jetzt öfter zu den Sakramenten, es würde somit Ärgernis erregen —

Noch beherrschte ich mich, weil es nicht meiner Natur entspricht, jemanden zu erzürnen oder zu betrüben, und so ließ ich eine Bemerkung fallen, aus der der Herr Pfarrer meinen schrecklichen Schmerz, ja sogar eine gewisse Verzweiflung erahnen konnte, und weil er mir seine äußerste Nachsicht bekunden wollte, sagte der Herr Pfarrer, weder er noch sein Kaplan könnten meiner todkranken Schwester dienen, aber wenn ich wolle, könne ich ihr selbst diesen Dienst erweisen … Ich antwortete dem Herrn Pfarrer, ich dürfe nur die heilige Messe lesen, alle übrigen priesterlichen Funktionen seien mir aber streng verboten, eine diesbezügliche Anordnung betreffend meiner Person habe der Bischof an alle Pfarrämter der Diözese geschickt … Der Herr Pfarrer antwortete mir, die heilige Kommunion sei keineswegs eine besondere priesterliche Funktion, weil sie angeblich zur heiligen Messe gehöre. Ich entgegnete, sie sei ein Sakrament, und sowie der Bischof erführe, daß ich ein Sakrament erteilt, daß ich der bischöflichen Anordnung zuwidergehandelt hätte, würde ich augenblicklich wegen Ungehorsams suspendiert – aber der Herr Pfarrer versteifte sich auf sein »Ärgernis« und sein Wohlwollen mir gegenüber, obwohl mein Herz mir sagte, daß der Jinošover Herr Pfarrer, sowie ich ihm Folge leiste, der erste wäre, der mir meine Zuwiderhandlung gegen die bischöfliche Anordnung verübeln und mich unverzüglich bei meinem Feind, dem Bischof, denunzieren würde! Der einzige *legale* Ausweg aus dieser Situation wäre gewesen, diese Sache dem Bischof vorzulegen. Doch bedenken Sie folgendes, liebe Freundin:

1. Ich darf meinem Bischof nicht schreiben, das wurde mir verboten.
2. Der Bischof will mich nicht sehen.
3. Ich muß mich mit allen meinen Angelegenheiten an das Konsistorium wenden.
4. Das Konsistorium tagt nur einmal pro Woche.
5. Dem Ordinariat darf ich gleichfalls nicht schreiben.
6. Alle meine Angelegenheiten muß ich auf dem Weg über das Dechanat schicken.
7. Das Dechanat wird meine Sache weiterleiten, sobald sich Zeit findet und sie an die Reihe ist. Außerdem wird das Dechanat keine meiner Angelegenheiten befürworten, weil der Herr Dechant (um es dem Bischof rechtzumachen oder aus Bequemlichkeit oder Egoismus, was dasselbe ist) gegen mich voreingenommen ist.
8. Meine Schwester kann jeden Moment sterben.

Zum Nuntius oder in den Vatikan ist es noch weiter, und alles, was ich in Wien oder in Rom gegen den Bischof vorbrächte, würde man dem Bischof zur Stellungnahme vorlegen … Und Geld, um zu imponieren, besitze ich nicht, ein Amt habe ich ebenfalls nicht, da ich nicht einmal Pfarrer bin, und alles Niedere hat keinen Schutz, es hat ja nicht einmal Rechte …

Am nächsten Tag, in der Früh, als die Jinošover Priester, glaube ich, noch schliefen, war ich schon mit der heiligen Messe fertig und brachte Matylka den Leib Christi. –

Dann nahm ich Abschied von ihr, die Ärmste hielt mich zurück, und als ich schon auf der Straße war, lächelte sie mir noch durch das Fenster zu – und ich ging fort – Jesus Christus, Du weißt, wie ich fortging, und wirst Du darüber richten? Wirst Du das einmal dem Bischof erklären …?

Flugloch (1924)

Auszug

Hinter unseren Sätzen

Die Wahrheit ist wie das Wild und muß gejagt werden im Dickicht der Satzgefüge und in den Furchen des Worts, manchmal wie ein Fuchs in den Schlupfwinkeln der Gegenrede und des Lachens mit den Dackeln des Scharfsinns und dem Rauch der Demut, dann wieder während der warmen Abenddämmerung der Allegorien (beim Schweigen der ganzen Natur, wenn die Schnepfen ziehen), denn die Wahrheit ist ihrem Wesen nach wild und scheu, weil sie den Menschen kennt, aber auch wenn sie rebelliert und ungehorsam ist, also heraustritt aus dem Joch der Zeit und wie ein Hochwasser die Mühlen der allgemeinen Logik fortreißt und die armseligen Vorstädte von Wissenschaft und Kunst mit Schlamm überschüttet oder wie ein Feuer die Schindeln der Verstellung, den Mäusedreck der Naschhaftigkeit und des Klatsches, die Projektile des Aufruhrs oder die Lava der Ekstase und Blasphemie in den Raum der Schmierigkeit und Geilheit speit: sie ist unverständlich. Wir sprechen von Pferden, Kindern, Vögeln, Fischen, weiß Gott wovon, doch hinter unseren Sätzen sind, so wie unter einem Geigensteg nicht nur das Roßhaar und die Saite klingen, nicht nur das Blöken von Lämmlein und das Wiehern von Kentauren, das klägliche Schreien von Kuckucken und Holztauben zu hören, sondern auch die Seele des Holzes und jenes auf der

Oberfläche rötliche, wie ein Herz glatte, aber im Inneren leere und finstere Gefängnis unserer Sehnsucht.

Mein Fegefeuer (1912/1914, 1929)

Auszug

Die Burg des Todes

Vielleicht steht jener innere Impuls unter uns unbewußter Leitung prophetischer, beim Erwachen vergessener Träume, die eben dadurch unserem Leben die Gleichmäßigkeit des Tones und die dramatische Einheit ertheilen, die das so oft schwankende und irrende, so leicht umgestimmte Gehirnbewußtseyn ihm zu geben nicht vermöchte und in Folge welcher z. B. der zu großen Leistungen einer bestimmten Art Berufene Dies von Jugend auf innerlich und heimlich spürt und darauf hinarbeitet, wie die Bienen am Bau ihres Stocks. Für jeden aber ist es Das, was Baltasar Gracián *la gran sindéresis* nennt: die instinktive große Obhut seiner selbst, ohne welche er zu Grunde geht.

Arthur Schopenhauer

Heute in der Nacht träumten mir mehrere Träume, unter anderem folgendes: Auf meiner Wanderung durch eine ländliche Gegend geriet ich in eine größere Gesellschaft von Theologen und anderen Leuten in einem geräumigen und übergangshaft wirkenden Raum. Ich sage deswegen »übergangshaft«, weil ich den Eindruck habe, daß er im Grunde jenen Räumen nicht unähnlich war, durch die, reiferen Jahren und Taten entgegen, »Der Stallknecht und der Student«[I] gegangen waren. Er strahlte wirklich etwas mittelalterlich Behagliches aus, etwas aus jener Periode der Menschheit, als der menschliche Geist noch nicht vom Rauch der Fabrikschlote und von den Tugenden des zwanzigsten Jahrhunderts verfinstert war.

So eine Frühlingsstimmung schwebte über dieser Gesellschaft, obwohl Sommer, wahrscheinlich mein Geburtsmonat, war, und ich würde sagen, daß ein südslawischer Geist dort herrschte, der mich im übrigen, außer wenn ich schlafe, durch seine viel zu rasche Auffassungsgabe bedrückt. Umgekehrt aber läßt sich nur in der Atmosphäre dieses Geistes mein, wie ihr sicher sagen werdet, komischer Traum erklären.

Durch die Hände der anwesenden jungen Leute zirkulierte irgendeine Zeitschrift theologischen, poetischen, philosophischen und – unterschiedlichsten Inhalts. Die Zeitschrift hatte das Format der Erstausgabe von Březinas Buch »Morgendämmerung im Westen«, ja sogar der Einband war gleich!

Dieses Organ war erfüllt vom schönen Feuer der Jugend, alle Zeilen und Seiten brannten mit einer hellen Flamme, die nur deswegen nicht versengt und verwüstet, weil nichts so unklug wäre, sich ihr, die Freiheit mißgönnend, in den Weg zu stellen. Es brennt unter freiem Himmel und an einem klaren Sommertag, an dem die Flammen gar nicht richtig zu sehen sind und wo nur in ihrer unmittelbaren Nähe

---

I *Der Stallknecht und der Student – Poskoní a žák,* Verserzählung (um 1400), moralisierend-satirisches Streitgespräch zwischen einem armen Studenten und einem herrschaftlichen Stallknecht, das in einer Stadtschenke stattfindet.

um sie herum ein auch nur durch sie erzeugtes Lüftchen weht.

Das Format dieser Revue war für ihren feurigen freien Geist so beengt, daß selbst der kleinste Platz auf dem Umschlagblatt mit Text ausgefüllt war, ja der Text schien sogar rund um das Heft weit hinauszulodern, als hätte es einen Astralkörper oder wenigstens eine Aureole.

Auf der Rückseite des Umschlags befand sich die Fortsetzung irgendwelcher Geistesblitze über die neueste Produktion tschechischer Dichter, und in den letzten beiden Zeilen eines langatmig leidenschaftlichen Satzes stand eine Beurteilung meines Werks, oder vielleicht war es der Schluß dieses Urteils, und es lautete folgendermaßen:

»und es ist zugleich merkwürdig, daß er seine Heimatgegend duzt!«

In Tasov, am 2. Juni 1914

Die Burg des Todes

Ein Licht stirbt durch das Nahen eines noch größeren, noch größeren Lichts. Nur jene, die in dieser Zeit und für diese Zeit leben, können es mir verübeln, daß ich das Geheimnis dieses Fundes in mein Testament versiegelte und es erst nach meinem Tod aufgedeckt werden wird. Ich tue das nicht aus Angst vor der Wahrheit, sondern aus Liebe zum Leiden, die mir, wahrscheinlich aus Gründen, die mit meiner Volkszugehörigkeit zusammenhängen, irgendwie angeboren ist. Damit dieser Satz verstanden wird, ist es notwendig, eure werte Aufmerksamkeit darauf zu lenken, daß die Wahrheit immer Schmerz einbringt, ein verheimlichtes Wort jedoch eine ungeteilte Last bleibt. In dem Text, den ich an dieser Stelle der Öffentlichkeit (und nicht nur der heimischen) übergebe, kommen gewisse Umstände vor, die evident oder wenigstens plausibel sind, zum Beispiel ein Jahr, ein Tag, und vielleicht ließen sich auch, entweder durch einen öffentlichen Aufruf oder ein sorgfältiges Studium von Generalkarten, die Orte des Vorgefallenen näher bestimmen, aber das alles bedeutet herzlich wenig für einen dieses Namens würdigen Geist, einen erhabenen Geist nämlich, der weit davon entfernt ist, die Geheimnisse einer anderen Welt auf das Prokrustesbett des gesunden Menschenverstandes zu legen, weil das einzige irdische Gewicht und Maß, nach dem die Größe und Qualität dieser Erscheinungen einigermaßen eingeschätzt werden können, ein unverdorbenes Herz und ein reines Inneres sind.

Ich selbst gab dieser Begebenheit einen Titel, indem ich sie »Die Burg des Todes« nannte, und bitte, das richtig zu verstehen: das Leben an und für sich besitzt keine Überschriften! Nur die Wissenschaft bezeichnet Dinge und Naturerscheinungen mit Namen, damit sie von ihr bearbeitet werden können, und wer sich – was heute rar ist – mit Wissenschaftsphilosophie befaßt, dem wird nicht verborgen bleiben, daß viele Namen, viele wissenschaftliche Bezeichnungen reichlich zufällig, ungenau oder auch unrichtig sind, entweder weil wir sie erbten oder weil sie letztendlich nicht aus wissenschaftlichen, sondern privaten, persönlichen Gründen entstanden, wie zum Beispiel (wissenschaftliche Pleonasmen entlocken fortgeschritteneren Lesern nicht zu Unrecht ein Lächeln, ihresgleichen mögen jedoch bedenken, welche Entfernung von einem geliebten Gegenstand und welche Einsamkeit folglich notwendig sind, damit ein gutes Lächeln hervorsprießen kann) der botanische Name der Hortensie, der nicht vom lateinischen hortus, was Garten bedeutet, stammt, sondern vom Eigennamen Hortense Barré, die, als Jäger verkleidet, Commerson[2] auf seinen Reisen durch fremde Länder begleitete. Wir haben nichts dagegen, daß eine Blume den Namen und damit irgendwie das Andenken an eine liebe Person trägt, besonders wenn die griechisch-lateinische Bezeichnung »Hydrangea opuloides« eine, um nicht gerade zu sagen, lächerliche Feststellung von etwas ist, was immer konstatiert werden kann, daß nämlich eine Pflanze viel Wasser aus dem Boden saugt und ihre Samenkapsel einem kleinen Gefäß ähnelt und ihre Blüten an die Blüten des Schneeballstrauchs erinnern – wissenschaftlich ist das aber nicht. Soviel zum *Titel* der »Burg des Todes«.

Der *Ort*, wo ich diese Handschrift fand, wird in meinem Testament näher bezeichnet, aber selbst dort gebe ich ihn nur aus Liebe zur Wissenschaft preis, und nur den Vertretern dieser Disziplin wird er verraten werden.

Die Erscheinungen der anderen Welt sind ähnlichen Gesetzen unterworfen wie die Phänomene dieser Welt, weil es im Grunde eine einzige Welt ist,

---

2 Philibert Commerson (1727-1773).

und diese Natur, diese Zeit sind, wie schon ein Apostel sagt, ein *Spiegel* und ein Gleichnis. Ich unterstreiche das erste Wort, weil das zweite – ja, die Sprache wechselt ihren Kurs wie das Geld – in uns, wenn auch fälschlich, die Vorstellung von etwas Unwirklichem erweckt. Lediglich nach dieser Erläuterung wird man das Weitere verstehen können.

Die Handschrift der »Burg des Todes« fand ich am *7. Mai* des heurigen Jahres. Der Tag und die Zeit waren gewissermaßen, wie ich sie liebe, ich befürchte jedoch, daß das ungenau wäre, weil die Stimmung eines Menschen nicht nur von dem abhängt, was er kennt, sondern nicht minder auch von dem, was ihm begegnet. Das erste Frühlingsgewitter war vorbei, gekommen war es gegen fünf Uhr nachmittags. Es hellte nicht auf, aber die Luft wurde etwas kühler, und das Licht, das samt seiner Glut am Himmel verschwunden war, strahlte aus der Erde heraus, und man hatte das Gefühl, in einem Bad zu sein. Ich war ganz allein. Wenn von Freund oder Bruder oder Schwester die Rede ist, dürfen wir nicht glauben, daß damit immer ein Schutz oder ein Zeugnis gemeint ist. Augenblicke, die in Zeit und Raum dem Ruhm oder der Angst vorbehalten sind sind Momente völliger Isolation.

Endlich war ich in meinem Arbeitszimmer. Es war schon Nacht. Ich öffnete das Fenster. Das Gewitter war längst abgezogen, feiner Regen fiel, und es war windstill. Diese Regenfäden, die in einem zarten, aber unaufhörlichen Rhythmus in der Mainacht zwischen Himmel und Erde vor meinem Fenster schwangen, waren, als wären sie in einen unsichtbaren

Rahmen gespannt und würden in unsichtbaren Händen vibrieren oder als hätte jemand unser Haus in der richtigen Entfernung zu dem großen, ein vertrautes Lied summenden Musikinstrument der Natur erbaut – nicht widerstehen könnend, blickte ich in diese stille Nacht hinaus, und meine Seele sagte: Das sind nicht Wolken, wie sie immer waren; schwarz, hart, mitleidslos; sondern sie ziehen über die Erde wie Engel in geheiligten Nächten, wie ein stilles Lachen in der Brust unter gefalteten Händen und wie eine Freudenbotschaft aus der Ferne. Die vom Gewitter in den Schoß der Erde hinuntergestoßenen Stimmen und Gesten steigen unter dem Schutz der Rinde in die Knospen auf und hauchen, an ihrem Ziel angelangt, ihre versteckte Sehnsucht auf die Brust der Mainacht ... Die Illusion, alles physische und geistige Leben hätte sich, um den Segen dieses himmlischen Taus empfangen zu können, vegetabilisiert, war so mächtig, daß ich Lust bekam, hinauszugehen, um zuschauen zu können, wohin die Wolken zogen, und um ein paar Tropfen von oben auf meiner Handfläche einzufangen. Es wartete allerdings eine wichtige Arbeit auf mich: die von mir gefundene Handschrift der »Burg des Todes« zu untersuchen. Ich schloß daher das Fenster und machte mich ans Werk. Dabei konstatierte ich:

1. fehlt die Paginierung;
2. ist die Handschrift an einigen Stellen durch Witterungseinflüsse unleserlich;
3. sind Religionsbekenntnis und Nationalität des Schreibers nicht genau zu ermitteln;
4. ist der Verfasser tot.

Einzelne Details dieses Fundes, die entweder zu mysteriös oder zu entsetzlich waren, ermüdeten mich dermaßen, daß ich mich entschloß, erst am nächsten Tag dieses Studium fortzusetzen. Nachdem ich also die Lampe gelöscht hatte, begab ich mich zu Bett.

Ich weiß nicht, wann ich eingeschlafen war oder wie lange ich geschlafen hatte, weil es nicht meine Gewohnheit ist, vor dem Schlafen auf die Uhr zu sehen, im guten Wissen, daß die Vorstellung einer konkreten Zeit der geistigen und auch der körperlichen Entwicklung abträglich ist.

Ich erwachte durch ein merkwürdiges Gefühl. An der Oberfläche meines Körpers spürte ich (trotz der Bettdecke), daß sich mir jemand näherte. Weil dabei aber keine Schritte zu hören waren, packte mich Angst, und ich machte erst einige Zeit später die Augen einen Spalt weit auf. Aus der Ecke, in der mein Kleiderschrank steht, kam eine finstere Gestalt auf mich zu. Aber nicht plastisch, sondern wie ein Schatten, der deswegen jedoch nicht weniger fürchterlich und mächtig war. Den Kopf konnte ich gut erkennen, auch den Rumpf, aber die Arme waren, obwohl sie ausgebreitet waren, nur halb so lang wie die Arme eines Menschen, und die Beine sah ich gar nicht, teils weil es am Fußboden völlig finster war, und auch deswegen, weil mein Bett erhöht ist. Die Erscheinung war so unheimlich, daß ich vor Entsetzen wie gelähmt war, aber trotzdem nicht in dem Maß, daß auch mein Geist befangen gewesen wäre; dadurch wurden mir folgende zwei Dinge klar, deren ich mir vorher nie bewußt gewesen war:

1. daß der menschliche Körper auf den Achsen des Kreuzes beruht;

2. daß unter gewissen Umständen die Augen zu schließen, eine Beschleunigung und Vollendung sowohl des physischen als auch moralischen Verderbens bedeutet!

Als mein Entsetzen und meine Furcht schon am Höhepunkt angelangt waren, als jene undefinierbare Erscheinung schon dicht neben meinem Bett »stand« und (immer noch stumm!) ihre Armstummel nach mir ausstreckte: da schloß ich die Augen und stieß einen Schrei aus, aber so, daß beides gleichzeitig geschah, wie ihr aus dem von mir sub 2.) Gesagten verstehen könnt. Mein Bruder kam mit einem Licht in mein Schlafzimmer und fragte, was mit mir los sei, da ich angeblich geschrien hätte. Ich beruhigte ihn, indem ich ihm sagte, mir hätte von etwas geträumt … Der Bruder bemerkte etwas von nervlicher Überanstrengung, was eine Anspielung auf meinen Beruf sein sollte, und entfernte sich. Ich hatte den Wunsch, ihn zurückzuhalten, und wollte ihn bitten, zu bleiben, tat es jedoch nicht aus der Befürchtung, ihm dadurch etwas anzudeuten, was kein Mann sagt.

Für dich, geneigter Leser, und für Sie, liebe Leserin, füge ich nur soviel hinzu, daß das alles in der Nacht nach dem Fund der »Burg des Todes« passiert war. Am nächsten Morgen entschloß ich mich zu einer Intention für eine Seele, deren keiner gedenkt, denn – so sagte ich mir – wenn du das nicht tust, wer sonst soll die Kraft dieser Aufforderung verstehen: O betet, Freunde, für die hilflosen Seelen, o betet flehentlich für die VISIONÄRE DER NACHT!

15. Juni 1912

Warum ist diese Gegend so hoffnungslos für mich? sagte ich mir im Geist, als ich im Herbst vorigen Jahres, begleitet von Herrn F. aus T., in Richtung M. ging. Damals wußte ich keine Antwort auf meine Frage, vielleicht auch deswegen, weil wir, um uns den Weg zu verkürzen (und auch aus einem anderen Grund heraus) ziemlich viel redeten. So manche Trauer, im übrigen, ist wie ausweglos. Die Trauer mancher Landschaft zum Beispiel, und zu einer bestimmten Jahres- oder Tageszeit. Heute verstehe ich das allerdings. Vor elf Jahren, ebenfalls im Herbst, war ich auf dem gleichen Weg mit meinem ältesten Bruder unterwegs gewesen. Damals sprach er, der Erstgeborene unseres Hauses, zum ersten Mal wie mit einem Ebenbürtigen mit mir. Sicher, ich hatte nur noch neun Monate bis zum Abitur, trotzdem überraschte es mich sehr. Ich hatte mich daran gewöhnt, nicht beachtet zu werden; oder vielmehr: die Augen gingen mir auf, und ich sah alles anders. Heute verstehe ich das natürlich, weil mir sogar rätselhaftere Dinge verständlicher sind. In den Lebensbeschreibungen begnadeter Auserwählter kann man lesen, sie hätten auf die Frage, ob sie schon im Himmel bleiben oder noch in menschlichem Körper auf der Erde leiden wollten, zur Antwort gegeben: Im Körper eines Menschen auf Erden leiden. Als wir uns der Stelle näherten, wo wir uns trennen sollten, begründete mir mein Bruder, warum ich Priester werden müßte (aber etwas Ähnliches hatte ich schon geahnt, weil in unserer Familie noch keiner dem anderen seine Liebe so zum Ausdruck gebracht hatte, Landmenschen tun das nur in Momenten eines großen Unglücks); ich sah die Zukunft unserer Familie und daher auch die meine ebenso unabwendbar traurig wie die Vergangenheit. Wie konnte er das wissen? (Kristalle, war auch für euch schon einmal eine *Schwester* die Achse eines unerwarteten Gebildes?) Oder liebte er sie ebenso wie ich? Wir liebten sie alle, sie war gleichsam unsere gemeinsame Erinnerung an unsere verstorbene Mutter. Obwohl sie seit ihrem fünften Lebensjahr unheilbar krank war oder gerade deswegen, trug sie das heilige Geheimnis unserer ganzen Sippe. [Wir können nur um den Preis der Revolte glücklich sein.] Sie als einzige schwieg am gekonntesten über ihre Schmerzen, bewahrte sogar vollkommenes Schweigen darüber, weil sie gar nicht begriff, daß solche Dinge manchmal auch besprochen werden dürfen. Als ich sie einmal bei leisem Schluchzen überraschte, fragte ich sie, vor ihr niederkniend und ihre kleinen, ungewöhnlich mageren Hände ergreifend, mit denen sie ihre Tränen abwischte und ihre Augen bedeckte, was ihr zugestoßen sei. »Hat sie dich geschlagen?« sagte ich und schmiegte mich an sie. Auf dem Boden lag ein Büschel flachsblonden feinen Haars. »Na sag schon, hat sie dich geschlagen?« – »Mir fehlt nichts«, antwortete sie und rang sich mit ihrem ganzen Wesen ein Lächeln der Zufriedenheit ab, und ich erkannte, daß ich ihr mit meiner Frage einen weit größeren Schmerz zugefügt hatte, als es jener war, den ich »vermutet« hatte. Ihr geheimster, und ich gehe dabei absolut nicht fehl, wenn ich sage, ihr größter Wunsch war, daß ihr niemand Aufmerksamkeit widmete. Ich schämte mich vor ihr nicht nur meiner Frage wegen, sondern auch für mich. Heute verstehe ich das natürlich, weil mir sogar rätselhaftere Dinge verständlicher sind: selig die Hände, die ihr feines Haar kämmten, und selig die Momente, in denen sie ihre kindlichen Tränen vergoß, mein Gott!

Was das heißt, wenn ein Kind sein Schreien unterdrücken, aber nicht seine Tränen zurückhalten kann? Es ist die Lese der Beeren des Himmels, es bedeutet Leiden ohnegleichen, weil Leiden der Liebe, denn Tränen sind das letzte Zeugnis des Bösen, unüberwindlich, und sie sind, leider, auch das letzte, unabwendbare Aufgebot der Grausamkeit.

Kennt ihr das Lied des Glücks? Sofort werdet ihr eure Augen zum Himmel auf die trillernden Vögel, auf eine kleine weiße Wolke, die im Azur thront, und ich weiß nicht worauf noch richten. Ich, ich steige durch die Finsternis in einen Keller hinunter: wer dort ist? Kein Kaufmann, der die Fässer mit Alkohol und Petroleum wartet, deren vertrauter Geruch mich umweht. Ich bleibe auf den Steinstufen stehen. Ach, dieses Lied! Bin ich der Auserwählte? Gott ist Güte, daher hat er dieser armen Seele eine Stimme geschenkt, damit sie um Hilfe rufen könne. Gott ist Gerechtigkeit, daher muß dieses Stimmchen gefunden werden, daher ist es notwendig, unter die Erde hinabzusteigen. An mir und an vielen aus unserem Geschlecht vollzieht sich die Gerechtigkeit. Bin ich dieser Auserwählte? Wer singt da in den Grundmauern unseres Hauses? Keine arme Seele aus dem Fegefeuer war es, es ist meine kleine kranke Schwester: eine brennende Kerze neben sich hingestellt, kauert sie da und kramt in etwas herum. Das wäre nicht so schlimm, weil dieses Kind vom frühesten Morgen bis tief in die Nacht ständig herumwerken muß, ja ich wage sogar, sämtlichen heutigen ärztlichen und vormundschaftlichen Autoritäten zum Trotz, feierlich zu behaupten, daß gerade ein Kind, obwohl es den Schlaf am meisten braucht, trotzdem viel weniger als in allen anderen Lebensabschnitten schläft, so daß ich die plötzlich auftretende Wachstumshemmung bei meiner Schwester einzig und allein dem Umstand zuschreibe, daß sie schon jahrelang nicht geschlafen hat, aber zum Glück hat der, der klein ist, auch geringe Bedürfnisse. – Aber wie ich sagte, ist das alles keineswegs verwunderlich, während mich bis zum heutigen Tag und noch nach so vielen Jahren der Gedanke daran in Staunen versetzt, daß meine Schwester gesungen hat! Und nicht oben im Sonnenlicht, sondern tief unter der Erde, im Kellergewölbe eines Kaufmannsladens, beim Licht einer Kerze und in der Gewißheit, daß niemand sie hört. Nicht einmal das würde mich schließlich überraschen, vor allem, wenn man sich wegdächte, daß man der Bruder ist; das aber wirklich Erschütternde ist, daß sie sang, obwohl sie niemals singen gelernt hatte und obwohl in diesem Haus und von dem und dem Tag an, als sie fast noch ein Säugling war, überhaupt nie gesungen wurde und sie außerdem nie das Haus verließ; wenngleich unter der Erde, wenngleich ohne Zeugen und wenngleich nur ein einziges Mal in ihrem Leben – sie sang! Nur einmal, behaupte ich, weil ich mir sicher bin, daß sie von dem Zeitpunkt an, als sie dabei – wenn auch nur von einem Bruder und wenn auch nur von mir – ertappt wurde, niemals mehr gesungen hat. Oder, was weitaus schrecklicher ist, und bei einem Kind, wenn auch noch so frühreif und erfahren: sie sang danach noch öfter, wobei sie allerdings so tat, als sei sie allein. Ihre Seele war sicherlich dazu imstande, uns diesen Trost zu gönnen, an den sie selbst wohl kaum glaubte. Unerschöpflich ist der Erfindungsgeist der Liebe.

Sie sang also ... Es war das Stimmchen eines gewaltsam geblendeten Hühnchens, das man jedoch am Leben gelassen hat: mitten im Hof steht es alleine, nur von der Angst gelenkt, da, und wir Menschen haben nicht den Mut, es vom Leben, von einem solchen Leben zu befreien, aber auch nicht genügend Zeit, um bei Tag und bei Nacht immer bei ihm zu sein ... Es war das Stimmchen einer kleinen Quelle, scheu hervorgelockt in einer Rasenmulde im Wald, auf einem abgebrochenen dünnen Zweig, während hoch oben der Busen der Kiefern in der Sonne badet. Ein Stimmchen, das einzige Blümchen, ein Gänseblümchen zwischen den Fingern von Waisen. Das einzige winzige Licht, das herumgeht im Wurzelwerk der Nacht und blinkt.

Das Gesetz ist hart, Schuld ist noch härter: ich habe mich damals nicht erhoben, um dich aus dem Schlupfloch der Angst, selbst für Tiere schrecklich genug, wegzutragen in ein Land der Güte und Schönheit, aus dem wir, o Schwester, vertrieben wurden!

Das alles war ein Gleichnis – für mich. *[Anmerkung des Herausgebers:* Ich weiß nicht, ob hier oder an einer anderen Stelle ein Papierfetzen einzuordnen wäre, auf dem ich diese rätselhaften Worte fand: Und ausgerechnet auf Seite 33! Was muß das für ein

Mensch sein, wenn seine Zeichen so deutlich sind! Ich bin 33 Jahre alt! Im gleichen Alter ist auch meine Mutter gestorben! »Und sie wiederholte die Worte des Arztes wie ihre eigenen langjährigen Beobachtungen …« Ist nicht gerade *er* dieser Baum, in den meine Seele eingeht, wie geschrieben steht: »Am Tag lebendig mit dir im Haus, ist ihre Seele nachts in einem Baum?« – Wie schon erwähnt ist diese Angelegenheit rätselhaft, und zwar um so mehr, als jenes Zitat aus »Notantur Lumina« stammt, weil das Buch jedoch vergriffen ist und ich kein Exemplar bei der Hand habe, ist es mir unmöglich herauszufinden, was der Schreiber wohl mit dieser »Seite 33« gemeint haben kann. Und wie hängt das alles zusammen? Und was soll dieser Satz aus der Ballade? – *Ende der Anmerkung des Herausgebers.]* Aber Blut haben wir nicht vergossen. Nichts haben uns die Schulen gelehrt. Wir wurden auf ganz andere Dinge vorbereitet, auf Dinge, die uns nicht schaden konnten! …

Mein Bruder, der, wie ich bemerkte, Erstgeborene unserer Familie, sagte, als er mit mir auf der Wegkreuzung stand: »Ich glaube dir, es ist schwer« (und dabei hatte ich gar nicht protestiert!), »aber denk daran, was aus Helenka wird …« So sprach er zu mir, wo ich doch nichts gesagt hatte! Ich weiß nur so viel, daß ich in diesem Augenblick unendlich traurig war; desto trauriger, je weniger ich in diesem Alter von allem verstehen konnte. Später, gewiß, da verstand ich, weil mir sogar rätselhaftere Dinge verständlicher wurden.

Natürlich, meine Schwester Helenka, wenn sie *so* das Opfer gewesen wäre, daß ich der einsame Opferpriester gewesen wäre – aber mein Bruder hatte recht, mag er es auch nicht gewußt haben! Buße muß man üben, Elsa, und der schönste Beruf kann dadurch vollkommen werden. Du wirst sehen. Mein Leben wird ein unfreiwilliges Paradoxon sein, welches es überall anders gewesen wäre: das Höchste werde ich mit dem Niedrigsten vereinen, und immer wird meine Freude geteilt sein, und beides würde nicht akzeptiert werden, außer von Gott und von dir, aber Gott ist stärker als ich – nein – ist unser Verhältnis zu ihm nicht wie das eines Menschen zu einem Zugtier? Ist ein Pferd nicht stärker als wir?

Kennt ihr diese Legende? Es waren drei Brüder: Svetimír, Krunoslav und Živan. Ohne es zu wissen, bewirteten sie den Engel Raguil, der sich vom Herrn erbat, sie ihrem Wunsch gemäß belohnen zu dürfen. Svetimír wünschte sich Reichtum, Krunoslav Ansehen und Živan ließ verlauten: »Wenn mir der liebe Gott doch eine so wahrlich christliche Frau gäbe, daß ich mich das ganze Leben vervollkommnen müßte, um sie zu verdienen!«

Wißt ihr, was ich verlangen würde? Bei meiner Seele, nichts …

[Anmerkung des Herausgebers: Die Schrift der letzten beiden Sätze war so, daß der Gedanke in mir auftauchte, ob es sich nicht um ein Palimpsest handle; und in der Tat gelang es mir mit viel Geduld und einem Vergrößerungsglas, einige Worte zu entdecken: »Č… nichts … gegabelten … allzusehr … gegen das Schicksal.« Ich vermute, daß es ein zufälliges Zitat eines unbekannten Autors, ohne jeglichen Zusammenhang mit dem eigentlichen Text, ist. Aus demsel-

ben Grund habe ich aus dem Kontext der Handschrift zwei Seiten ausgelassen, die ich der Vollständigkeit halber hier anführe:

»ich weiß, daß ich dich nur dann vollkommen liebe, wenn ich meinen Schmerz verheimliche, der den nebelverhangenen wehmütigen Horizonten unseres Vaterlandes gleicht, aber sag, meine Seele, du, die du meinem traurigen Lied lauschst, du Rätselhafte, vermag ich meinen Gram schon so in Worte zu fassen, daß er kein Gleichnis mehr ist? Wenn es ein Schmerz ist, meines Leidens Wunden den Massen zu offenbaren, sieh, ich biete dir unverfälschte Freude an, unfähig, meinen Schmerz jemandem entdecken zu können, unfähig, etwas anzubieten, außer Trauer, die du so liebst. Gibt es dich oder gibt es dich nicht? fragt meine Seele, über sich selbst im Zweifel, aber auf dein Kommen hoffend geht sie die Grenzen ihrer mit den weißen Steinen des Todes markierten Herrschaft ab. Aus derselben Gegend stammend wie ich, kehrst du aus dem Süden zurück, wohin du am Tag meiner Geburt gingst, du, die du dazu vorbestimmt bist, mir die Morgengabe eines nie welkenden Lächelns zu bringen, das Kapital eines ewigen Lichtscheins, wenn ich vollberechtigt sein werde. Diese Stunde ist gekommen, und das gesamte, von meinem Vater geerbte Gut ist in meiner Macht wie eine tote Sache in der Macht eines Lebenden. Alle meine Arbeiter, mein ganzes Volk und meine gesamte Verwandtschaft sind gestorben, und meine Rede ähnelt der Ouvertüre einer heroischen Tragödie: *mortuos voco, vivos plango.* Und ich beschloß, dich in einer Sprache, die noch keiner sprach, anzureden. Zuerst hatte ich im Sinn, dir einen Blumenstrauß aus heimatlichen Gefilden zu überreichen, aber du trugst mir auf, ich solle keine pflücken, wir würden gemeinsam gehen. Mir ist es lieber, wenn ich zuschauen kann, wohin dein Blick fällt: du jedoch, meinen Gedanken sehend, antwortest mir lächelnd: Alles ist unaussprechlich!«

Dieser Teil der Handschrift war auf der Rückseite mit dem Stichwort versehen: »Der spielende Browning«, woraus ersichtlich ist,

a) daß es ein Fragment ist,

b) daß ich, indem ich diese Stellen nicht in den Text der »Burg des Todes« aufnahm, die Regeln der wissenschaftlichen Kritik befolgte. – *Ende der Anmerkung des Herausgebers.]*

Der Umstand, daß ich auf diesem Weg und auf dieser Feldflur gezwungen war, zum ersten Mal und dann noch öfter über die »Wahl meines Standes« nachzudenken, trägt zwar einiges zur Erklärung meines gräßlichen Erlebnisses bei, ist selbst aber an sich noch nicht so gewichtig, um es verursacht zu haben. Denn, und das sollten wir uns ein für allemal merken, *wie jeder Schöpfer macht auch der Tod vor seinem definitiven Werk Versuche und Studien.* Ich erblickte ihn bei diesen Vorbereitungen. Jenes kleine Mädchen (siehe die Anmerkung weiter unten), das man zur Erziehung in die Stadt gegeben hatte, mußte, wenn es von Zeit zu Zeit nach Hause kam, ebenfalls in diese Richtung gehen. Ungefähr zweimal begleiteten wir es mit Fräulein Irene. *[Anmerkung des Herausgebers:* Dieser Episode ist meiner Meinung nach keine größere Bedeutung beizumessen, als man sie Erinnerungen oder »Visionen« Sterbender beimißt. In ähnlicher Weise sagte zum Beispiel, wobei er, freilich nur mit seinem Blick, auf eine bestimmte Stelle neben seinem Bett (wo eine Mauer war) deutete, ein gewisser Bekannter von mir einige Stunden vor seinem Tod: »Und was will dieser kleine Soldat hier?« Die Frage, zusammen mit den soeben von mir erwähnten Begleitumständen, war so ungewöhnlich, daß ich sie, wie ich heute gestehe, für geheuchelt hielt. Nach einer Weile sagte er wieder: »Werden die Soldaten heute hier Rast machen?« Mich überwindend, gebe ich zur Antwort: »Heute noch nicht, Herr …« – Mich mit großem Bedauern an diese zwei Fragen eines ehemaligen Haudegens erinnernd, warne ich jeden, ein vorschnelles Urteil über Sterbende abzugeben. Man möge mir diese Abschweifung verzeihen. *Hier endet die Anmerkung des Herausgebers.]* Ich staunte, freilich nur innerlich, wie rasch es sich an die Stadt gewöhnt hatte, ohne das vielleicht zu wissen. Ein Kind. Ich hatte nicht den Eindruck, daß sie in guten Händen war. Sie lachte sehr leicht und viel. Ein solches Kind und so zu lachen! Große Laster wählen sich kleine Mitwisser aus. *[Anmerkung des Herausgebers:* Es wird sicherlich keinem einfallen, diesen Ausspruch auf »Fräulein Irene« zu beziehen, und es wird auch ein Rätsel bleiben, ob und in welchem Zusammenhang jenes »Begräbnis«, von dem in der Folge die Rede sein wird, mit dieser Person steht. Wenn aber die Paginierung der Handschrift, so wie ich sie vornahm, richtig ist (denn genau an dieser Stelle grenzen zwei separate Blätter aneinander), wäre unsere logische Prämisse nicht falsch. Just bei diesen Sätzen fand ich *in margine*

Gott sei Dank noch eine erkennbare Glosse: »Böse Hexen dürsten nach Jünglingsblut wie hohle Weiden nach einem Mairegen. O du armer Höllenbube, bald wirst du den Stachel dieser fremden Brüste zu spüren bekommen, wenn deutlich wird, daß ihr beide ja doch nur Scheusale seid …« Ich gebe zu, diese Anmerkung bleibt mir rätselhaft, weniger um ihrer selbst willen, sondern wegen des folgenden: »Da hüllte sich der Dichter in ein langes gelbes Gewand, das die Farbe eines Hochzeitsschleiers hatte; dieses mit Safran gefärbte Festgewand hatte ihm ein junges, fröhliches Mädchen eines Morgens zurückgelassen, als sie, bekleidet mit dem Mantel eines anderen Geliebten, floh. Der solcherart einer Dirne ähnelnde Dichter …« Ein unvollendeter Satz! – *Ende der Anmerkung des Herausgebers.]* Außer mir bedauerte sie keiner, weil sie nur mehr in meiner Phantasie lebt, untrennbar verbunden mit der Erinnerung an jenes schreckliche Begräbnis, dessen fast unwillkürlicher Zeuge ich damals wurde. Eines Morgens nämlich, gegen neun Uhr, überraschte mich eine große Stille, die nirgends ein Ende nahm. Ich stand an einem Fenster im ersten Stock, blicke hinaus und sehe: *die Erde ist tot!* Hätte ich es lediglich gesehen, hätte ich mich damit beruhigen können, soeben das Opfer einer Selbsttäuschung, wenn nicht eines Traums, geworden zu sein: ich erkannte es jedoch auf einen Schlag und unwiderleglich mit allen übrigen Sinnen und mit meinem ganzen Wesen! Was ist das? Im Monat Mai, und die Erde allem Anschein nach tot gleich in der ersten Blüte, und ich wußte es nicht! Ich sage: gleich in der ersten Blüte, da ich sie zu dieser Stunde schon in fortgeschrittenerer Verwesung vorfinde. Es hat den Anschein, daß die Bäume grünen und zu blühen beginnen, es hat den Anschein, daß Vögel herumfliegen und da und dort noch Menschen gehen, aber es wirkt eben nur so! Jedes Gebilde und jede Gestalt, die noch existieren, ist nur eine Larve des Lebens, nur ein Kostüm der *Fäulnis*. Hiermit ist auch jede Bewegung nur eine Illusion, oder noch besser: eine Verzweiflung der Sinne, die die absolute Ruhe nicht ertragen. Was für ein Wort! Um zu verstehen, wie unangemessen es ist, muß gesagt werden: jede Bewegung ist hier ein inständiger *Traum* der auf eine Leiche applizierten Sinne! Ein Traum gesunder Augen, die in die ausgehackten Höhlen eines Schädels gesteckt sind, der eine Woche lang auf einem Schlachtfeld herumgekollert war; ein Traum lebendiger Augen, die wollten, alles wäre nur ein Traum! – Wehe, meine Vision war kein Traum! Damit ihr das Entsetzliche jenes Frühlings, das Gespenstische jenes Maivormittags, das heißt jener schrecklichen Ewigkeit, voll nachempfinden könntet, müßtet ihr die Enttäuschung aller übrigen Sinne hören, eine unbedingte Enttäuschung, auch was die Zeit betrifft, was am schlimmsten ist. Die Wolken ragen zwischen Himmel und Erde auf wie riesige, verfaulte Fische, die mit der Pest über die Landschaft »herrschen«. Die Sonne scheint nur, so wie bestimmte schwarze Gegenstände glänzen, wenn man sie von der Seite betrachtet; ihr Antlitz, matt und verwelkt, erinnert mich an das gelbbraune Gesicht eines meiner ehemaligen Kollegen, der an einer Ohrenkrankheit litt (weh mir, ich spüre die Sonne mit dem Geruchssinn!); trotzdem kann ich aber sagen, gelbbraun, oder braungelb, weil über Farbe und Haut eines solchen Gesichts eigentlich oder vor allem der lähmende, süßliche Geruch entscheidet, der von einer solchen Krankheit verströmt wird. Ja, so war die Sonne. Aber sogar der Wind, obwohl der noch freieste und geschwindeste, hatte es, fast erstickt am Gestank, nicht geschafft, sich zu retten, und liegt jetzt wie mit schlaffen, für immer unelastischen Nerven und Muskeln in der schütteren Masse seines riesigen Körpers da. Im höchsten Grad der Verwesung ist das Wasser im Flußbett, in den städtischen Brunnen rinnt Eiter und sickert in alle Gebäude, vor allem Klostergemäuer durchdringend. Es bedurfte meiner gesamten geistigen Kraft und Willensstärke, um im allgemeinen Nichts, von dem ich wie übergossen war, nicht plötzlich zusammenzubrechen. Und wie ich so dastehe, jetzt schon mit meinem ganzen Körper ans Fenster gelehnt – die Knie zitterten mir, auf den Schläfen spürte ich kalten Schweiß, als wäre es nicht mein eigener, und ein Schwindel befiel mich – alles Anzeichen von Krankheit, die man sich, wenn ihr wollt, erklären kann – niemals jedoch werde ich mir, was danach folgte, erklären können: mit meinen leiblichen Augen erblickte ich eine riesige Bahre, die im Tempo eines Begräbnisritus auf dem Rücken ekelerregender Wellen mitten durch die Landschaft aus der Stadt getragen wurde. Aus dem Kreis meiner Sinne trat der Geschmack vor und sagte, an seine Gefährten gewandt, wie ein Handwerkerlehrling, dem seine erste Werkprobe gelang: *»Das also ist die Bitterkeit?«* –

Mir schien, ich würde sterben. Wer kann im übrigen wissen, ob ich damals nicht wirklich starb und nur meine Seele an jene Stätten, wo ich gelitten hatte, zurückkehrte? Diese Hoffnung wird von den gegenwärtigen Umständen gänzlich widerlegt. – *Eine Stadt? [Anmerkung des Herausgebers:* Mit diesem Wort beginnt meiner Vermutung nach eine ganz neue Lebensphase – *wie ich glaube* –, rückwärts gesehen, im Licht eines anderen Lebens. Dank meiner Studien der tschechischen Dichtkunst wage ich zu behaupten, zwei Analogien zu diesem Teil der »Burg des Todes« gefunden zu haben: Karel Hynek Máchas »Traum von Prag« und Otokar Březinas »Stadt«. Es ist hier jedoch nicht der Ort, um die Stadt unserer Handschrift mit den »Städten« der soeben erwähnten Autoren kritisch zu vergleichen, – das werde ich ein anderes Mal und in einer eigenen Studie, auf die ich mich in der Zwischenzeit vorbereite, tun, so daß ich mich vorläufig mit der Behauptung begnügen muß, daß die Stadt der von mir entdeckten Handschrift im wesentlichen (ceteris paribus) mit Březinas Stadt der »Polarwinde«[3] identisch ist. *Hier endet die Anmerkung des Herausgebers.]*

Oh, ich weiß, sie ist die einzige Stadt der Welt; schwarz, ausgetrocknet, düster ist sie, als wäre sie aus den Schutthaufen der biblischen Sintflut ausgegraben worden, schon im Zustand der Karbonisierung, nunmehr entblößt aufragend inmitten unendlicher Wälder, in denen die Meiler brennen. Wie viele Jahrhunderte war ich tot, daß dieser Landstrich dort

---

3 O. Březina, *Větry od polů (Polarwinde)*, 1897, dt.: *Winde von Mittag nach Mitternacht*, 1920.

so bewaldet ist? Und diese zweideutige Stille, die seinem reinen Antlitz aufgedrückt ist! Ich weiß es, ich sah es: Heilige und Verbrecher sind dort. In den Kapellen brennen sowohl an den Wänden wie auch über den Köpfen der vor dem Tabernakel und vor den Bildern Knienden Aureolen. Dieses Licht hat die Beschaffenheit reifen Obstes im Paradies. Es ist ruhig wie das Herz der Felsen, und ich denke, daß es nicht versengt. Hier werden Gott nur unbefleckte Dinge geopfert. Man kann die Hand ausstrecken und sagen: dieses Licht ist das Licht des Lichts, und das hier ist das Licht der Finsternis. Ersteres wird nämlich von Gottes Gerechtigkeit ausgestrahlt und das zweite von Gottes Barmherzigkeit. Aber in dieser Kirche ist es nicht finster, obwohl man sich hier öffentlich verstecken kann; die eigentliche Finsternis herrscht dort draußen in den Gassen und im unendlichen Forst. – Außer dem Licht der Dinge gibt es kein anderes Licht. Messen werden nicht gefeiert; entweder, es ist kein Priester hier, oder wenn einer da ist, ist es, als gäbe es ihn nicht. *[Anmerkung des Herausgebers:* Ich hege die begründete Vermutung, daß hinter dem Satz »Messen werden nicht gefeiert« ursprünglich ein Punkt war, denn die beiden Folgesätze weisen, was die Schrift betrifft, einen so auffällig verschiedenen Charakter auf, daß ich sie ursprünglich zwischen Klammern setzen wollte. Weiß Gott, welches Geheimnis diese zwei Sätze in sich bergen! Die Schrift dieser Passagen macht, wenigstens auf mich, den Eindruck, als wären sie aufgezwungen worden! Welch schreckliche Dinge aber mußten in diesem Fall hier passiert sein! Versuchen wir, uns das mit einem Vergleich zu verdeutlichen, zum Beispiel aus dem Bereich der Kunst; wenn ihr einem Dichter das Leben nehmt, ist es, als würdet ihr eine Mutter töten; wenn ihr jedoch einem Dichter sein Werk vernichtet, ist es, als würdet ihr ein Kind im Mutterleib morden. Bitte, ruft euch dieses Gleichnis in Erinnerung, wenn ihr weiter unten etwas von der *Raffiniertheit eines Mordes – Mord* zu sagen ist noch zu wenig! – lesen werdet. – *Ende der Anmerkung des Herausgebers.]* Ja, hier ist Gott, und es gibt keinen der Seele so nahen Gott wie unseren Gott. Stille und Anbetung. Das heilige Abendmahl? KARFREITAG. Die Schwärze der Sonne …

Dieser Tag, welcher Tag auch immer es sein mag, wird nicht erlöschen. Ich möchte noch etwas von den Einwohnern sagen.

Diejenigen, die gut sind, sind unveränderlich gut, und die, die böse sind, sind es aus Lust und unverbesserlich. Niemand hindert sie. Es ist nicht notwendig, etwas zu verbessern. Alles ist vollkommen. Niemand beschwert sich über die Morde, denn es wird nicht aus Not gemordet; auch der Zorn Gottes ist wie aus schwarzem poliertem Ebenholz, schön. Man war zu der Erkenntnis gelangt, selbst der Anfang des *Lebens* sei Furcht. Man stirbt gern, weil der aus den unergründlichen Wäldern quellende Schrecken die Seele reinigt.

Meine damalige Vision war also richtig. Dort, wo sich der Horizont mit den Wolken des Westens berührte, sah ich immer wieder eine Stadt mit Tausenden Türmen, sauber herausgehauen wie aus Himmelsfelsen und von einem so mächtigen, aber so massigen Licht beschienen, daß man die Augen nicht zuzukneifen brauchte. So war sie aus der Ferne, ich weiß nicht, wie viele Jahrhunderte lang. Ich war zur damaligen Zeit ungewöhnlich traurig, aber kaum war mir klargeworden, daß man nur zu sterben brauchte, um in diese Stadt zu kommen, in der alle Dinge einen anderen Sinn haben, bemächtigte sich meiner eine große Freude, wie immer, wenn der Körper sich nach dem Tod sehnt, als würde er sich nach dem Leben sehnen. Gott ist so nahe; er ist in jener Stadt, wo Ihn die sehen, die mich dort erwarten, und er ist unsichtbar, übersinnbildlich zwischen mir und ihnen. *[Anmerkung des Herausgebers:* In margine der Handschrift hinzugeschrieben: »Mein Anblick ist mächtig und feurig, so daß alle Namen, unter denen ich litt und die ich liebte, sich in ihm verschmolzen wie Erze, die in einer Esse ihren so vollkommenen Formen entsagten.« *Ende der Anmerkung.]* Warum befahl er mich damals nicht zu sich, als vor meinen Augen die Sonne unterging, weil sie sich vor der Herrlichkeit Seines von der Abenddämmerung installierten Ruhms für ihre Armut schämte? Warum unterdrückte er in meiner Seele nicht jenes Verlangen, wie ein Prophet durch die Welt zu gehen und der Erde den Ruhm des Todes zu künden? Er hat mich erhört, denn er liebt unsere Freiheit und achtet so sehr unseren Willen, daß er auch unser Leiden liebt.

Der Bruder weiß freilich nicht, warum ich dennoch Priester geworden bin. Von unserer ganzen Familie bestand nur bei mir die Fähigkeit zu großem Glück. Die Kornblumen neben dem Pfad, auf dem ich durch das reifende Getreide schritt, taten mir ihr

Geheimnis kund. Ich schrieb es also neben anderen Mysterien in ein großes Buch ein und faßte ein für allemal für mich den Entschluß, es solle mich auf allen meinen Wegen begleiten. Weh mir!, gerade dieses Buch wird mir zum Schicksal, weil ich nicht nur mein eigenes Wort in ihm zuließ. Gewiß, es geschah aus zu großer Güte, zu der sich später Schwäche und zuletzt Sünde gesellten. Möglicherweise war es umgekehrt, aber was nützt es mir jetzt, zu grübeln und zu jammern, wenn Hand und Fuß gebraucht werden? Mein unseliges Buch! Ich kann es nicht richtig tragen. Ich denke nicht, daß es mir zu schwer ist, hab ich es doch mit meinem Herzen aufgewogen, aber jenes fremde Element macht es unhandlich für mich. Ich trage es, aber ich kann mich nicht beeilen und soll gerade jetzt mein Leben retten. Welchen Sinn jedoch wird mein Leben noch haben, wenn ich das Buch hier zurücklasse? Wenn ich mich wenigstens mit meinem Schatz irgendwo verstecken könnte! Der Fluß, der zu meiner Rechten fließt, ist schon durch seine vorgetäuschte Harmlosigkeit furchterweckend, kein Grund zu sehen – und auf der linken Seite? Nicht daran zu denken! Bevor ich nur die Mitte dieses Steilhangs erreicht hätte, der außerdem kein einziges Versteck bietet (von der Not geästete, dürre, gelichtete kleine Föhren, die nur wie herbstliches Schmielgras kümmerlich ihr Leben hier fristen, können kein Asyl sein!), wäre ich hundertmal geschnappt worden. Aber von wem? Gott, brächte ich es fertig, nicht daran zu denken!

Die letzten Kräfte sind aufzubieten: der Bruder scheint etwas zu ahnen; wenn er sich umdreht, bin ich verloren; ebenso, wenn ich, durch einen Schrei oder durch sonstiges auffälliges Verhalten eine Vorahnung dieses Unheils in ihm wachrufe, ihn also in der Vorahnung dieses für *mich* ohne seine Hilfe unabwendbaren Verderbens bestärke. Wirklich, eine Rettung ist hier nur durch eine Unaufmerksamkeit, nein, Unachtsamkeit meines Bruders möglich, die aber sofort, sobald sie ausgenützt wird, *vom vollen Bewußtsein* des drohenden Verhängnisses abgelöst werden muß.

Herz, du kannst aufatmen! Mein Glück ist genauso präzis wie jenes psychologische Gesetz, durch dessen intuitive Applikation ich mich aus der Umklammerung des Todes zum Leben befreite. Kaum war ich von hinten in den Wagenkasten gesprungen, in den ich zuerst mein Buch geworfen hatte, hieb mein Bruder mit der Peitsche auf die Pferde ein, wobei deutlich sichtbar war, daß er von meinem, nunmehr aber unserem beiderseitigen Unglück nur ein Hundertstel bemerkt, es jedoch perfekt, ganz nach meiner Berechnung, abgeschätzt hatte. Das alles geschah so plötzlich und lief mit solcher Schnelligkeit ab, daß wir nicht einmal ein Wort miteinander wechselten, übrigens auch aus der unbewußten Überzeugung heraus, daß in derartigen Fällen das *Wort,* das Unheil vollendend, zugleich *Fleisch* wird. In solchen Momenten wird man von einem einzigen Gedanken beherrscht: Das werde ich jedoch erzählen, wenn ich davonkomme! Gleichzeitig aber flüstert euch, ohne daß ihr es euch eingestehen würdet, aus dem verborgensten Winkel eures Herzens eine Stimme zu: Wenn das kein Traum mehr ist? Wenn das schon jenes *definitive* Werk des Todes und nicht wieder nur eine Studie und eine Skizze ist? Selbst bei Seiner ganzen Langmut kann es doch *nicht einmal übernatürlich* möglich sein, daß Gott mich *unablässig* verschont!? Diese Gedanken schossen mir wie scheue, entfernte Blitze durch den Kopf, denn genau daran *wollte ich nicht denken*! – Oh, wie entsetzlich! Was ist los? Ist die Welt auseinandergebrochen?

Abermals liege ich samt meinem Buch wieder auf der harten Erde, um mir noch eine Sekunde lang einzureden, daß das eine als psychische Reaktion meiner gemarterten Seele entstandene trügerische Ausgeburt meines Schreckens ist und ich mich folglich immer noch hinter dem Rücken meines Bruders auf dem Kutschbock in Sicherheit wiege. Aber leider besteht kein Zweifel, durch einen heftigen Ruck der Pferde ist der Wagenkasten, als wäre er zu jäh durch mein Buch überlastet, zerbrochen! Jetzt wird man sich schon mit allem abfinden müssen! –

Indem ich das Werk meines ganzen Lebens (wer versteht, was das heißt!) *auf Gedeih und Verderb der rohesten Barbarei auslieferte,* raffte ich mich auf, um, wenn möglich, meinen Körper und meine Seele für kurze Zeit zu retten. Als erstes hatte ich die Absicht, meinem Bruder zu folgen. Der aber, ohne vielleicht überhaupt bemerkt zu haben, was passiert war (verdächtigen will ich ihn nicht), war schon ich weiß nicht wo. Hinter mir, ungefähr eine Wegmeile entfernt, liegt jene geheimnisvolle Stadt. Was rede ich!, welches Geheimnis? Für mich ist alles so grausam klar.

Wie nie zuvor erkannte ich plötzlich die Proportionalität der irdischen Grenzen zur Herrschergewalt. Bis jetzt hatte ich nämlich, wenn auch irrigerweise, angenommen, Raum und Zeit und ihre Ausdehnung, weil beliebig veränderlich, entzögen sich dem Gesetz. Daher hatte ich Geschichte und Landkarten mißachtet, als entsprächen sie nicht den Landkarten und der Geschichte der Wesen, die sich zwischen Himmel und Erde bekriegen. Es kann keinen größeren Irrtum als diesen geben, und wenn ein Mensch sein Verhalten danach richtet, darf er sich für einen von der Vorsehung besonders Auserwählten halten, sofern er nicht seinen Wagemut mit dem Tode sühnt. Meine Schritte zu zählen war mir zwar unmöglich, so rasend war meine Flucht von dem Zeitpunkt an, als ich mein Buch weggeworfen hatte, doch schätzte mein Blick, der durch die Todesangst gereinigt und mit geheimnisvollen Kräften ausgerüstet worden war, mit mathematischer Genauigkeit die imaginäre Grenzlinie beider Mächte ab: sowie ich sie überschreite, würde ich gerettet sein!

Aber der, der mich verfolgte *und dessen Name, erst einmal in menschlicher Sprache erfunden, allein schon genügt,* daß jene, die auf den Feldern sind, nicht zurückkehren und die, die auf den Dächern sind, nicht mehr heruntersteigen – dieser mein Verfolger, wie ich sage, rückte im Zickzackschritt gegen mich vor (nicht ohne Ähnlichkeit mit einem schwarzen zuckenden Blitz, *zweckhaft* angerissen im Flug bestimmter Vögel und auf dem Rücken von Schlangen), wobei er mich schon aus der Ferne durch die Bewegung faszinieren wollte, was ihm, leider, zum Teil auch gelang, weil Intelligenz, an und für sich etwas Gutes, erst dann hundertfachen Gewinn abwirft und daher auch Schutz bietet, wenn sie, was Übung voraussetzt, mit

Reaktionsfähigkeit der Sinne gepaart ist; aber wann und wie oft schon widmet ein Mensch dem anderen und dem Tod so viel Aufmerksamkeit, daß sein Körper sich für jene Sekunde des Schreckens, in der das Verhängnis mit ironischem, konzentriertem Blick auf sein Herz zielt, ausreichend beruhigen kann? Würde es sich hier nur um einen Mord handeln, würde ich keinen Schritt weiter tun, sondern *mich*, ohne zu mucksen, in Erwartung des Schlages *umdrehen*. Das Gefühl des Todes ist entschieden schrecklicher als der Tod selbst, aber lieber lasse ich mich tausendmal zur Flucht hinreißen, als SEINEN Blick zu ertragen oder mich von SEINER Hand berühren zu lassen! ... Bisher hatte ich vermutet, in jenen Wäldern lebe außer Köhlern, Bären und anderen bekannten Lebewesen und Raubtieren nur Schwarz*wild*. Schwarzwild – aber wer versteht mich hier? Ich kann mir ganz gut einen Löwen, einen Tiger, ein Nashorn, einen Elefanten, ein Mastodon, den Pterodaktylus und jedes beliebige andere wilde und grausame Tier vorstellen, ohne daß in meiner Vorstellung nicht Platz für das Gefühl irgendeiner Achtung oder Bewunderung bliebe, wogegen Schwarzwild in mir außer Angst weitaus mehr *Ekel* erregt, weil es für mich, ich weiß nicht warum, mit einer undefinierbaren Scheußlichkeit gleichgesetzt ist ... Wie dann erst: ein schwarzer – *»Mensch«!?* –

Ein Dorf zu erreichen, daran war nicht mehr zu denken. Bleibt also nichts anderes übrig, als mich in diese Pforte zu stürzen, gleichgültig, was mich dahinter erwarten würde, denn wenn keine Hoffnung mehr auf Rettung besteht, es also keine gibt, dann mögen meine Todesqual und SEINE Befriedigung durch das »Halbdunkel« eines wie immer gearteten abgeschiedenen Orts vermindert sein, denn so viel ist sicher, daß sowohl Gott wie der Teufel auf Prunk aus sind, sogar in dem Fall, wo nur der Himmel und die nackte Erde Zeugen sein sollen, wie es hier geschehen würde. (Das war mir plötzlich alles völlig klar.) Kaum hatte ich die Schwelle dieses unverhofften Gebäudes überschritten, war es, als wäre meine Seele nicht mehr an den Körper gefesselt (so groß war meine seelische Anspannung), und schlagartig erfaßte ich nicht nur die Architektur (und damit die Ausmaße) dieses Baus, sondern auch sein schreckliches Geheimnis – dieses letzten, jawohl, auch wenn ich es mir nicht eingestand … Es ist ein mehrstöckiges Labyrinth, mit zahllosen Gängen, die immer von einem gemeinsamen »Knoten« aus in alle Richtungen laufen. *[Anmerkung des Herausgebers:* In der Handschrift fand ich leider nur einen teilweisen *Plan* dieses Bauwerks.*]* *Ein einziger* von allen diesen Gängen (so sagte mir eine Eingebung) führt zur *Rettung*, alle übrigen *in den sicheren Tod*. Es ist keine Zeit, um zu überlegen, im Gegenteil, Besonnenheit würde hier noch mehr Verwirrung stiften. Jede Sekunde wird der Mörder mich unvermeidlich einholen, ich höre schon seine furchteinflößenden Schritte hinter mir, und es ist bereits gleichgültig, wohin ich davonstürze. In den weiten hexaedrischen Raum, auf den ich plötzlich geraten war und der mit seiner spürbar niedrigen Decke den Eindruck einer unterirdischen Höhle erweckte, die künstlich geschaffen und beleuchtet war, gähnten ich weiß nicht wie viele Schlünde, die den Löchern ehemaliger Eisenbahntunnels nicht unähnlich waren. Intuitiv verstand ich, daß dieser Palast höchsten, um nicht gar zu sagen, letzten Zielen diente (wessen, das sollte ich erst erfahren): alles in ihm war von derartiger Perfektion und Geschliffenheit. Allerdings grinste das Grauen aus dieser Vollkommenheit, und diese Eleganz atmete Kälte aus. Eigentlich konnte hier gar nichts atmen, weil alles offensichtlich die Schöpfung und Residenz eines übermenschlich intelligenten, jedoch verlorenen Wesens war, dazu verurteilt, noch einige Pläne Gottes zu verwirklichen, wenn sie nicht ohnehin hier auf Erden schon endgültig *erfüllt* waren, wie an allem zu erkennen war, und wenn nicht mitsamt diesem Bau auch meine Qualen der letzte Ausdruck des Ewigen Guten einem Wesen gegenüber sind, mit dem man nicht mehr nachsichtig sein kann ... Wie diese Lokalitäten das Leben aufsaugten! Ach, zu miserabel dieses Wort, denn das Nichts tötet, und die Leere verschlingt.

Ich stürzte mich in einen dieser Gänge, und zwar gleich in den *allernächsten*, an der rechten Seite, nicht nur weil die Vorstellung von »rechter Hand« in meinem Bewußtsein dadurch verwurzelt war, daß sie sich in meinen Sinnen mit dem Gefühl der Erlösung deckte, sondern und vielleicht nur aus dem Grund, damit zwischen mir und IHM keine *freie* Distanz wäre. Nachdem ich ungefähr zwanzig Meter durch diese dämmrige Unterwelt gelaufen war, erblickte ich auf einmal, fast in der gleichen Entfernung, einen Abglanz des *Tageslichts*, das ganz verschieden war von jenem, welches während meines Erlebnisses mit dem Bruder und dem Buch geherrscht hatte. Ich sage absichtlich ein *Abglanz*, denn dieses Gebäude war, wie ich feststellte, in der Art eines Schneckenhauses errichtet. Aber kaum hatte ich den Vorsatz gefaßt, auf dieses Licht zuzugehen – nie hätte ich geglaubt, was *Licht*, Sonnenlicht, der Abglanz von Sonnenlicht uns in einem unterirdischen Gang bedeuten kann! –, da kam mir plötzlich eine Sache zu Bewußtsein: daß dieses Licht identisch war – wie es beschreiben? Vor meinem geistigen Auge tauchte ganz deutlich eine bestimmte Szene aus meiner *Kindheit* auf: Am frühen Morgen im Bett erwachend, sehe ich das Fenster und meine Mutter. Nicht das ganze Fenster, sondern nur eine mir gegenüberliegende Zwischenwand, auf welche bunte Weihnachtsbildchen geklebt waren, denn im Fenster war eine Weihnachtskrippe aufgestellt. Ein Streifen Sonnenstrahlen drang in das Zimmer und stützte sich dabei auf diese Innenwand mit dem Fenster und zauberte aus den bunten Illustrationen und aus der ganzen Wohnung eine lebendige Schönheit hervor, die, wiewohl fern, so nahe ist. Ich wähnte mich nicht nur in Betlehem, sondern vielmehr im Paradies, weil mein Vater in einer fernen Stadt und ich mit meiner Mutter alleine war und ihr Lächeln, mit dem sie mich damals anblickte, für mich mit dem Lächeln jener Morgensonne auf den Krippenbildern völlig identisch wurde, und damals wußte ich, die Welt könnte nicht besser und die Erde nicht schöner sein und daß Schweigen und eine große Stille das kostbarste Geschenk sind und daß das höchste, tiefste, weiseste und liebste Wort ein Sonnenstrahl am Morgen, der Schöpfer und Mahner des ewigen Guten, ist. – Gott, ach Gott, der Abglanz des Tageslichts in diesem unterirdischen Gang hatte mir zwei Sekunden lang jenen süßen Augenblick aus meiner Kindheit vergegenwärtigt, aber kaum hatte ich mir vorgenommen, zu diesem Licht hinzugehen, war gleichsam nahe über mir eine laute und, wie mir vorkam, fröhliche Unterhaltung zu hören, was meinen Vorsatz schlagartig ins Wanken brachte, denn in meinem Kopf blitzte folgender Gedanke auf (und kaum daß ich etwas denke, sehe ich es auch schon): Wenn *beides* eine Täuschung ist, sowohl das Licht als auch diese Stimmen, dann scheint mir die letztere Täuschung weniger trügerisch zu sein, weil das im Halbdunkel verborgene *Licht* mir folgen konnte [ich mußte, wie ihr euch erinnert, durch einen *dämmrigen* Gang flüchten, und *genau dieser* Umstand brachte mich von meinem Vorsatz ab, zum Licht zu flüchten, das heißt zu jenem Lichtreflex, denn – und das begriff ich fast im Hundertstel einer Sekunde: durch Intuition – *wenn der Blick plötzlich von Licht in tiefe Finsternis übergeht*, ist das Auge einen Moment lang geblendet, und wir können, als wären die Augen von einem Häutchen überzogen, gar nichts sehen: wenn ich, der ich von dem (in diesem hexaedrischen »Knoten« herrschenden) Licht in den Gang hineingestürzt war, noch etwas sehen konnte, geht daraus hervor, daß das Licht in der Finsternis besagten Ganges *auf der Lauer* lag] – im übrigen sah ich mich schon mit ihm, das heißt mit dem Licht (in diesem Labyrinth), und wenn ich seine Quelle suchen, das heißt *zum Licht* hinstürmen werde, was würde ich erblicken? Irgendeine Glühlampe oder, was tragischer wäre: den Himmel, über dem Kreuzgang eines entsetzlichen, weil trügerischen Asyls. Wogegen Stimmen an sich, wenigstens menschliche Stimmen, nicht existieren können, und ich vernehme nur Stimmen, sie sind also weniger verdächtig und auf jeden Fall sicherer, wie überhaupt alles, was mehr materiell ist (Gott, wie ließ ich mich täuschen!), so daß, wenn ich zu den Quellen der *Stimmen,* und zwar menschlicher und, wie mir schien, fröhlicher Stimmen, flöhe, ich in die Gesellschaft von Menschen gelänge, und wenn sie auch ich weiß nicht wie raffiniert wären (ich erkannte, daß es die Stimmen kultivierter Menschen waren), regiert die Seele mit gewissen Kräften, die nicht zu achten sich keine Kultur erlauben kann – so dachte ich bei mir. Es fiel mir jedoch ein, daß auch diese Stimmen eine unterdrückte oder als Köder ausgelegte Ironie des übermenschlich intelligenten Monstrums (das sich in diesem Labyrinth versteckt, eine dämonische Spinne, die regungslos – weil unfehlbar – auf ihre Opfer lauert) sein könnten, weil sie aus verborgenen Grammophonen kommen könnten, trotzdem aber – o Mensch, du, dem sein nacktes und blutendes Herz ein hinlängliches Zeugnis und sein letztes Gut sind: versuch nachzudenken in einer solchen Minute, wenn du kannst! Der Selbsterhaltungstrieb und die Liebe zum Leben sind uns so angeboren, daß auch eine bereits zum Hals herabsausende Guillotine bis zur letzten Sekunde die rosigen Fäden unserer Hoffnung nicht durchtrennt.

Unwillkürlich blickte ich in jene Richtung, aus der die Stimmen ertönten, und als ich einen Stiegenaufgang, Steinstufen gewahrte (wie hatte ich sie übersehen können?), lief ich, nein, flog ich über sie hinauf.

Kaum hatte ich das getan, war es, *als wäre ich bereits nicht mehr bedroht.*

Eine hohe, an eine Konklave erinnernde Halle, nur an der Nordseite mit Fenstern versehen. [Das Geheimnis des Nordens wurde mir schon in meiner Kindheit enthüllt. – *Glosse in der Handschrift.*] Aschfahles Licht. Dasselbe Licht, aus dem ich entkommen war und dem zu entkommen ich gehofft hatte, nur gedämpfter, ironischer, mehr quecksilberartig, und ich spürte es auf meiner Haut und in meinem Herzen wie eine Ätzung mit einem giftigen Stoff.

Es überraschte mich, daß alles ruhig wurde, sobald ich die Tür öffnete, aber meine eigentliche Überraschung, das Wesen meiner Überraschung, das Schauderhafte meiner Überraschung war, daß die immerhin so lauten Stimmen bei meinem Eintreten verstummten, *ohne das geringste Echo zurückzulassen!* Und auch die anwesenden »Personen« zeigten nicht die geringste Spur irgendeines Lachens, von Fröhlichkeit, lärmender Ausgelassenheit, nichts davon konnte ich an ihnen wahrnehmen: *obwohl jene Stimmen das alles enthalten hatten!*

An der den Fenstern gegenüberliegenden Wand stand in einem Bogen eine Mannschaft in Uniformen und mit einer Rüstung, deren giftiger Glanz sich mir in alle meine Nerven einritzte. Meine von dieser Stille erzeugte und durch diese Halle gesteigerte Angst halbwegs beherrschend, schritt ich nach vorn. Die Mannschaft, die zu meiner Rechten blieb, rührte sich gar nicht. Ich gehe direkt zu dem hohen Thron, weil ich begriffen hatte, daß nur SIE hier zu entscheiden hatte, und solange das nicht geschah … Man kann an nichts denken, solange das nicht geschieht – es ist hier überhaupt unmöglich, zu überlegen, hier muß man *handeln*. Ich trete mit bewußt offenen Augen vor sie hin, in der Gewißheit der Gerechtigkeit meiner Angelegenheit, was nötig und gut für das Leben ist, und bereits zu allem entschlossen. Einer unmerklichen Verschiebung ihres Körpers jedoch, in der sie, ich weiß nicht wann, *allerdings meinetwegen* verharrte, entnahm ich (denn auch ich hatte mich schon öfter in gehobenerer Gesellschaft bewegt), daß ich nicht von Angesicht zu Angesicht vortreten könne; daher nahm ich einen Platz ein, den ich für mich und meine Beweggründe instinktiv abgesteckt hatte: ich trat vor und trat dicht neben SIE, zu ihrer Linken.

[*Glosse.* Ihr Gewand, schwarz wie ihr Haar und ihre Wimpern, schwer über die Stufen des Throns herabfließend und mit schwarzen Diamanten besetzt, erhöhte, falls noch möglich, ihre Majestät und die Anmut ihres mit einem goldenen Reifen geschmückten Hauptes. Ihre Stirn, ihr Gesicht und ihre Hände, einer Elfenbeinschnitzerei gleich, standen in scharfem Kontrast zu ihrem Kleid und zu ihrem Haar, zu dem ganzen Gemach, ja sogar zu dem Licht, das sie noch bleicher, noch weißer machte. –] Ohne etwas zu sagen und ohne mich anzusehen, stellte sie mir die Freiheit anheim, meine Aufgabe zu erfüllen: FREUDE IN IHR ZU ERWECKEN, ODER – (Noch hatte sich die in einem Bogen vor der Mauer stehende Mannschaft nicht gerührt.)

Wie süß ist es wohl, für ein Wesen zu sterben, das man lieben kann! – Ich hauchte die ganze Inbrunst meiner Seele in dieser Stille aus, und plötzlich verstummend, höre ich, wie mein Herz pocht ... Da erst offenbarte SIE sich mir: *Sie lächelte schief.*

[Anmerkung des Herausgebers: Nach dem letzten Satz, aber ungefähr drei Finger weiter unten, war dazugeschrieben: *»Karwoche ...«]*

Der weiße Bär

Ich weiß nicht, was vorher mit mir und um mich herum geschehen war. Es ist durchaus nicht ausgeschlossen, daß ich von jemandem betäubt und in ein fernes Land gebracht worden war. Ich erwachte in einem auf den ersten Blick ärmlich wirkenden und mir völlig unbekannten Gemach.

Als wäre jemand, von einem Spuk vertrieben, von hier ausgezogen. Wände und Plafond waren um nichts tröstlicher als in einem städtischen Armenhaus oder in einem Schloßturm, und der Fußboden, der sich von Menschenhänden längst erholt hatte, lag beklemmend tief unter einem verwahrlosten kleinen Fenster, dem einzigen dieses in Quecksilberlicht getauchten Raumes, sicher um das Maß eines Menschen tiefer als die Erdoberfläche dort draußen. Außer einem Koffer an der Wand zwischen der linken Zimmerecke und der Tür gab es kein anderes Mobiliar hier. Kaum war ich aufgewacht, wurde ich mir meiner Situation mit der Freude und dem Ungestüm einer soeben vom Körper getrennten Seele bewußt. Obwohl die Mauern mächtig wie das Mauerwerk eines alten verlassenen Klosters waren und ich in dieser tiefen, für die Welt längst toten Zelle aufgewacht war, wußte ich plötzlich mit absoluter Sicherheit, daß mich hier der *Tod* erwartete. Ich wurde von Entsetzen übermannt, und meine Lippen zitterten nicht einmal soviel wie das Laub eines Baumes bei Windstille. Die betäubende Stille entsprach dem beklemmenden Halbdunkel dieses fluchbeladenen Gebäudes. Die Erinnerungen aller, die hier einst lebten, lehnten sich von außen an die Mauern des Hauses, wie sich nur toter Lehm gegen die Wände einer Krypta stemmt. Ich glaube nicht, daß es einen Ausgang von hier gab. Die Schlüssel dieses Gebäudes waren sicher längst vom Rost zerfressen, und weiß Gott, in welcher Weltgegend das Wrack der Sonne liegt. Wäre ich alleine hier, würde mich allein diese Stille töten!

Derjenige, der gleichzeitig mit mir Gefangener dieser Stätte war, flieht plötzlich zur offenen (altersschwarzen) Tür und kommt nicht mehr dazu, sich zum Boden des Koffers zu beugen, dessen an die Wand gelehnter Deckel mich nicht anders anblickt als mein zusammen mit mir von ewiger und unabwendbarer Vernichtung bedrohter Bruder; denn wo ein Mensch bedroht ist, fühlen auch alle Dinge sich bedroht. Im Nu verstand ich die Absicht meines durch die Unverhofftheit des Todes wie ich stummen Gefährten und greife mit der gleichen Schnelligkeit zum Boden des Koffers, des einzigen Möbelstücks dieses Raums, und schon drücke ich ihm ein Flakon mit einer furchtbaren, ein Lebewesen schlagartig in Stücke zerreißenden Bombe in die Hand ... Erst jetzt kommt mir der Gedanke, daß ich vor dem Zeitpunkt *dieses Angriffs* noch nicht wußte (und es mir auch gleichgültig war), was der Koffer enthielt, um so weniger aber, daß etwas *Tödliches* in ihm war. Und obwohl bis zu zwei Drittel seiner Länge gefaltete Kleidung in ihm lag, der restliche Platz dagegen ungeordnet mit kleineren, *unschädlichen* Gegenständen gefüllt war, griff ich mit der Sicherheit eines Mannes, der seinen Spazierstock packt, nach der verderbenbringenden Flüssigkeit. Und außerdem wußte ich (der sich bis vor einem Augenblick eine Bombe *ganz anders* vorgestellt hatte!) genau, daß außer einer einzigen Waffe noch, die ich für alle Fälle (wiewohl mir klar war, daß dies mein *letzter* Fall ist!) für mich selbst an mich riß, sich keine andere mehr dort befand. Nun, unmittelbar darauf kam hinter meinem Gefährten, er war älter als ich, jedoch gleichsam identisch mit mir (was nur in Todesgefahr vorkommt – aber wer denkt in einem solchen Moment lange nach?), ohne daß Schritte zu hören gewesen wären, ein *großer, hoch aufgerichteter, weißer Bär* mit weißen Hauern im blutroten Zahnfleisch herbeigestürmt. Da erkannte ich, daß wir verloren waren, und ich wurde mir dieses Todes bewußt, wobei ich die Bombe fest in meiner Rechten hielt und mich gleichzeitig an meinen Gefährten erinnerte: erstens, daß er älter war, und dann sofort, daß auch er das Verderben in seiner Hand hielt … Ja, das kam mir zu Bewußtsein, und es war augenscheinlich, daß wir verloren waren, ich wenigstens *unvermeidlich*: denn der Blick jenes Raubtiers machte mich vollkommen gelähmt. Ach, was waren das für Augen!

Und da ereignete sich etwas, was uns vollends verwirrte: dieses furchtbare Geschöpf bat uns, sich mit der rechten Tatze *bekreuzigend*, sich *selbst* töten zu dürfen!

Bruder! schrie ich, und stürzte zu Boden unter dem Schlag desselben Entsetzens, wie es …

Die Adler

> »Wahre Liebe bewirkt häufig den Gedanken an den Tod.«
>
> *Stendhal*
>
> »Wer liebt, fliegt.«
>
> *Thomas a Kempis*

Niemand, also wirklich niemand darf hier bleiben? Sobald man übrigens sicher vom Tod bedroht ist, bekümmert einen diese Frage nicht. Aber wie konnte es geschehen, daß alle um mich herum plötzlich verschwunden sind? Es gibt dafür zweierlei Erklärung: entweder ich habe nie jemanden geliebt, so daß ich bis jetzt nicht bemerkte, daß alle um mich herum schon längst gestorben waren – oder ich liebte alle zu sehr, so daß ich den Tod nicht sah, als er hier wütete. In Wahrheit erinnere ich mich, daß ich seine Schönheit, das heißt die Schönheit des TODES, weissagte. In Wahrheit erinnere ich mich, wie einer nach dem anderen mit einem Lächeln der Liebe von dieser Welt ging. Dieses Lächeln erzeugte ich durch meine Liebe, denn ich hatte die Schönheit des TODES, prophezeit. Auch seine Schönheit ist geheimnisvoll wie jedwede andere, und wäre jedwede andere Schönheit wohlfeiler als der Tod, würde ich sagen, die Schönheit des Todes ist geheimnisvoller als jede andere Schönheit. Viele unter den Lebenden verdächtigten mich, ich würde nur ein einziges Wesen auf der Welt lieben.

Aber können einen denn alle kennen? Und wie sollte man einen, der im Sterben liegt, nicht lieben? Und der mich so völlig erkannt hatte, um zu wissen, daß außer seinem Opfer viele andere notwendig sind und alle nicht ausreichen, wenn es das EINZIGE nicht gäbe? Ich war nämlich ziemlich bedachtsam und, fürwahr wider meinen Willen, meiner Schuld (Mängel der Gesundheit und Kraft und Schönheit) zu sehr eingedenk, um nicht die nötigen Vorkehrungen getroffen zu haben, daß gerade die mir Nächsten, die auf mich hofften, einzig auf sich selbst vertrauten; jetzt, da ich allein bin auf der Welt, kann ich es zugeben. Ich habe sie alle gut mit den Sakramenten versehen, kein Priester hätte es besser machen können.

Ach, meine Heimat! Meine Liebe, der Tod, hat diesen Landstrich geleert. Hat die Wälder samt ihren Hügeln verzehrt, die Wildbäche ausgetrunken, die Brunnen ausgeschöpft, den schluchtigen Tälern die Augen zugedrückt, das Auge des Himmels mit Augenweiß überzogen, doch nicht um Grauen zu erwecken, sondern einer großen schöpferischen Traurigkeit wegen. Ich liege, denn auch so rage ich zu sehr hervor ... Das ganze Land erstreckt sich vor mir wie auf der flachen Hand und fällt, damit ich es dadurch vielleicht um so besser überblicken könne, gegen Westen und nach Süden zu leicht ab. Diesen Himmelsrichtungen ist mein Blick zugewandt. Es wäre unwahr, zu sagen, das Geheimnis sei verschwunden, wenn das Land eingeebnet und leer und der Himmel sowohl der Wolken als auch des Sonnenlichtes beraubt ist. Für welche meiner Taten oder welchem Gesetz nach war mir diese Gnade zuteil geworden, das Werk des Todes vollendet zu sehen? Ich küsse diese Erde, die so rein, die ein riesiger, nun leerer Reliquienschrein ist; jenes unbefleckte Leintuch, das vor Millionen Jahren, als die Erde noch lärmte von Lebewesen, irgendein HEILIGER vom Himmel herabkommen sah. Ja, früher war sie vom Lärm der Geschöpfe erfüllt, hatte vor Leben gestrahlt, heute gleicht sie einer alten, vom Alter geschrumpften, dunkelbraun gefärbten, vom Bienenvolk verlassenen Honigwabe. Erst jetzt, da ich sie weder sehe noch höre, erkenne ich wirklich, wie sehr ich meine Brüder, die Menschen, und alle übrigen Kreaturen liebte. In dieser vollkommenen Stille und unter diesem Himmel, der keine Metamorphosen mehr zuläßt, darf mein Herz, weil es gehorsam den gebührenden Abstand und Raum festgelegt hat, meine einst so schmerzlich verheimlichte Liebe hinausschreien.

All diese aus dem Geheimnis des Heils lodernden Gefühle, Gefühle von Liebe und Freude, leuchteten kaum den Bruchteil einer Sekunde lang in mir auf. Wie dem auch immer sei, der Mensch fühlt sich ja doch nur in der Masse sicher und glücklich. Eine merkwürdige Sache: solange ich kein Leben um mich herum erblickt hatte, war ich in einer (wiewohl geheimen, aber um so gedeihlicheren) Beziehung zu den himmlischen Heerscharen gestanden (denn alles war *dort* hinübergegangen); und kaum daß sich Leben zeigte, begann ich mich zu fürchten, und meine Angst wuchs um so mehr, je konkreter die Erscheinung des Lebens wurde. In äußerster Ferne, dort wo die Welt endete, wurde eine Linie fliegender Wesen sichtbar; ihre Anzahl und ihre Gestalt konnte ich noch nicht erkennen, schon deswegen, weil mich plötzlich ein ganz anderer Gedanke beherrschte, der folgende nämlich: versteck dich, das ist dein Untergang! In der nächsten Sekunde, ganz unverhofft und gänzlich wider meine Erziehung und in absolutem Zwiespalt mit meiner Überzeugung bemächtigte sich meiner ein weiterer Gedanke: Deine Liebe, Freude, Tugend, deine guten Taten, Hoffnungen, dein ganzes Leben und dein Glaube, es war alles ein Traum – es gibt keinen guten GOTT, es gibt nur das BÖSE, und das kam, dich zu verhöhnen! Jene, die starben, und gleichzeitig mit ihnen auch jene, die du über alle Maßen geliebt hast, sind gestorben – nun ja, sie alle sind für immer tot, nachdem sie die gleiche Enttäuschung erlitten hatten wie du jetzt, die Enttäuschung durch einen TOD, der nicht schön ist …! Ich wehrte mich mit allen Kräften meiner Seele, allen Erinnerungen meiner Liebe und meines einstigen Glücks gegen diese für mich um so schrecklicheren Vorstellungen, je ferner mir nun Vorstellungen der Wonne und sinnlicher Genüsse waren. Ich weiß nicht, wie weit ich diesem grimmigsten, weil sicher letzten Angriff des Teufels standhielt, soviel aber steht fest, daß ich mir erst zu diesem Zeitpunkt die mir drohende Gefahr vergegenwärtigte. Wie kam es, daß ich von einer schließlich weit wahrscheinlicheren, ja unausweichlichen Gefahr, wie es z. B. mit Sicherheit ein Tod durch Hunger oder Durst ist, absah? Wie oft übrigens war ich in meinem vergangenen Leben schon dem Tod nahe gewesen, ohne mich zu ängstigen? Allerdings wird ein einzig eines anderen wegen usurpierter Tod sich unseren Händen unablässig entwinden, und die scheinbar ohnmächtige Angst eines liebenden und geliebten Wesens (immer nur eines einzigen) stellt eine ausreichende Brücke unseres ÜBERGANGS dar: wovon wir uns überzeugen können.

Jenes ständige kindliche Fragen wurde blind Neugier genannt. Ähnliches sagte man auch von Frauen. Schon daraus wird klar, daß es sich in solchen Fällen keineswegs um Neugier, sondern um eine Stärkung der Schwäche handelte. Jeder Mensch fühlt sich auf seine Weise, ein Kind aber vor allem und am meisten *bedroht*: Wie hätte man verstehen können, *wodurch*, wenn so viele seiner Fragen sinnlos zu sein schienen? Man hatte mich dort- und dorthin geschickt; ich fürchte mich vor dem Hund, sagte ich. Beachte ihn nicht, sagte man mir. Dieser Rat wurde mir für ganze Jahre zum Gesetz, einem Gesetz, nach dessen Berechtigung ich ebenso lange nicht fragte. Ich unterwarf mich diesem Gesetz, und sehr willig, weil es mich der mir eingebläuten Annahme nach schützte. Später, als ich schon größer war, sagte man mir das genaue Gegenteil: Schau ihm unverwandt in die Augen. Sieh an, bei welchen Dingen sich Schwäche Zweifel oder Unwissenheit zeigt. Es hing davon ab, wer uns den Rat gab, ein Schwacher oder ein Starker, recht hatten beide, aber wir selbst entschieden, von welchem wir Gebrauch machen konnten, und sowohl zur Wahrheit als auch viel mehr zu ihrem Gebrauch muß man durch eine Bedrohung genötigt werden; diese Bedrohung kann abgesehen von einem offenkundigen Mörder eine Wolke, nur eine Wolke, die Abenddämmerung, der Morgen, die Liebe, nur die Liebe, sein. Meine gegenwärtige Bedrohung ist schon dadurch, daß der Vorfall ein ganz unvorhergesehener, ohne Beispiel, ja der erste und letzte Fall der ERDE ist – meine Bedrohung ist ausweglos.

Was ich tun werde? Das erste, was ich wirklich tat, war, daß ich mich mit meinem ganzen Körper an den Boden preßte, um möglichst wenig sichtbar zu sein. Alsdann war es nötig, den Geist, das Gedächtnis, mit irgendeinem *anderen* Gegenstand, aufrichtig gesagt, irgendeinem wesentlicheren Trost zu beschäftigen; in mir wollte ich ihn nicht suchen, denn was fänden wir, sehen wir uns *äußerlich* bedroht, anderes *in uns* als Hinweise auf das Leben im Jenseits, noch dazu durchweg aus zweiter Hand übernommene Hinweise, was letztlich nicht stören würde, was jedoch, vielleicht durchaus nicht unseren Glauben, sondern ein gewisses Gefühl, welches unsere Seele bei ernsthafter, wenn auch nur physischer Arbeit begleitet, wirklich stört: die Gewißheit und Schmerzlosigkeit dieser Hinweise, die zu große Selbstverständlichkeit dieser Wahrheiten, so daß ich mich, erinnere ich mich, einst, als ich das erste Mal in meinem Körper war, von jenen Predigern, die z. B. Beweise von der Auferstehung lieferten, mit ehrlichem Abscheu abwandte. Was mich betrifft, versah ich, wie schon erwähnt, die Sterbenden gut mit den Sakramenten, weil ich mit meinem Trost nie am Ende war, besonders von einem gewissen Tag an, als ich erfuhr, die – sieh an, sogar ihren Namen habe ich schon vergessen – wäre gestorben, sie war jung gewesen, ein kleines Kind blieb von ihr zurück, ich hatte sie in der Woche vor ihrem Tod besucht und ihr dabei (sie hatte mich darum nämlich auch gebeten) versprochen, noch einmal zu kommen. Diejenigen, die bei ihrem Ende anwesend waren, sagten mir nachher, sie hätte mich unaufhörlich erwartet. So erzählte es mir, mit tränenerfüllten Augen, ihr, wie ich erkannte, ihrer großen Liebe würdiger Mann: das Kind war noch ein Säugling. Warum ich damals nicht gekommen war? Warum ich damals an ihrem Schmerzenslager nicht erschienen war? Oder hatte ich darauf vergessen? Unmöglich! Ich war am Tag vor ihrem Tod sogar an ihrem Haus vorbeigekommen, und daß ich an sie gedacht hatte, davon zeugt meine damals gehegte heimliche Sorge: Daß mich bloß niemand aus dem Haus erblickt (mein Weg an ihm vorbei war nämlich unvermeidlich gewesen)! Ich hatte scheinbar Glück: es tauchte in dem Moment tatsächlich weder im Garten noch im Hof jemand auf, und ich ging vorüber. Daß sie mich schon von weitem bemerkt haben könnten und, nachdem sie mich gesehen hatten, ins Haus gegangen waren, weil sie mich mit Sicherheit erwarteten, war mir damals nicht eingefallen. Vielleicht hatten sie, mit allen erdenklichen Mitteln um ihren Trost bemüht, der Kranken mein Kommen sogar angekündigt? – Warum also war ich nicht eingekehrt? Ich war dem Irrtum zum Opfer gefallen, daß man in solchen Fällen reden muß. Meine Darstellung ist ungenau, der Irrtum bestand darin, daß es als Muß galt, daß der Trost aus der *Historie* hervorginge. Dieser Umstand an sich hätte mich nicht von einem Besuch abgehalten, wiewohl ich auch das stark bezweifle, wenn man bedenkt, wo und für welchen Zweck ich Geschichte gelernt hatte. Ja, das ist das Wort: die *Zweckmäßigkeit* des geschichtlichen Vorfalls lähmt den tröstlichen Charakter eines derartigen Wortes von Grund auf, und man kann sich dabei nicht von der ja doch nicht zu verheimlichenden Scham befreien, daß man zu Mitteln greift, die nur Wahnsinnigen (wie sollte man Menschen, die ihr Leben den Ansprüchen egal welcher »Idee« opfern, anders bezeichnen?) und *Sterbenden* recht sind – gar nicht zu reden von Gewerbetreibenden, was übrigens weit vollkommener mißlingen würde. Wie sollte so ein – amtlichen Motiven entspringender – Trost denn nicht mißlingen? Hier endlich liegt, um es so auszudrücken, der Kern meiner Scham: die Anweisung. Und noch dazu welche Anweisung! Geht zu einem Sterbenden, hieß es, und gebt ihm, sie eventuell mit Bibelzitaten ergänzend, Beispiele aus dem LEBEN der HEILIGEN. Schäm dich, Seele, du wirst eine Komödie spielen! In Wirklichkeit existieren nur zweierlei Menschen: Lebende und Sterbende, und nur diesen ist es erlaubt, ja einzig geraten, sich über Taten der Barmherzigkeit zu mokieren! Die LEBEN von HEILIGEN, eine *Legende* also, ist es nicht wahr? Und die *Bibel* – mein Gott, das setzt allem die Krone auf! Du, der du stirbst, sag, beruht deine Qual nicht darin, daß du zustimmtest (und wahrscheinlich laut, als würdest du zu tanzen anheben), daß diese Dinge nicht in die – HISTORIE – gehören? Sei unbesorgt, ich mache dir keinen Vorwurf, doch bedenke, was soll ich, ein Gesunder, den du erwartest, tun? Ich weiß, was dich beruhigen würde; ich komme, fühle dir den Puls, schreibe ein Rezept, verpacke alles in einen sinnig-intimen Witz und gehe fort mit der Bemerkung: zwei Teelöffel täglich, und mit dem Versprechen des morgigen Besuchs – »aber, Herr Doktor, Sie haben Ihr Möglichstes getan ...«

Von meiner mehrtägigen Reise zurückgekehrt, war ich entschlossen: du wirst zu Frau X., das heißt zu jener schwerkranken Frau – ich hatte mir eifrig eingeredet, sie wäre krank –, gehen und alle Geschichten und vor allem Anweisungen lassen – Gesunden überlassen. Was gibt es Neues? frage ich daheim. »Die X. wurde gestern begraben«, antworteten jene, die nicht wußten, daß sie damit ein *Urteil* über mich sprachen. »Es war traurig mitanzusehen, was sie am Ende gelitten hat, sie hat Sie bis zur letzten Sekunde erwartet«, sagte mir später, gleichsam mit einer Frage, sich dessen aber nicht bewußt, ihr Mann, und ich unternahm nicht einmal den Versuch einer Rechtfertigung.

Von da an war ich entschlossen, mich zu Kranken zu *drängen*, und stufte die weit zurückliegende Bemerkung eines gewissen Herrn, der Verwandtenkreis eines Kranken erblicke in einem derartigen apostolischen Eifer vielfach gewinnsüchtige Schläue, ein für allemal einzig als eine Hintertür des Egoismus, der Bequemlichkeit und des schlechten Gewissens ein. Es handelt sich in der Welt seit jeher um nichts anderes, als einen *Priester* nicht nur von den Sterbenden, sondern überhaupt von der Erdoberfläche zu entfernen.

Ich hatte mich damals in einer Gegend angesiedelt, wo es viele Sterbende gab; ich war woandershin gezogen, weil ich mit meinen Ansichten bereits woanders war, und man sehnt sich, immer ganz neu zu beginnen, das heißt an einem solchen Ort, wo keine Spuren seiner Fehler existierten, wo sie, weil unbekannt, nicht die Furcht vor der eigenen Narbe hervorrufen würden. Die Menschen des Gebiets, wo wir leben, wechseln nicht ständig vor uns wie in den Schulen die Kinder, ich wurde also in gewissem Sinne nur zu den Erwachsensten gesandt. Die Kinder verstanden das fast sofort und fällten das Urteil über mich. Es sind tatsächlich nur die Kinder ausschlaggebend. Die ganze Gegend liebte mich. Später allerdings haben mich anscheinend alle vergessen. Kein Wunder, ich war ja nur darauf aus, wollte nur das eine erreichen, vergessen zu werden, und außerdem hatten in der damaligen Zeit die Leute viel Arbeit. Die Arbeit war für sie GOTT, und ich erlaubte ihnen, ein wenig auf diesen Gott zu vergessen. Niemand wußte damals, worin meine Methode beruhte, nur ihre schrecklichen Folgen ahnte man, das heißt nicht das Volk, das glaubte mir, weil es glücklich wurde, sondern die Angehörigen der herrschenden Partei. Die Methode ist im Grunde das gleiche wie eine Anweisung, doch war es eine, wenn ich dieses Wort schon aussprechen muß, durch mein eigenes Leid gewonnene »Anweisung«, es war mein Blick in die Historie – der *Gegenwart*. Ja, so weit war die Dekadenz der damals herrschenden Praxis der Wissenschaften und Religionen gediehen, daß einzig, was einmal gewesen war, für ein Ereignis gehalten wurde; das wurde zur Weisheit und auch zum Recht und, wie sich versteht, auch zur Knechtschaft des Volkes. Also erhob ich mich zornig und erklärte einzig das zum Ereignis, was *ist*.

Damals wurde ich der HISTORIE der großen ALLGEGENWART gewahr. Wie ein Regen von Apfelblüten, von der Hand eines Lüftchens in der Luft zerstreut, waren die Herzen der Sterbenden für mich, fröhlich in ihrem Wegfliegen.

Es gab unter meinen Todkranken allerdings auch solche, die jeder fürchtete. Ihre durch die Krankheit bleich gewordenen Gesichter waren Beete, vorbereitet zur Aussaat der Schimmelpilze, die leise über die Mauern und Rahmen ihrer kleinen Kammern kletterten. Ich wurde zu den schlimmmsten Fällen geschickt. Ihre Seelen waren von Feuchte geschwollen, leblos, verstockt. Eine Beleidigung war meine Begrüßung. Ich klebte wie ein einen Mord witternder Hund an einem einzigen Fleck, mich von einem Herrn prügeln lassend, der nichts ahnte und den ich hätte retten sollen. Ausharrend, hob ich zum Schluß zu reden an, mit der Stimme der Stille und der Stimme meiner Überzeugung: Herr, es ist gerecht, mich zu töten. Ich hätte längst kommen sollen. Kann ich vielleicht noch verschont werden? Ich beschleunige seit einer gewissen Zeit mein Kommen, und wenn Sie sich Zeit lassen, werden Sie erkennen, daß ich nicht lüge. Wenn es Sie nach Zorn verlangt, erreichen Sie dies nicht mit Zorn. Gieren Sie nach Mord, werden Sie den Hunger nicht stillen. Ich bringe das Brot, das Sie brauchen. Sie haben recht; ist es aber nicht billig, von der Wahrheit auszugehen? Was bringt es ein, sein eigener Gefangener zu sein? Ich kam, um Sie von hier *wegzuführen*, das vor allem tut not; und ich komme wieder, um Sie von hier *auszusiedeln*. Ja, ich begreife, *Ihnen* fällt es schwer, diese Möbel zu berühren – ich werde es *selbst* tun, ich bringe Ihnen alles nach, hören Sie? *alles*! Wie könnten Sie ohne das alles bleiben, woran Sie sich so gewöhnt haben und wofür Sie wahrscheinlich geboren wurden? Zahlen Sie viel Miete? Das ist viel, Freund, sehr viel; wenigstens die Fenster, wenn schon nichts anderes, sollte man Ihnen ein wenig reparieren. Es zieht durch die Tür, der Fußboden ist verfault, auch ein Gesunder würde davon erkranken. »Ich bin froh, so eine Wohnung bekommen zu haben, oft kann man gar keine Wohnung bekommen.« Na sehen Sie —

Zur gleichen Zeit erkannte ich, daß derjenige, den die LIEBE besucht hatte, im Wert stieg. Bisher unbeachtet, wird er zum Gegenstand der Aufmerksamkeit, einer rührigen Aufmerksamkeit selbst derjenigen, die ihn jetzt lieber beneidet hätten. Und es passierte auch, daß nach mir erwachsene Gesunde erwachsene Kranke und gesunde Kinder kranke Kinder besuchten. Später trafen wir uns immer an diesen Orten als Mitglieder einer Familie von Sterbenden, welche die höfliche Nachsicht der Familie der lebendigen Gesunden für ihr gleichberechtigt erklärte. Dieses Volk war, wie sich zeigte, so fähig geworden, GOTT und SEINE Ordnung zu akzeptieren, daß es verheimlichter Freude vor offenkundiger, ostentativer und lauter Freude den Vorzug gab. Ich freilich konnte mir jeglichen Pomp vor ihnen erlauben, und sie lauschten atemlos dem vor mir und hinter mir dröhnenden Choral der *Historie*. Das war am Palmsonntag —

Was war auf der Erde passiert? Was war mit mir passiert? Wohin war alles geraten? Bäume, Tiere, Menschen. Welche Wesen brechen durch den Damm des Unendlichen in diese Leere? Ich befinde mich in jenem kosmischen Moment, in dem alle Willensregungen und Kräfte zurückgetreten sind, um dadurch einen um so größeren Schwung zu gewinnen. So empfinde ich es. Was wird mit mir geschehen? Es gibt keine Menschenmengen, es gibt keine Tätigkeit, keine Leidenden – wenigstens nicht vor mir –, damit man im Dienst an ihnen auf sich vergessen könnte. Also was ich früher getan hatte, wie soll ich es verstehen? Ach ja, ich wirkte mit bei der großen EMIGRATION, fiel vor Anstrengung in Ohnmacht, war wahrscheinlich in Ohnmacht gefallen und – sie ließen mich hier zurück!

Mit diesen und anderen Gedanken wollte ich in mir nur den Eindruck des Grauens unterdrücken, das sich meiner beim Anblick jener großen Beflügelten bemächtigt hatte. Vielleicht trachtete ich bereits nur mehr, mich zu überzeugen, daß ich es war, derselbe, der einst gedacht und gehandelt hatte, daß also das Leben kein Traum, das heißt mein Leben nicht das Leben eines anderen gewesen war und es daher auf der Welt anders ausgesehen hatte als jetzt, oder – was weiß ich, welcher Teil, welcher Punkt jenes entsetzlichen RÄTSELS mich gerade am meisten belastete?

»Sie haben mich schon bemerkt!« dachte ich voll Angst, als ich sah, wie eine Reihe Adler vom fernen Firmament gegen mich vorrückte. »Ich bin selbst schuld«, fiel mir wiederum ein, »ich hätte nicht in diese Richtung schauen sollen!« Hätte es wenigstens außer mir auf der ganzen Erde noch irgendeinen anderen Gegenstand gegeben, dann nämlich hätte die Möglichkeit oder zumindest die Hoffnung auf die Möglichkeit bestanden, von ihnen, weil sie mit etwas anderem beschäftigt waren, übersehen zu werden.

Unglücklicherweise erstreckt sich die Erde parallel zum Himmel, und obwohl es keine Sonne mehr gibt, ist dennoch alles so genau beleuchtet. Welch schreckliches Licht! Würde es intensiv strahlen, anders gesagt, wäre es in *Strahlen* gespalten und ginge aus einer *einzigen* Quelle hervor, dann würde es die Blicke zurückwerfen, weil es sie unwillkürlich zur Quelle zurückleiten würde – doch sind alle Dinge von ihm (falls man jetzt so sagen kann) gleichmäßig *übergossen*. Das heißt, nein, so ist es nicht, die Welt ist vom Licht *verlassen*! Ich erinnere mich ganz genau, daß an der gleichen Stelle, an der ich lag, nur etwa zwanzig Schritte von mir entfernt, obwohl es hier nicht im geringsten auf die Entfernung ankommt, ich will nur sagen, daß mein Blick genau auf jene ungefähr zwanzig Schritte weit entfernte Stelle fiel und ich damals mit absoluter Sicherheit erkannte, daß die Erde vom Licht verlassen war. Sie war wie ein Klumpen braunen Lebkuchens, der Duft und Geschmack längst verloren hatte. Daß ich »braun« sage, scheint gleichsam in Abrede zu stellen, sie wäre vom Licht verlassen, wahrheitsgemäß habe ich hingegen zu sagen, daß das Licht nur genauso tief herabhing, wie die Adler flogen. Wahrscheinlich waren diese geheimnisvollen Tiere dafür maßgeblich. Was mich aber verblüffte: obwohl sie nicht durchsichtig, sondern im Gegenteil wie aus Stahl gehämmert waren, waren die Adler aus jenem Licht geformt. Es war also ein Licht aus Quecksilberglanz, wie sonst es zu bezeichnen, weiß ich nicht, und es hing wie Nebel, bloß erschreckend durchsichtig, bis zu einer gewissen Tiefe vom Himmel herab. Zeit zu vergeuden war unmöglich; weil man sich nirgendwo verstecken konnte, blieb mir nur mehr folgende Alternative: entweder die Augen geschlossen zu halten oder offen. Hängt die »Abwehr« des Angriffs von diesem Umstand ab? Ich kam nicht umhin, die Schwäche dieses meines letzten *Aufgebots* zu fühlen, schloß aber für alle Fälle die Augen. Weil ich mich ganz auf meine Augen konzentriert hatte, erwog ich nicht, ob irgendein Vorteil darin läge, eine bestimmte Körperlage einzunehmen; wahrscheinlich nur instinktiv legte ich mich, dicht an den Boden gepreßt, auf den Rücken. Es hätte ja geschehen können, daß mir doch nichts angetan würde, und dann hätte ich bedauert, der Erde zugewandt nicht gesehen zu haben, was und wie es sich eigentlich zutrug. Kaum hatte ich diese kindische Vorkehrung getroffen, ließ es mir nach ungefähr fünf Sekunden keine Ruhe, ich blickte, mich ansonsten nicht bewegend, um mich.

Selbst wenn ich es gewollt hätte, konnte ich mich, vor Schreck erstarrt, nicht rühren. Die Adler flogen genau vor mir. Ich hatte sie unerwartet plötzlich so nahe wie ein Mensch jemanden, mit dem er sich zu unterhalten gedenkt. Es bestand kein Zweifel daran, was sie tun würden: wie Pflugscharen schossen ihre jählings schräg geneigten, festen, wie aus Metall gegossenen Rücken vor mir in der Höhe vorüber. Doch selbst dabei flogen sie mit derartiger Heftigkeit und Disziplin (sie flogen keineswegs hinter-, sondern in einer Reihe nebeneinander), so daß es mehr als wahrscheinlich war, sie würden sich nicht auf die Erde herablassen, um zu halten, sondern um das Werk, das sich ihnen noch auf Erden bot, im Flug zu vollbringen. Sich dazu anschickend, blickten sie mir, irgendwie fast zu lange, in die Augen, besonders einer von ihnen. Damals verstand ich alles. Aus ihrer Größe, aus ihrem Flug und aus ihren Blicken erkannte ich vor allem folgendes: Wir sind die *Kraft*, die *Ordnung* und die *Güte*. Und in diesem Augenblick (war ich von einem anderen Licht berührt worden?) geschah, was ich auf keinen Fall erwartet hätte: plötzlich, als würde ein Schwert das Herz durchbohren, *erschreckte* mich der Gedanke, *sie hätten mich hier zurücklassen können!* Und das war das Leben meines Todes.

Der Fremde

Er klopfte an und trat ein. Er stellte sich nicht vor, und ich ersuchte ihn nicht darum. Soweit es die Abenddämmerung erlaubte – eigentlich war es schon Nacht –, konnte ich erkennen, daß er bleich war. Ich bot ihm einen Stuhl an, aber er lehnte dankend ab und sagte: »Sie wissen nicht, wen Sie empfangen.« Ich antwortete ihm darauf: Aber ich weiß, was ich kein zweites Mal verlieren werde.

Durch diese unerwartete Antwort ermutigt, sagte der Unbekannte: »Dann gestatten Sie, daß ich mich kurz setze«, als wüßte er jedoch nicht, was er sagte, legte er seine Hände auf die Sessellehne und blieb so stehen. Erst nachdem ich die Vorhänge zugezogen und die Lampe angezündet hatte, nahm der Gast Platz und sagte: »Sind Sie allein?« Ich antwortete ihm, daß meine wissenschaftliche Arbeit dies sogar erfordere. »Und haben Sie Zeit?« erkundigte er sich. Aber plötzlich blickte er mich lange an und sprach dann: *»Ich erkenne Sie!«*

Als er daraufhin den Schimmer eines unwillkürlichen Befremdens über mein Gesicht huschen sah, sagte er, als ob das in irgendeinem Zusammenhang stünde: »Bitte, sagen Sie mir das Wort Exzellenz auf tschechisch!« Als ich ihm zur Antwort gab, der tschechische Ausdruck wäre mir nicht bekannt, meinte er: »Dann sagen Sie es mir auf mährisch!« – Hier konnte ich mich aber nicht mehr beherrschen und begann merklich zu lächeln. Der Fremde, offenbar an dieses mein Lächeln anknüpfend, sagte: »Giacomo Trivulzio,[1] wenn er von Mario Filelfo spricht, kennt den schönen Spruch: *solenne impostore.* Das ist nur in der romanischen Sprache, in der Sprache eines Tribuns, eines Cäsars und Machiavellis möglich. – Haben Sie eine Bibel hier?« Ich gab sie ihm; er blätterte eine Zeitlang darin, und dann las er vor: *Nun hatte man damals einen berüchtigten Gefangenen namens Barabbas* … In unserer Sprache klingt das viel zu melodramatisch, es hilft nichts, die Vulgata bleibt die Vulgata: *Habebat autem tunc vinctum insignem, qui dicebatur Barabbas* – er klappte die Bibel zu, und indem er sie mir wie ein Ding überreichte, das seinen Zweck erfüllt hat, sagte er: »Wissen Sie, das Glanzstück aus Erbens ›Blumenstrauß‹ ist ›Záhořs Lager‹, wenn diese Ballade nicht ein so slawisch glückliches Ende nehmen würde … Wir werden es wohl nie zu einem *berüchtigten* Schurken bringen. – Nicht, daß wir nicht gerettet werden wollten, aber wir verzichten auf das ewige Leben, weil wir nicht bis zum Ende ausharren … »Das goldene Spinnrad« würde mir auch zusagen, hören Sie: *Nun war die Hochzeit, reif die Sünde* … Oder im ›Wassermann‹:[2] *Feucht geht er im Trockenen!*

---

1 Gian Giacomo Trivulzio (1436-1518), in Mailand geborener Feldherr.

2 *Záhořs Lager*, *Das goldene Spinnrad*, *Der Wassermann* – Poeme aus *Kytice z pověstí národních* (1853, dt.: *Der Blumenstrauß*, 1900) von Karel Jaromír Erben (1811-1870, tschechischer Dichter und Sammler von Volksliedern, Märchen und Sagen).

So was nennt man Oxymoron und das ist meine Lieblingsfigur.«

Mir war das Lachen bereits vergangen, und ich gab auch keine Antwort mehr, da mir das große Geheimnis eines solchen Humors nicht unbekannt ist; gibt es doch bei Baudelaire, denke ich, das Beispiel eines Künstlers, der alle Zuschauer zum Lachen brachte und am Ende tot umfiel, weil ihm das Herz vor Schmerz zersprang.

Als folglich mein Fremder bemerkt hatte, daß ich ihn verstand und daher nicht unterbrechen würde, beruhigte er sich und sagte mit veränderter, leiser Stimme: »Und was bleibt einem Menschen, der weiß, daß man ihm nicht glaubt, anderes übrig? Die Menschen haben heutzutage überhaupt wenig Glauben in sich. Christus hat man in ein scharlachrotes Gewand, das Gewand seiner Schmach, gekleidet, auf den Kopf hat man Ihm das Symbol des Wissens aufgesetzt, und in die Hand gaben sie Ihm das Symbol der Macht und knieten vor Ihm nieder, um ihn zu verspotten … Derjenige jedoch, der leidet, besitzt wirklich das höchste Wissen und die größte Macht, nur bleibt ihm nichts anderes übrig, als zu schweigen und zu warten« –

Der Unbekannte verstummte, fuhr sich mit der Hand über die Stirn und sagte, abermals mit veränderter Stimme: »Wissen Sie, worin ich den schlagendsten Beweis für die Wahrheit sehe? Im *Nichtbeweisen*. Eure Heiligen wußten das, aber die heutige Zeit weiß es nicht. Der Blinde beweist, und der Sehende geht. Dasselbe gilt vom wirklich Schwachen und vom wirklich Mächtigen. Im Staat der Zukunft –

ich meine: in der Kirche, wird es weder Polizei noch Militär geben. Eine gewisse Hellseherin von euch sagte, hätten die Menschen nicht im Paradies gesündigt, wäre die Zeugung *durch das* Wort möglich. Wissen Sie, das ist schön, weil es wahr ist. Wurde nicht deswegen auch die Beichte zum Gesetz erhoben? Es gab sie von Anfang an, denn der Mensch kann nicht ohne das Wort leben: einmal damit es etwas bewirkt, einmal damit es vernichtet – ist das nicht dasselbe? ... Sie erwähnten vor kurzem – Sehen Sie, welches Erinnerungsvermögen ich besitze – Ihre wissenschaftliche Arbeit; daraus schließe ich, daß Sie mit der Poesie vertraut sind ... ›*Und alle Geheimnisse der Nacht warf ich, Poesie, in einen Frauenschoß*‹. Wenn es das Paradies nicht gäbe, gäbe es keine Dichter. Wenn es keine Dichter gäbe, glauben Sie, daß dann das Menschengeschlecht noch bestehen würde? *Et verbum caro factum est,* wenn Sie mich verstehen können« –––

Der Fremde verstummte, seinen Blick ins Unbestimmte, wie in weite Ferne gerichtet. Auf einmal aber lächelte er leicht: »Wissen Sie, was mir an Ihnen gefällt? Daß Sie einen Lampenschirm haben und daß Sie sich *in der richtigen Entfernung* von mir hingesetzt haben; nur die wenigsten wissen heutzutage, wo man sich hinzusetzen hat ...« Ich erwiderte, ob er nichts dagegen hätte, wenn ich herumginge. »Gestatten Sie mir dafür«, sagte der Fremde, »daß ich mich auf diese kleine Truhe setze?« –––

Ich ging im Zimmer herum, und der Unbekannte, mit dem Rücken an die Holzlehne meines Bettes gelehnt, blickte eine Zeitlang auf die Zimmerdecke, dann auf mein Gesicht, dann auf meine Füße, schließlich noch tiefer, so daß ich den Eindruck hatte, als ob er etwas Unsichtbares beobachte, das in weiter Ferne zu Boden fällt … Daraufhin schien sein Blick gleichsam nach innen zu versinken … Das währte eine Weile. Ich weiß nicht, was in seiner Seele vor sich ging, aber endlich erwachte der Fremde aus seiner Versunkenheit und begann zu reden: »Angst wächst, wenn sie mitgeteilt wird, infolgedessen habe ich diese Dinge lange geheimgehalten. Dazu kam ein noch schwerer wiegender Grund, den ich mir selbst heute das erste Mal eingestehe, und schon nicht einmal daran denken zu müssen hat mich große Mühe gekostet. Ich hatte etwas angestrebt, was in krassem Widerspruch zu den Tendenzen dieser Generation steht, nämlich, mich nicht von den anderen zu unterscheiden. Weil ich aber scheiterte – begreiflicherweise, denn im Grund beruht die ganze Angelegenheit darauf, daß man gar nicht daran denkt –, schlug mein Streben nach Konformität in eine ganz exzentrische Vermessenheit um; es wird doch auf der ganzen Erde irgendwen geben, der mir ähnlich ist! Welchen Einfluß dieser verbissene Wunsch auf den traurigen Vorfall hatte, von dem ich Ihnen erzählen werde, kann ich nicht entscheiden —

Meinem Großvater nach bin ich deutscher Herkunft, worin wahrscheinlich die Hauptursache, oder sagen wir lieber, der primäre Grund meiner Traurigkeit und des Gefühls ständiger Einsamkeit beruht, denn so ein Mensch – kennen Sie vielleicht Mussets Erzählung von der weißen Amsel? Nur, wie läßt sich damit wieder folgender Umstand in Einklang bringen: obwohl das tschechische Volk unter dem Einfluß der Aristokratie und folglich vor allem des hohen Klerus und durch die Schuld unserer sprichwörtlichen Nachgiebigkeit definitiv und daher unverbesserlich germanisiert ist – keiner soll mir sagen, wir hätten eine Sprache! –, habe ich in diesem ganzen Volk nicht einen einzigen Menschen gefunden, der mich beruhigt hätte oder der mir wenigstens durch irgend etwas und selbst beim besten Willen nicht fremd geblieben wäre ... Verständlichkeit und damit auch Sympathie werden, wie ich erkennen mußte, nicht immer mit Worten, sondern zuweilen mit dem Tod der Seele erkauft.« – Der Fremde unterbrach seine Rede wie ein Pflüger, der an der Pflugwende nicht, um sich auszuruhen, anhält, sondern um einen vorübergehenden Bekannten zu grüßen. Dann sagte er: »Ad vocem ›Aristokratie‹, ad vocem ›Klerus‹. So wie sich die Wirklichkeit und der Traum im Grunde nicht unterscheiden und im Traum sogar viel mehr Wahrheit enthalten ist als in der ›Wirklichkeit‹, gibt es genauso keinen Unterschied zwischen der geistlichen und der weltlichen Macht, weil welche Macht auch immer nur insoweit eine Macht ist, sofern sie geistig ist. Die römische Kirche« – und dabei neigte er seinen ganzen Körper so weit vor, daß ich den Eindruck hatte, ein im wehenden Wind geducktes Getreidefeld vor mir zu sehen –, »ich meine alle, nenne aber die, die sich am meisten manifestiert – sehen Sie, und das ist das Problem der sagen wir Chelčický-

---

3 Petr Chelčický (um 1390 – um 1460), hussitischer Laientheologe und Sozialtheoretiker, Landedelmann, geistiger Vater der Böhmischen Brüder.

schen[3] Melancholie –, verwirklichte, wie Ihnen vielleicht bekannt, das Paradoxon, daß das Geistliche nicht weltlich sein kann, und weil das Römische Imperium in die Hände der Germanen überging – unrichtigerweise sagt man, es wäre untergegangen – und wir leben immer noch – gestatten Sie, daß ich nicht auf das heutige Saloniki zu sprechen komme –, ist es unmöglich, daß wir nicht ein Pasquill der Geschichte sind. Entweder wir sind ›orthodox‹, und in dem Moment gibt es uns nicht mehr, oder wir SIND, und sind schon nicht mehr Gottes. Ich schwöre Ihnen, Nietzsche war ein Slawe. Die Blasphemie, mein Lieber, ist ein Laster des Mundes, wenn sie nicht in der Hand verheimlicht wird, niemand wagte es, sie dem Heroen zuzusprechen, durch den sie zur Autorität wurde« —

Noch bevor er ausgeredet hatte, durchlief ein leichter Schauer meinen Körper, so als wären alle Menschen aus der ganzen Welt für immer fortgegangen und nur ein einziger, unbekannt woher und wer, stünde vor mir, um mich zu verlachen. Dank meines Lampenschirms und gewissermaßen auch deswegen, weil die längere Einsamkeit, die in meinem Inneren durch allzu großes Glück entstanden war, meinen Muskeln und meinem Gesicht wenn auch unbewußte Ruhe verlieh, konnte ich meine Fassung wiederfinden, ohne daß der Fremde mir etwas angemerkt hätte. Mit diesem Gedanken beruhigte ich mich ein Weilchen, aber mein Gast sagte unbarmherzig: »Wenn ich die Stimme verändere, beginnt Ihr Gesicht zu leuchten. Ich werde Ihnen gleich jetzt sagen, was ich Ihnen eigentlich erst zum Abschied sagen sollte: im Flug, zwischen Himmel und Erde, im Raum der gefährlichsten Freiheit ist ein Vogel niemals im Zweifel, weil er sich in der Macht eines Gesetzes befindet, das ihn so vollkommen ausfüllt, daß er gar keine Zeit hat, daran zu denken. Wenn er kein Vogel wäre, wenn er also in der Sprache der Menschen reden könnte, würde er niemals von ›Pflichten seines Standes‹ sprechen. Wenn dieser Flieger, der in seiner Sicherheit über Abgründen so vorbildlich ist, sich allerdings in sein sicheres Nest setzt, wird er von Skrupeln erfüllt. Oder wenden wir uns einer näherliegenden Erfahrung zu: nur ein sehr kranker Hund wird sich plötzlich auf seinen Platz niederlegen, während ein gesunder sich mehrmals in der Mitte seines Lagers umdrehen wird, bevor er sich ihm anvertraut, um die Geister zu verwirren, die es ihm nicht gönnen … Sie können einwenden, ich verstünde nichts von Hunden, Sie würden aber schwerlich recht haben, falls Sie behaupteten, daß ich nichts von Treue verstehe …« An dieser Stelle lächelte der Fremde, und ich würde ihn sicherlich bedauert haben, hätte seine weitere Erzählung meinen Gefühlen nicht gleich beim ersten Satz eine andere Richtung aufgezwungen —

»Eines Tages«, fuhr er fort »– ich mußte um jeden Preis meine Umgebung wechseln –, bekam ich Sehnsucht nach der Großstadt. Nein, nicht nach Prag, denn alles, was mich an dieses insgeheim, dabei jedoch offensichtlich verfluchte Volk erinnerte, verursachte mir auch physische Schmerzen. Ich fuhr nach Wien, nachdem ich mich durch die Entscheidung, meinen Aufenthaltsort von Fall zu Fall zu bestimmen, beruhigt, oder eigentlich erholt hatte —

Voll der schmerzlichsten Eindrücke hatte ich vor,

mich in völlige Einsamkeit zurückzuziehen, als ich plötzlich eines Abends, ohne mir dessen in diesem Augenblick irgendwie bewußt zu sein, vor dem Palais der Gräfin S. in der C...gasse stehenblieb. Ich verkehrte mit ihr während der letzten Jahre, und daß dieser Verkehr nicht gerade ein reservierter war, können Sie daraus erkennen, daß wir gemeinsam Seite für Seite »Die Prüfung des Richard Feverel« durchstudierten. Im übrigen, Sie wissen bereits, was ich von Beweisen halte. Das folgende kann ich nur konstatieren, denn demnach, was ich Ihnen soeben sagte, ist es mir selbst unerklärlich. Ich trat ein, wobei ich das Gefühl eines Wesens hatte, das langsam zu Stein wird. Ich bekam Angst, ob das nicht jener Fall von Apoplexie wäre, über den die Gräfin und ich uns einmal unterhalten hatten, als wir vom »Karmesinroten Vorhang« sprachen. Meine körperlichen Empfindungen konnten unter derartigen Umständen jedoch nur das Gefühl eines Riesen sein, der dreimal und sogar viermal so groß wäre wie meine natürliche Gestalt! Ich nahm mir vor, diese physische Veränderung meines Organismus mit Willenskraft zu meistern, und wünschte mir außerdem, sofern dies mein Tod sein sollte, einen Freund bei mir zu haben, und hastete, wenn auch mehr im Geist – denn ich hatte den Eindruck, gelähmt zu sein –, über den breiten, elektrisch beleuchteten Stiegenaufgang aus Marmor ——

Stimmen, das Klirren von Gläsern, Lachen. Die männlichen Stimmen überwiegen ——

In der Nähe dieser Stimmen und dieses überschäumenden Lebens überkam mich ich weiß nicht welches Verlangen, mich selbst anzusehen. Unter einer elektrischen Glühlampe stand ein Stuhl, also setzte ich mich, und nachdem ich mein Gesicht abgenommen hatte, betrachtete ich es begierig: die Haut blaß, die Augen geschlossen, strähniges Haar, ein Antlitz von einem einzigen, unveränderlichen Ausdruck; ich berührte mit den Fingern – meine rechte Hand war frei – diese bleichen Wangen: sie waren kalt, ganz kalt, diese Wangen, sanken unter meiner Berührung ein, glätteten sich aber sofort wieder. Den Moment, als ich mir dieser Kälte bewußt wurde, werde ich mein Lebtag lang nicht vergessen —

Die Saaltür ging auf. Es wäre unaufrichtig von mir, zu behaupten, das Öffnen dieser Tür hätte für mich mehr bedeutet als nur einen Reflex meiner Körpersinne. Auf mich zu – hier ist allerdings auf etwas hinzuweisen: derjenige, der von oben kommt, ist, wenn es sich um einen Angriff handelt, immer dem gegenüber im Vorteil, der von unten hinaufgeht. Als sich also die Tür des Speisesalons öffnete, tritt einer der Gäste der Gräfin heraus, seine Militäruniform glänzt vor Gold, an der Seite hat er einen Säbel hängen. Obwohl wir uns auf gleicher Höhe befinden, erinnert mich sein Schritt an den Gang eines von oben Herunterkommenden. Es kam mir in den Sinn, er sei von der Kavallerie. Aber das alles war nach einigen Sekunden, das heißt bis zu dem Zeitpunkt, als ich bereits *wirklich* bedroht war – ja sogar noch in diesem Augenblick rechnete ich im Geist mit einem *Zögern* des Angreifers, sei es auch nur so kurz wie das Zukneifen eines Auges beim tödlichen Schlag, vielleicht kalkuliere ich überhaupt so – all das war wirklich nur ein Reflex in meinen *körperlichen Sinnen*. Der Gast zog seinen Säbel. Erst in den zwei Sekunden, als das gedämpfte Zischen des Stahls aus der Scheide hervorpeitschte, kehrte sich mein Geist nach außen, nicht doch, was rede ich da, stieg aus den Schächten des Unterbewußten herauf – oder wie soll man es ausdrücken? Ich begriff auf einmal, daß *mein Aussehen diesen Herrn erschreckt*: statt eines Gesichts sieht er einen blutigen Stumpf auf mir, und es ist, auch wenn wir von der Vorsehung absehen, die sich hier offenbarte – vorausgesetzt, Leben zu erhalten hat großen Sinn –, wirklich verzeihlich, daß er mir nach dem Leben trachtete, denn ich bin überzeugt, daß unter ähnlichen Umständen jeder andere so handeln würde, wenn schon nicht *direkt* aus panischer Angst, dann aus dem natürlichen Trieb nach, sagen wir, gesunder und vernünftiger, also körperlich unversehrter Schönheit. Ich sage: auch wenn wir die *Vorsehung* außer acht lassen, denn ohne diesen Menschen (ich vergaß, lieber Gastgeber, Ihnen zu sagen, daß das Palais der Gräfin mir eine gewisse Bischofsresidenz in Erinnerung rief) und seinen tödlichen Angriff, und in jenem Moment: ich wäre heute nicht mehr am Leben! Ich würde mein Gesicht ungestört so lange betrachtet haben, bis es in meiner Hand für immer erkaltet wäre —

Ich erinnere mich, daß ich mich, als mir zu Bewußtsein kam, daß jener Herr mich sehen konnte, für mein Aussehen schämte … Ich schämte mich nicht für mein Gesicht, weil Dinge, die vom Geist bearbeitet wurden und ihre endgültige Form haben, so daß nichts an ihnen verändert werden kann, wie zum Beispiel an antiken Marmorskulpturen – gut sind: aber ich schämte mich dafür, was kein Herz verzeihen kann, was niemand als schön bezeichnet, das heißt – aber man kann es nicht wiederholen! Blut an sich ist nur dann schön, wenn es in Rosen, in Feuer oder in Purpur verborgen ist.

Kann es sein, daß auch Feigheit und Unintelligenz vor Gold glänzen wie der Ruhm? Mächtiger als alles ist die Überraschung. Weil er sich nicht einmal vor mir, das heißt vor so einem – es waren nur wir zwei da –, etwas vergeben wollte, schrie er nicht, jener Mann, noch machte er kehrt, obwohl ich sah, daß er es gerne getan hätte, so sehr versteifte er sich auf seine Ehre: wahrlich ein würdiger Besucher der Gräfin S., ich kenne keine stolzere Dame als sie – sondern weil er unbedingt an mir vorbeigehen mußte, *zückte er die Waffe.* – Er hatte mich nicht erkannt! ––

Ich erstarrte vor Angst, weil meine Hände mir den Dienst verweigerten, und das beim bloßen Gedanken, daß sie mir nicht rechtzeitig zu Diensten sein könnten – – Als ich schon dabei war, mir mein Gesicht aufzusetzen – alles geschah im Handumdrehen, ich darf nicht daran denken! –, wurde ich von einem anderen, völlig unvorhergesehenen Gedanken niedergeschmettert: *wenn es mir nicht augenblicklich anwächst, was dann?* oder, wenn ich es *ungenau* aufsetze in der Hast? – Sprechen kann ich so und auch so: aber erstens, beginne ich, mein Gesicht noch in meinen Händen haltend, dem Offizier meine Situation zu erklären, veranlasse ich ihn, etwas zu tun, wozu ihn meine *Ruhe* und mein *Schweigen* nicht bringen müssen, denn, und das konnte ich sehen: es kam ihm nur auf die Wahrung des *äußeren Dekors* an; zweitens, einer ich weiß nicht wie noch so intelligenten Stimme, aber *nur einer Stimme wird er nicht glauben*, diese Besonnenheit und Intelligenz besitzt er nicht: hier rettet mich nur die *Gestalt* —

Bestimmt hauchte mir ein guter Engel selber soviel Geistesgegenwart und Geschicklichkeit ein, daß ich mir in einer einzigen Sekunde mein Gesicht absolut genau aufsetzte, und jener Herr, zweifellos in der Annahme, ein Opfer seiner momentanen Halluzination geworden zu sein, steckte den Säbel in die Scheide zurück und schritt, ohne mich noch weiter zu beachten, über die breiten, weißen, elektrisch beleuchteten Marmortreppen hinab« —

Der Fremde verstummte, erhob sich, blickte mich lange an und sagte, dabei aber jedes Wort betonend: »Ich glaube, Sie sind der einzige Ihres Standes, der mich bis ans Ende anzuhören wußte. Erlauben Sie mir, Ihnen ein bescheidenes Andenken an meinen Besuch dazulassen; ich war nämlich zum letzten Mal hier.« Nachdem er mir das mitgeteilt hatte, überreichte er mir eine Art Dokument; sein Inhalt wird vorerst mein Geheimnis bleiben. Und wie er es mir so überreichte, bemerke ich, daß seine Hand über dem Knöchel mit einem weißen Tuch umwickelt ist. Mir ein Herz nehmend, frage ich ihn, was ihm zugestoßen sei. Und der Fremde erzählte: »Ich benötigte einen Griff für meinen Stock und hackte mir daher die Hand ab, und als ich sie auf den Stock aufsetzte, wurde mir erst klar, daß ich mir die *rechte Hand* abgehackt, mich also geirrt hatte. Um das wiedergutzumachen, schnitt ich mir unverzüglich die *linke Hand* ab, aber als ich sie schon an den rechten Ellenbogen anstecken wollte, sah ich erst, daß ich schon wieder einen Irrtum begangen hatte, weil die Linke nicht die Rechte vertreten kann. Und ich erkannte, daß *das alles aus dem ersten Irrtum entstanden war.* Und wahrscheinlich wäre mir gar nicht zu Bewußtsein gekommen, was ich getan hatte, nur als ich mich zwei-, dreimal auf den Stock stützte – auf diesen *neuen* Griff –, spürte ich, daß die liebe Hand rasch erkaltete, und da erschrak ich, weil es schon zu spät war, um es sich anders zu überlegen, so wie es in der Liebe manchmal zu spät ist. Das ist das Geheimnis des weißen Tuches, nachdem Sie mich unwissentlich gefragt haben, Herr« —

Nachdem er das erzählt hatte, ließ mir der Fremde jenes Andenken da und ging traurig lächelnd fort in die stille Nacht, und ich wußte nicht, was ich davon halten sollte.

Der spielende Revolver

Unterschätzt eure Worte nicht, wenn ihr vor Kindern sprecht. Ich war damals ungefähr sieben Jahre alt, ein Mann aus einem Nachbardorf kam zu uns und erzählte, nachdem er sich an den Tisch gesetzt hatte, von einem seiner Bekannten und ließ dabei mitten im Gespräch die Bemerkung fallen: »Als er schon bei der Ruka angelangt war und zu den Podmočidla weiterging, begegnete ihm der TOD.« Egal, ob er damit genau diese Stelle in meiner näheren Heimat gemeint hatte oder nicht, sicher ist so viel, daß es für mich genau an jener Kreuzung geschehen war, wo die Ruka – eine schwarze hölzerne Hand, ein Zeichen für Wanderer – stand, dort wo der Weg sich teilte in einen, der nach links bergauf nach Lhotka, und einen, der nach rechts zu den Podmočidla und den Žleby führte. Ich sage »führte« und sollte sagen »verschwand«, denn beide Fluren meiner Heimat sind wie verloren aus der Welt. Die zu ihnen führenden Wege und Pfade sind Sackgassen, ausweglos wie maßlose Trauer, wie die Trauer von einem, der ein Sohn jener Gegend ist. In alten Zeiten waren die Žleby noch Wohnsitz eines Eremiten, denn man muß schon an diese Orte kommen, um überhaupt zu wissen, daß es sie gibt, so tief haben die Wasser der SINTFLUT dieses tiefe Tal eingegraben, dessen mit Felsblöcken übersäte Abhänge den Flügeln eines mythischen Vogels gleichen, der sich vom Himmel herabließ und in jener Spannweite plötzlich versteinerte.

Hier auf diesen abschüssigen Hängen pflegte ich bei der stillen Musik von Tautropfen, die wie Paradiesglocken an den Schäften der Maigräser hingen, mein Brot auszuwickeln, in welches mir meine Mutter ein Klümpchen Butter versteckt hatte. Unterhalb von mir graste genußvoll eine Kuhherde. Manchmal kam hier tagelang keine Menschenseele vorbei, höchstens daß in der Ferne auf dem Pfad aus dem traurigen Bauernwald eine unter einer Butte mit Föhrenreisig gebeugte alte Frau humpelte, einer ihrem friedlichen Ziel entgegengehenden reuigen Seele gleichend. Gewiß, auch hier war der TOD präsent, aber – ich weiß nicht, ob ihr mich versteht – nur in seiner vorgeschichtlichen Vergangenheit, versöhnt, glücklich, kindlich, verwandelt. O MUTTER, daß ich damals nicht gestorben bin! Übrigens, der Weg hierher führte jedesmal über eine Wegscheide des TODES. Wie hatte ich jene Worte vergessen können, die in Gegenwart meines damals so erbleichenden Vaters in unserer Stube gesagt wurden? Ich kann mich mit Sicherheit daran erinnern, daß er dabei erblaßte. Warum dieses Erblassen? Ahnte er vielleicht, was sich in jenem Augenblick in meiner Seele abspielte? Und warum stand meine MUTTER plötzlich da, als würde sie mich nicht anschauen? Wahrscheinlich wünschte sie sich, ich hätte es überhört, das Gesicht meines Vaters nicht gesehen und vor allem: daß es mich gar nicht beträfe. Allerdings kenne ich meine selige MUTTER so gut, um zu wissen: sie war überzeugt, ich würde überhaupt nicht sterben ––

»Als er bereits bei der Ruka angelangt war und zu den Podmočidla abbog, begegnete ihm der TOD.« Meine MUTTER sprach fast gar nicht, zumal in Anwesenheit sich unterhaltender Männer, und was hätte sie auch sagen sollen? Ihr Schweigen bedeutet mir: »Mag das gut sein, wenn man sogar vor Kindern so spricht, aber was soll ich Arme dazu sagen?« – Natürlich, was kannst du dazu sagen, du, die du stirbst, um mir das Leben zu schenken? Ich hoffe, daß du es mir schenkst, es ist schon an der Zeit, denn mein Tag ist in Nacht versunken —

Vater war ganz gefesselt von dem Erzähler, das heißt, vom Gegenstand seiner Rede; denn als unser Gast mit seiner Neuigkeit fertig war, sagte mein Vater nach einer gewissen Pause und nachdem er seinen Blick von etwas Bestimmtem in der Ferne zurückgeholt hatte: »Ich las unlängst, ein Mann sei wahnsinnig geworden, nachdem er sich in den Anblick der Wolken vertieft hatte.« Schon dadurch, daß er nicht so häufig auftritt, ist der Wahnsinn geheimnisvoller als der Tod. Ich glaube, daß unser Volk, ohne sich dessen bewußt zu sein, in einem Narren einen Propheten sieht. Wir Slawen mögen so unmittelbar grausame Geheimnisse nicht. Vater hatte mich nur aus einem Irrtum heraus verflucht, ja nicht einmal aus einem Irrtum heraus, sondern aus der Befürchtung, die Ungerechtigkeit, die man an seinem Leben begangen hatte, würde an meinem Leben um so größer sein, je näher ich durch meine Stellung und die Logik der Liebe und der Vererbung dem Entschluß zum Kampf wäre, also an jenen Orten, wo der letzte Ausbruch der Besiegten nur mehr sein kann: Mystiker, Mittelalter, Katholik, Priester.

Aber ich liebe meinen Vater, er liebt wieder mich, denn er fürchtet sich nicht um mich mit seiner Besorgnis. Er ist so gerecht, daß er sich nicht meinetwegen, sondern der WAHRHEIT wegen um mich fürchtet. Und sobald die beiden sterben, derentwegen er seine Sorge so wahrhaftig vortäuscht, werde ich auch auf diese Weise gerechtfertigt sein und unbehindert zu ihm zurückkehren. Nur eine einzige Seele fürchtet sich schon heute nicht einmal auf diese Weise um mich, also bat ich sie, von mir zu schweigen. Doch bat ich sie nicht deshalb darum, weil ich Angst um sie gehabt hätte, sondern um sie auszuzeichnen, und meine Bitte war eine Krönung. Diese einzige hatte geglaubt, ich wäre zum Propheten des TODES geweiht worden. Sie glaubte es nicht: sie war, nachdem sie der unserem Volk gegebenen großen Verheißungen würdig geworden war, in Vertretung meiner Mutter, bei meiner Weihe anwesend.

Ich erobere ein durch Hinterlist und Betrug meinem Gebieter TOD entrissenes Königreich, und seit der Kindheit hilft mir alles dabei; vor allem Er selbst, indem er mich heimlich unterweist und meine Arme und Augen stärkt. O KÖNIG, dir habe ich mich geweiht und dir opfere ich mich, denn außer dir gibt es keine Freude und kein Heil. Es gab Augenblicke, in denen ich deine reine und große Liebe fürchtete, zum Beispiel damals – erinnerst du dich? – als ich zu Mittag auf einem Pfad zwischen hohen weißen Halmen und in die weite Stille zischenden Ähren zu gehen hatte – erinnerst du dich, wie ich mich mit den Augen an jener einzigen, im Herzen des Azurs aufragenden kleinen Wolke festhielt? Aber damals kam dein BOTE und verkündete mir deinen Trost: »Sieh, auf einem im Korn verborgenen Weg, im geheimnisvollen Beben des ganzen Landes, schreitet ungesehen der Schnitter, auf den Ähren aber spielt der Glanz seines Stahls ...«

Der Tod war durch fortwährendes angestrengtes Vergessen in mir bereits zurückgedrängt, versteckt, begraben gewesen, dieser Vers jedoch deckte ihn auf und half ihm, so wie der Mann in der Fabel der NOT aus der Flasche geholfen hat. Er weiß, daß er nicht vernichtet werden kann, stöhnt aber unter der Knebelung, dann wieder hat er ein schrilles, trockenes Lachen, und das Geheimnis seiner Liebe, möge mir keine Ironie entschlüpfen, besteht darin, daß er uns aus dem uns Liebsten heraus anredet, daß er sich in dem uns teuersten Wesen manifestiert, so wie er mir in meiner Mutter, meinem Meister und meiner süßesten Schwester, die sich alle bereits in der Ewigkeit befinden, erschien. Sollten also die, die wir gerade lieben, sollten sie schweigen? nicht mit uns in Fühlung sein? sich uns nicht offenbaren? Aber der TOD ist so klug, daß er sich uns gerade in dem offenbart, dessen wir am meisten bedürfen. Daher gibt es den Tagtod und den Nachttod, den Haustod und den Feldtod, den persönlichen, nationalen und allirdischen Tod. Es ist ein und derselbe Tod in verschiedenen Gestalten und in verschiedenem Alter, je nachdem, wem er erscheint, das heißt je nach seinem Auftrag. Jungen Menschen am liebsten ist der FRÜHLINGSTOD, weil sie in ihrer Unerfahrenheit nicht glauben, sie würden ihre Liebe finden. Wo sie überall stehenbleiben! Wie sie das Gras der Felder und die blühenden Apfel- und

Kirschbäume anbeten! Wie sie danach lechzen, mit den Säften aller Wurzeln aus der Erde in den warmen Abendazur zu quellen und sich dort aufzulösen! Sie kennen ihren Platz nicht, haben noch keinen Menschen gefunden, denn Weisheit ist mehr als das Leben und Liebe mehr als Weisheit. Der TOD will euch lieben, ihr Jungen, aber man kann seinen Liebreiz nicht durch Berührung bewerten, und deshalb bleibt er in seinem Lustschloß, während ihr mit ausgestreckten Händen um seine Parks irrt. Wenn er Gesellschaft liebte, würdet ihr ihn kennen. Er jedoch ist eifersüchtig auf seine unsterbliche Schönheit. Und er würde, wenn er etwas verlieren könnte, Gesellschaft mögen, doch weil seinen Reizen, um ihre Anmut zu steigern, nichts mehr hinzugefügt werden kann, hat er nichts, was er vermissen könnte.

Nun, hoffe ich, werdet ihr meinen Fall verstehen. Warum lacht ihr? Denkt ihr, ich verheimliche euch etwas? Was würdet ihr zu einem Tanz sagen, der so rhythmisch wäre wie meiner, aber von einem Bemerkenswerteren als mir getanzt? O nein, ich bin durchaus nicht traurig, seht nur, welcher Reichtum in meinem Haus verwahrt ist. Meine Verwandtschaft bis ins vierte Glied zurück und nach vorn befindet sich in diesen Räumen. Unten in den Kellergewölben tafeln meine Freunde. Es ist mein Wein.

Wie ihr seht und euch noch weiter überzeugen werdet, habe ich überhaupt keine Feinde. Von allem fehlt mir nur das hier. Und oben in sämtlichen Geschossen sind die übrigen Verluste. Krösus würde sich schämen vor mir.

Auf jeden wartet ein bestimmtes Wort. Auf mich

hat der TOD gewartet, und er ist mein eigenes Wort. Dieser oder jener könnte ihm begegnen, aber kein anderer kann es an meiner Statt sagen. So manches Wesen ging scheinbar so leise von hinnen, doch welcher Sturm an Heiligkeit oder Irrsinn dröhnt über seinen Fußspuren und über seinem Grab!

Wie herausfordernd und sehnsuchtsvoll sucht der Mensch den TOD und begegnet unaufhörlich dem LEBEN. Aber sobald er sich ereifert und das LEBEN sucht, begegnet er unaufhörlich dem TOD ; auch derjenige, der ihn nicht für sich sucht —

Nachdem ich durch viele Gegenden und Städte geirrt war, kam ich endlich heim, all meine Habe mit mir tragend. Würde ich Übliches pflegen, würde ich euch etwas Übliches sagen, Dinge dieser Art lassen sich applizieren und auch übersetzen, und man kann das nicht als Zynismus bezeichnen. Was ich euch jetzt sagen werde, ist entschieden lächerlich, und damit ihr eine Ahnung bekommt, wie unglaublich lächerlich, sage ich es euch, ungefähr so wie die volkstümlichen Laienschauspieler im »Sommernachtstraum«. Ich weiß, ihr seid nicht bei mir, schließlich sitze ich mutterseelenallein in einem kleinen Untermietzimmer, unten unter mir blökt ein Zicklein, das bald geschlachtet werden wird, auch fröhliche Kinderstimmen tönen herauf, und irgendein Bauer erzählt dort etwas bei einem Gläschen, wahrscheinlich, was ihm auf dem Markt zustieß, ich jedoch sitze allein in einem kleinen Untermietzimmer, das ein einziges Fenster hat, und unweit dieses Fensters, in der gleichen Höhe wie ich, schreien auf einem Weidenbaum die Spatzen, als gäbe es mich gar nicht, und dabei liebe ich sie doch mehr als sie mich, obwohl ich allein bin und sie mehrere sind; und weiter weg dort längs eines Zauns geht eine sonntäglich gekleidete Bäuerin, die zu ihrem Gehöft abbiegt, ihr braunscheckiger Hofhund läuft ihr entgegen und springt ihr an den Knien hinauf, und sie streichelt ihn. Wenn ich euch diese Dinge schreibe, wie könnte meine Erzählung schlecht ausgehen? —

Von meinem Geburtshaus weg, zwischen zwei Gärten hindurch, führt ein einsamer schmaler Weg, der in einen geräumigen, aber sehr unregelmäßigen Dorfplatz, Stránka genannt, mündet. Ich gehe durch das Gäßchen vom Stránka zu meinem Geburtshaus. Um die Wahrheit zu sagen, ich hatte an diesem Abend kein bestimmtes Ziel, ich war irgendwie traurig. Mein Freund, an Jahren fast doppelt so alt wie ich, verstand wohl, daß ich Einsamkeit brauchte, denn er schwenkte zum ersten kleinen Gebäude auf der rechten Seite ein und ließ mich allein weitergehen. Die Dämmerung war bereits fortgeschritten, so daß man einen Menschen, sein Gesicht, erst auf zwei, drei Schritte Entfernung erkannte.

Jenes Bauwerk, wohin mein Freund gegangen war, besteht aus einer Reihe von etwa drei niedrigen Behausungen für die Deputatarbeiter des Guts, und man gelangt zu den Wohnungen über etliche Steinstufen, die auf eine Terrassierung führen; Stufen finden sich übrigens nur in der Mitte, während zu den beiden äußeren Wohnungen von der Straße kein Aufgang führt. Mehr als ein anderer zum Nachweis der Wahrheit verpflichtet und berufen (das gemeine Volk, bekanntlich leicht der Einflüsterung von Legenden unterliegend, ist in diesen Dingen unzuverlässig), führe ich diese und andere Details einerseits für die Organe des löblichen Gerichts, andererseits meiner Landsleute wegen an, damit sie verläßliche Quellen haben, obwohl meine Arbeit für das Vaterland in meiner Vorstellung nicht wichtiger ist als jener Baumsaft, der im Frühling aus einem frischen Stumpf neben der Landstraße quillt. Das hält nicht lange an, es wunderte mich nur, als ich darüber nachdachte, daß nicht nur der Stamm die Wurzeln braucht, sondern auch die Wurzeln den Stamm zum Leben brauchen.

Besagter Weg, den ich an diesem Abend nahm, ist so schmal, daß es, würde ihn eine Getreidefuhre passieren, unvermeidlich wäre, zurückzugehen und an einer breiteren Stelle zu warten, bis das Fuhrwerk durchgefahren ist. (Wie ihr hören werdet, ging auch ich zurück.) An beiden Seiten säumten ihn die Lattenzäune zweier Gärten, von denen der als Wiese kultivierte zur Linken zu einem Bach abfiel, der überwölbt wurde von Erlen (zwischen denen sogar eine Fichte finster hervorlugte), während der zur Rechten gleichsam abzurutschen drohte und an der Seite mit Steinen abgestützt war, die es bei uns in Hülle und Fülle gibt. Darüber lag hinter einem breiten Rain ein weiterer großer Garten, doch vom Hohlweg waren mit Müh und Not die Bäume am äußersten Rand zu sehen; er hatte einst unserer Familie gehört, nur nicht lange, gerade daß wir ihn anlegen und einige Male Obst ernten konnten. Es ist der Garten, wo ich, weil ich für immer von ihm Abschied nahm, in meiner Kindheit geweint hatte, und es waren meine ersten

Tränen toter Dinge wegen und deshalb ohne Zeugen. Ich erwähne hier diesen Garten und dieses Weinen, damit ihr es verstehen könnt, wenn ich euch sage, daß sich in dem Moment, als ich durch den Hohlweg ging, meine ganze Heimat und alle ihre Dinge von mir verabschiedeten. Und wie einem Sterbenden sein Leben in allen Einzelheiten von der frühesten Jugend an vor Augen tritt, so daß sein Blick geistig abwesend wirkt und, falls er schon tot ist, als sänne sein Gesicht um so konzentrierter und ruhiger über alle Dinge und Vorkommnisse weiter nach: so zeigte meine Heimat sich mir auf diesem meinem letzten Weg, und als wäre ich eigentlich ihre Seele, offenbarten sich mir an ihr Geschehnisse, die ich vorher entweder gar nicht oder nur zusammenhanglos, also eigentlich in keinerlei Weise gekannt hatte. Ich weiß nicht, ob ich mich verständlich machen kann, wenn ich behaupte, sie systemhaft gesehen zu haben, und ich weiß nicht, ob ich euch mit der Aussage, ich hätte sie biologisch gesehen, die Vorstellung nicht noch mehr erschwere. Alle ihre Örtlichkeiten waren gleichsam in meinem Herzen, und ich verstand die Lage ihrer Äcker und Hänge, den Lauf ihrer Bäche und tiefen Täler, die Bedeutung dieses allein stehenden Ahornbaums am nördlichen Horizont, die Namen sämtlicher Fluren, ihre Wacholder, Eichhörnchen, Krebse, ihren Rauchtopas, Glimmer, ihre Erdbeeren, und es war mir glasklar, warum dieses oder jenes Ding gerade zu dem und dem Ort gehörte und nicht nur diese Dinge, sondern auch diese und jene Begebenheit, dieser und jener Weg, dieses und jenes Wort: so wie es unmöglich gewesen wäre, in dieser Gegend geboren zu werden und zu leben und nicht für alle Zeiten von einer anderen Gestalt, einer anderen Sprache und von einem anderen Leben abgeschnitten zu sein. Und weil die Liebe der einzige Sinn des Lebens ist, begreift das Staunen eines Menschen, der nicht in dieser Gegend, sondern weit weg in einem fremden Volk einem Wesen begegnet, das ihm völlig gleicht! Sein Wort wäre dessen Wort, als würden sie es gleichzeitig aussprechen! Denn, merkt euch, sagt man: diese und jene Landschaft, heißt das: dieses und jenes Wort! Hegte ich nicht die Befürchtung, eure Aufmerksamkeit vom eigentlichen Thema dieser Erzählung abzulenken, würde ich euch erzählen, mit welcher Gewalt es mich einmal in eine bestimmte Gegend trieb, die ich in einem bestimmten Antlitz erblickt hatte. Es gab kein Gesetz, das mich hätte zwingen können, in dieser Gegend vor meinem Tod nicht wenigstens eine Stunde zu verbringen! Und es gibt keine Macht im Himmel und auf Erden, die das Bild dieser Landschaft aus meinem Herzen reißen könnte! Wie viele Dämonen versuchten das schon, doch können sie zwar ein Haus zerstören, ein Wort erschüttern werden sie nicht!

Ich bin überzeugt und weiß, daß jeder Seele eine gewisse Landschaft bestimmt ist, ohne die sie nicht leben könnte, so wie sie sich, einmal erschaffen, nicht ihres Körpers entäußern kann, auch wenn sie ihn meinetwegen nach dem Tod eine Zeitlang ablegt, und alles, was in Liebe zwischen Liebenden geschieht, geschieht gleichzeitig und vielleicht weit vollkommener in den ihnen zugehörigen Landschaften, die gleichsam ihr ewiges Lehen sind, denn Liebe, die sich auf dieser Erde nicht auf etwas Materielles stützen kann, nämlich auf sichtbare Dinge, die sich verwandeln und wachsen, hätte keine Arbeit und würde allmählich auch ihr Gedächtnis verlieren. In alten Zeiten kam es meist selten vor, daß Fürsten einander besuchten, aber die Kriege, damals zwischen Völkern und Städten ausgetragen, werden heute weniger sichtbar, doch viel erbarmungsloser geführt. In meiner engeren Heimat gedeihen weder Reben noch Hopfen, aber mein Volk ist gesund, jedes meiner Blümchen ist schön, und meine Fußmärsche sind gefahrlos. Ich beute niemals die Dankbarkeit aus, und meine Heimat kennt auch kein Erbarmen.

Ich sagte, mir wäre glasklar gewesen, warum dieses oder jenes Ding meiner Heimat gerade zu dem und dem Ort gehörte und nicht nur die Dinge, sondern auch diese und jene Begebenheit. An jenem Abend, von dem die Rede ist, jenem Abend, als ich durch den Hohlweg zwischen den Gärten ging, waren alle Örtlichkeiten meiner heimatlichen Landschaft in meinem Herzen, und ich verstand die Worte vom Wahnsinn und vom Tod, den Gesichtsausdruck meines Vaters, das Schweigen meiner seligen Mutter, andere Worte, andere Arten dreinzuschauen, ein anderes Schweigen noch, und alle diese Worte und alle diese Arten zu schauen und jedes Schweigen und alle Geschehnisse, die sich seit meiner Kindheit in dieser Landschaft zugetragen hatten, verdichteten sich zu einem strengen Bild, vielleicht, damit ich sie verstünde, und entsprachen genau dieser Landschaft, und als würde mir der Sinn der Geschichte gezeigt, der parallel zum Sinn der Landschaft war, wurde ich gewahr, daß ein wer weiß wie unglücklicher Mensch nicht so allein ist, wie es scheinen mag, sondern wie das Feld mit einem Feld, eine Landschaft mit einer Landschaft zusammenhängt, so hängt ein Mensch mit einem Menschen, ein Toter mit einem Lebenden, ein Lebender mit einem Ungeborenen zusammen, und diesen Zusammenhang kann man bis in weite Ferne nicht nur von den Gesichtern der Menschen, sondern auch vom Gesicht der Landschaft ablesen, und das in solchem Maße, daß unser Geist nach der Gestalt einer bestimmten Gegend ziemlich genau ihre Geschichte erraten und nach dem Aussehen eines bestimmten Ortes das Leben entdecken kann, das in ihm verborgen ist. Und meine Heimat, so wie ich diesen Landstrich an diesem Abend wahrnahm und wie er in meinem Herzen war, nahm den Charakter jenes Gebäudes an, bei dem ich fast angelangt war, und weil es einem gewissen Protestanten gehörte, ist es wahrscheinlich ganz natürlich, daß ich mich an jene Kalvinistin, eine fünfundvierzigjährige Frau, erinnerte, die mir vor meiner Primiz in den Feldern begegnet war und einfach gesagt hatte: »Du bist also schon Priester? Wenn deine selige Mutter dich so sehen würde!« So viele Menschen hatten mir damals gratuliert, und so viele Geschenke hatte ich bekommen, aber das alles war verstummt und verschwunden, nur diese Begegnung blieb mir, dieses unverhoffte »Du« einer Frau aus dem Volk, die, wie sie mir sagte, allerdings eine Freundin meiner Mutter gewesen war, die ich aber dennoch seit meiner Kindheit nie gesehen hatte. Aber diese Begegnung und dieses Wort sind mir bis zum heutigen Tag geblieben, denn einzig das war für mich ein treuer Gruß meiner Heimat. Und eine Prophezeiung! Welch schwerer Beruf ist es, Beamter zu sein!

Auf dem Weg zu dem Gebäude, das besagtem Protestanten gehörte und nur zum Garten Fenster hatte und zum Weg gar keine, verstand ich, daß es richtig gebaut war, nur daß es traurig ist, in die Vergangenheit jener zu schauen, die lieben und soeben vorübergehen, doch während ich über die Böhmischen Brüder und vielleicht darüber nachdachte, daß ich Priester geworden war, um die am wenigsten Verstandenen aufzumuntern, die außer aus dem Schoß der KIRCHE nicht getröstet werden können, und wie man ihnen wahrscheinlich sagen müßte, daß der Protest des Herzens zwar gerecht ist, aber daß sie sündigen, wenn sie mit dem Verstand protestieren, und daß das, was sie jetzt, wartend und schweigend, nun allerdings zu ihrer Zerstörung tun, vielleicht schon damals besser gewesen wäre: währenddessen wurde der Abendnebel vor mir immer dichter und von solchem Entsetzen erfüllt, und die Stille ringsum wuchs so hörbar, daß mir das Herz im Leib erstarrte und ich rasch kehrtmachte.

Mein Freund hatte in den »Kasematten« in jenem armen und niedrigen Deputatstübchen auf mich gewartet. Er saß dort allein, und obwohl wir jetzt zu zweit waren, gewährte mir der Anblick seines Gesichts nicht viel Trost. Ich war einfach entsetzt. Das sah er mir zweifellos an. Ich nahm ebenfalls Platz, aber so, daß ich ihn nicht anschaute. Es war dunkel in dem Stübchen, aber unsere Gesichter erhellten es mit einem fahlen Schein. Und die Stille war unerträglich.

Ohne Zweifel war hier in meiner Abwesenheit etwas Schreckliches passiert. Warum war ich überhaupt fortgegangen! Was war ohne mein Wissen mit meinem Leben geschehen, wenn mir einzig das klar ist, was mit ihm geschehen wird! O MUTTER! Jemand trat in die Tür, sie mit seinem vierschrötigen Körper ausfüllend, hob den Revolver und zielte direkt auf mein Herz. Ich war nur zwei Schritte vom Lauf entfernt. Die Waffe spielte eine Art Militärmarsch. Der Mörder lächelte nur, und ich wußte, bei irgendeinem Ton würde der Schuß krachen.

Über Benedikt XV., über einen Provinzbahnhof, über ein Buch aus Nüssen, über Seidenfäden und über Mohren

Gestern nacht, in der Nacht vor dem Weihnachtstag, träumte mir, ich stünde vor Benedikt XV., den ich nicht einmal von einem Bild her kenne und der zu mir sagte: »Du wirst heuer sterben.« Beim letzten Wort lächelte er, und ich verstand, was er mit diesem Lächeln sagen wollte: »Was ist denn daran so schlimm, wenn man hier ohnehin nichts mehr erwartet!« Um ihn herum standen einige Prälaten. Aber vorher sagte er, an mich gerichtet, zornig: »Ein Skandal ist das in diesem Österreich!« Mir fiel ein, daß der Papst unfehlbar ist, und ich konnte mir deswegen nicht zusammenreimen, daß bis zum Jahresende nur mehr fünf, sechs Tage fehlten und ich binnen dieser kurzen Frist sterben sollte, zumal ich ziemlich gesund war. Ich rechnete allerdings im bürgerlichen Jahr, und weil ich in diesem nicht gestorben war, mußte er wohl das Kirchenjahr gemeint haben, ich weiß aber, daß seine Aussage meinem Körper gegolten hatte.

Und genau auf diesen meinen Traum antwortete mir zweifelsohne am 29. Dezember 1917 mein Freund F. X. Šalda:[1] »Seltsame Tage sind das, wo Licht und

---

1 František Xaver Šalda (1867-1937), Begründer der modernen

Wolken auf dem Horizont miteinander streiten. Was zögert da, geboren zu werden? Was zögert da zu sterben?«

Aber bin ich gestorben, wenn ich leide?

* * *

Aber heute träumte ich etwas anderes. Ich befand mich irgendwo auf einem Bahnhof, nicht in Prag, sondern auf einem großen Provinzbahnhof, so sehe ich ihn. Wir hätten noch abfahren können, aber sie trödelte absichtlich, indem sie mich durch einen Hohlweg, eine Sackgasse gleichsam, von den Geleisen hinunterführte, denn wir gelangten von der Rückseite zu irgendeinem fremden Mietshaus, das sowohl ein Gasthof als auch eine ländliche Fabrik hätte sein können. Es gab dort weit und breit keine Menschenseele, aber trotzdem bleibt mir sogar in wachem Zustand die kleinliche Albernheit unverständlich, die sie sich dort erlaubte und bei der ich ihr, wenn auch ohne zu begreifen, augenblicklich Folge leistete, weil ich sie liebte, aber vielleicht gehorchte ich deswegen sofort, weil ich weiß, was ich sah: sie *konnte* mich *nicht* anders lieben. Meine Liebe war wie die in die Erde gerammte Stange einer Flagge, von der ich wußte, daß ich sie erobert hatte. Ihre Liebe war wie eine vom Wind gejagte Flamme, das erkannte ich an ihrer beim Gehen nach vorne geneigten Gestalt, an, leider, ihren Augen, die an allem vorbei in

---

tschech. Literaturkritik; lernte Deml 1912 kennen, zur Abkühlung der Freundschaft kam es am Beginn der dreißiger Jahre.

eine Richtung geheftet waren, sie war als Ganzes wie ein Baum im Wind, obwohl es windstill war, aber weil ich sie liebte, paßte ich mich sofort und gerne auch mit meinem Geist an diese unsichtbare und für mich nicht existierende Hast an ... »Ich muß mit ihr gehen«, dachte ich mir, »wenn sie mich liebt und noch nicht sieht.« »Sie kann mich sehen, sie sieht mich, aber so weit weg, daß wir dort gar nicht hingelangen«, dachte ich mir.

* * *

Am schlimmsten von allem sind die Nächte. Heute träumte mir etwas, was mir sehr oft im Traum erscheint: ich hetze zu einem Bahnhof – und der Zug ist schon über alle Berge; oder ich komme in der Nacht in eine große Stadt, muß, ob ich will oder nicht, in einer Stunde wieder abreisen – und in dieser kurzen Zeit soll ich diese ganze Millionenstadt ablaufen, um Die zu finden und eine Sekunde lang sehen zu können, die meinetwegen stirbt ... Sie aber ist nirgends gemeldet, und niemand weiß etwas von ihr! Ich würde sie retten, sie vielleicht erlösen – aber in einer Stunde – in einer Millionenmetropole – und niemand weiß von ihr.

Und unter meinen derzeitigen Träumen – ich kenne die Zeit nicht, kenne nicht die Tage – war auch folgender: Ich liege in der Nacht und bei völliger Stille in einem großen Zimmer, das deswegen so riesig war, damit ich wüßte, wie groß es leer ist, obwohl mehrere Leute an meinem Bett standen und sprachen, die mich zwar sahen, aber trotzdem nichts von mir wußten – aber links von mir stand eine bleiche Dame und sagte auf einmal zu mir: »Ich kann mir nichts wie *geistlich* vorstellen – das heißt: ich kann es nicht *leben*!« Ich gab keine Antwort, nur mein Körper wurde noch starrer und kälter, meine Antwort allerdings – weiß Gott, wie das so jählings passieren konnte – fand ich auf meinen Knien: ich sitze halb aufgerichtet auf meinem Bett, und auf meinen Beinen, auf der Decke vor mir lag ein

BUCH.

Die Blätter am Anfang waren wie die Blätter anderer Bücher, mit Lettern bedruckt und mit Zeilen und ohne Verzierungen und ohne Bilder. Das waren die Blätter auf der linken Seite. Als es aber vor mir aufgeschlagen war: gab es auf der rechten Seite keine Buchstaben mehr, die Blätter waren nicht mehr aus Papier, sondern wie fingerdicke, genau geschnittene Weißbrotscheiben, und in ihnen wie in Gußformen steckten auseinandergeschnittene Nüsse, jede Hälfte der anderen gegenüber schön symmetrisch und Zeile für Zeile, und die nicht mehr so frischen klapperten in ihren Höhlen, fielen aber beim »Umblättern« nicht heraus, als ob sie an unsichtbaren Stielen hingen – die neuesten aber waren ganz frisch, wie gerade erst auseinandergeschnitten, so daß sie vor Frische fast glänzten und dufteten und in ihren Gehäusen fast gar nicht klapperten, auch wenn man die »Blätter« noch so heftig wendete … Danach wurde ich wahrscheinlich ohnmächtig. Und als ich zu mir kam und aufwachte, stand niemand um mich herum, aber es war dunkel, und die Dunkelheit war ganz schwarz und lautlos –

und plötzlich sehe ich: von der Tür schleicht geduckt ein Gespenst zu mir, das die Farbe einer Mondwolke hatte, nur sehr matt, und ich bemerkte, wie ungeduldig es war, mich zu erwürgen. Als es schon bei meinen Beinen angelangt war: packte ich das Buch, das auf meinen Knien lag, und schleuderte es ihm ins Gesicht. Es rasselte nur so … !

* * *

Aber heute verlebte ich eine traurige Nacht. Der Mond schien nicht, und es war auch bewölkt, aber mir träumte, ich befände mich *in Prag* auf einem großen Friedhof, während dieser Friedhof jedoch wie auf einer Anhöhe lag, befand sich Prag irgendwo weit unten, in südlicher Richtung, und ich war allein auf diesem Friedhof, und es war Abend, und es war naß und kalt, und ich ging durch diesen Friedhof zur östlichen Mauer, durchquerte den unteren südlichen Teil auf einem kleinen Weg, und auf einer Thuja hingen Seidenfasern, und weil ich immer auf alles auf meinem Weg achte und alles Nützliche sammle, nahm ich diese Fäden herunter; sie waren naß vom Regen oder vom Tau, und ich prüfte, wie stark sie waren, und dabei zerrissen sie mir ein wenig, so daß ich sie dort ließ, indem ich sie vorsichtig wegwarf – und die Nacht brach schon ein, und es war naß und traurig, und ich weiß nicht, warum ich auf diesen Friedhof gekommen war und woher, aber dann machte ich kehrt, um wegzugehen, die Landschaft war öd, und Öde herrschte in meiner Seele, und beim Weggehen nahm ich mir vor, in Prag jemanden zu besuchen –

und ich erinnerte mich an diese und jene meiner Bekannten, an alle und sagte mir sofort im Geist, ich würde sie nicht besuchen, obwohl es alte und gute Bekannte und Freunde waren – ich war todtraurig –, und erinnerte mich ganz leicht an *Jemanden Armen* und hatte ihn gleich und die ganze Zeit über im Sinn gehabt, in der mir alle diese bekannten Freunde durch den Kopf gegangen waren – und die ganze Zeit über, vor allem am Schluß, hatte ich gewußt: nur *Diesen* werde ich in der Stadt besuchen und dann fortgehen. *Ich weiß nicht, wer er war,* ich weiß nicht einmal, ob Mann oder Frau, ich weiß nur, daß ich todtraurig war und mich mit meinem ganzen Herzen danach sehnte, zu ihm, nur zu ihm zu gehen! Und fortzugehen!

Dann verschwand der Friedhof, und dann war ich gleichsam im Kreuzgang einer Friedhofskirche oder eines Klosters, und es erschienen mir dort lauter Orientalen, Mohren, und sie waren wie *fratres laici* dieses Klosters und hatten lauter fremdländische, exotische Tiere bei sich: Kamele und kleineres, *tropisches* Getier, darunter Tiere, die ich noch nie gesehen hatte, eine derartige Gruppe befand sich in Körben auf einem Kamel, es war auch irgendeine weißliche Hirschkuh oder ein Hirschkalb mit einem schönen schlanken und doppelt so langen Hals, als ihn Hirschkälber bei uns haben, dabei – und diese Leute waren schwarz, durchwegs Männer und bärtig, wie es Äthiopier gewöhnlich sind, ich ging durch einen Kirchengang, sie gleich durch die Tür zu mir her, und dabei unterhielten sie sich: »Der ist schön weiß, den lassen wir uns schmecken!« So sprachen sie von mir, aber ich trachtete, schleunigst die Tür ihnen gegenüber zu erreichen (durch die Tür schien die Sonne, und ich wollte rasch zu dieser Sonne hin), und weil ich rechtzeitig an die Sonne kam, obwohl ich noch in dem Kirchengang stand und vielleicht, wie mir scheint, auch einen Revolver hatte (aber ich sah, daß er mir absolut nichts genützt hätte) – ließen sie, nur auf Art von Wilden wüste Fratzen schneidend, von mir ab, aber einer von ihnen machte im Vorbeigehen eine frivole Bemerkung über Frauen zu mir, und ich konnte das, wissend und sehend, daß dieser Mann ein *frater laicus* war, nicht begreifen, schließlich fiel mir aber ein, daß es Äthiopier waren.

Dann fand in dieser Kirche ein feierliches Benedictio Ssmi[2] statt, ich inzensierte dabei als Diakon, und der Zelebrant belehrte mich, ich würde es nicht richtig machen, ich hätte zuerst rechts, dann links und dann in der Mitte zu räuchern, aber ich verstand es nicht, ja es kam mir sogar seltsam vor, daß ein Erzpriester sich mit der Monstranz in den Händen überhaupt nicht geniert, mir diese Zeremonie zu zeigen … Es verwirrte mich, daß er, der Erzpriester, *zu mir* gekehrt war.

—

Also diese zerschlissenen Seidenfäden …

Ich denke mir schließlich meine Träume nicht aus – und warum sollte ich Seidenfäden erfinden? Als ich sie auf dieser Thuja erblickte, freute ich mich: »Also ist dir doch etwas geblieben …«

---

2 Benedictio Ssmi: Benedictio Sanctissimum.

Und als sie mir in den Händen ganz leicht zerrissen …

Und dieser Friedhof war ungefähr dort, wo der Vyšehrader Friedhof liegt, und dieser *arme Mensch* befand sich von dort ungefähr in westlicher Richtung, und ich weiß genau, wo und wie weit – aber ich sah ihn nicht, er war in einem Häusermeer, ich konnte ihn gar nicht sehen, denn ich kannte ihn überhaupt nicht: aber über der ganzen Gegend und über der Stadt verdichtete sich die Finsternis, und ihn, den Menschen, sah ich nur als das warme *Licht* eines friedlichen kleinen Feuers …

Die Kirche

Schon das Wort selbst ist einem bisweilen fern und unbekannt und bisweilen fremd und bisweilen so ekelhaft, daß es wie ein Extrakt und Produkt des ganzen Ekels auf der Welt ist und ein andermal wie ein Gespenst und dann wieder durchaus wie ein Rosenhain am frühen Morgen Anfang Juni, wo einem sogar Moder wie Blütenstaub durch die Seele fliegt. Aber auch daran kann man noch Anstoß nehmen, daß unser Ohr eine sehr genaue Demarkationslinie zwischen Kirche und Kathedrale zieht. Und wer sich zu den Vornehmeren zählt, kann in dieser Branche (von Religion ist die Rede) ohnehin nur mehr eine Basilika und einen Dom halbwegs gelten lassen. Ein gewöhnlicher Priester, ein einfacher Priester, sacerdos vulgaris, ein Priester ohne Insignien – versteht ihr, bitte? – kein Franz von Assisi, Bruder der Sonne und der Esel, sondern ein Priester, lediglich ein Priester, ohne Aureole, ohne Mitra, ohne Inful, ohne violette Toga, ohne Pelzchen mit Marderschwänzen, kein Marder, sondern ein Priester, lediglich ein Priester, ein Priester, der weder Senator noch Mitglied der Nationalversammlung, noch Schirmherr einer philanthropischen Organisation, noch Veranstalter »Geistlicher Konzerte«, noch Besitzer von vier Tageszeitungen, fünf Wochenblättern, neun Monatsschriften, zweier Druckereien, und um so weniger ein Priester, der hochverdienter Professor an einer höheren Mädchenschule und obendrein katholischer Mystiker und Klassiker ist!

Ein ganz gewöhnlicher namenloser Priester kam in eine große Stadt. Er war so in Gedanken versunken, daß er um sich herum nichts sah und hörte. Man muß sich wundern, daß er nicht von einer Kutsche oder einem Automobil überfahren wurde, von denen Tausende hier herumkreuzten und umherschwärmten. Glaubt ihr, daß ein Engel des Herrn diesen Priester beschützte, daß er nicht unter die Räder einer Tramway geriet und die hämischen Blicke nicht bemerkte, die aus glattrasierten Gesichtern über sein Kollar und noch weiter hinunterglitten, und daß er nicht die zweideutigen Reden animierter Jünglinge und Männer hörte, die in einer Atmosphäre harmloser Heiterkeit aus Kaffeehäusern und Gasthäusern traten? Solange er, halbversteckt hinter den Rücken anderer Passanten, weiter weg war, feuerten die Augen von Mädchen und Frauen ganze Salven auf seine Haut ab, um sich, ihren Irrtum rasch erkennend, wie von einer Schlange gebissen wieder in sich selbst zurückzuziehen, und die noch nicht so Versierten richteten ihre Blicke mit unbegreiflichem Interesse auf Auslagenscheiben oder von Lehrlingen und Hunden gezogene Wägelchen. Das alles sah der Priester nicht, und es gab noch sehr viel anderes, was sich von den Männern, Häusern und Straßen einer Großstadt zu sagen nicht geziemt und was höchst peinlich anzuhören gewesen wäre von der Reinheit und Pracht eines solchen Landeszentrums, und am peinlichsten von allem – nein: er war so weit Priester, um alles wahrzunehmen, alles zu erdulden, genau und im einzelnen alles zu sehen, zu hören und zu fühlen, aber genau und im einzelnen nichts zur Kenntnis zu nehmen, sofern es andere betraf, alles zu verteidigen, und sofern es ihn betraf, alles zu bejahen, um niemandem unrecht zu tun, niemanden zu verurteilen, Kummer und Tristesse nicht zu vergrößern. Er segnete alles schon im vorhinein und dankte im Geist für alle und für sich selbst. Auch einige Kinder kamen vorüber, und eines von ihnen zeigte mit dem Finger auf den Priester und sagte: »He, da geht ein Blinder!« Und da erschrak der Priester. Schnell bog er in die nächste Seitengasse ein und kam auf einen kleinen Platz, blieb kurz stehen und seufzte tief und streckte sich merklich. Auf diese Weise bleibt ein Mensch stehen, der auf seinem Weg eine Last von seinen Schultern wirft, um sie nach einer Weile wieder aufzunehmen. Dieser kleine Platz entsprach jenen dunklen und muffigen Winkeln in jahrhundertealten Bibliotheken, in denen man in althergebrachter Weise die mit schwarzen, römischen Lettern auf schmutziggelbe Schilder geschriebenen, vergessenen und nur mehr einem von hundert Novizen verständlichen Schlagwörter liest: *Libri prohibiti, Ascetica, Daemonologia* …

Dieser Platz war insofern eigentlich gar kein Platz, als er den Seelenzustand beim Vernehmen der Redensart »*Das ist dort* hinter der Scheune« ins Gedächtnis rief, und es ist fast erstaunlich, daß es in einer Großstadt so abgeschiedene Winkel geben kann, die der eigentliche Strom des Lebens so auffällig meidet: noch vor einer Minute war man wie in einem Strudel und Hexenkessel von Aktivität, Prunk,

Lärm, Getümmel, Flüstern, Stimmen, Lachen, Blikken und Schritten, die nur zum Schein so langsam sind, aber es sind lauernde und sprungbereite Schritte, blutrünstige Blicke, ein Lachen, daß es einem eiskalt über den Rücken rinnt, es sind unnatürliche Stimmen, ein brüllendes Flüstern, der Prunk von Fliegenpilzen und Schlangen mit Goldkrönchen auf dem Kopf und nicht das Rauschen heiliger Haine, sondern das Rauschen von Insektenflügeln über verlassenen Feuerstellen, das schmatzende Rascheln von Schaben in alten Schornsteinen, die trägen Bewegungen von Ratten und Wanderratten in den baufälligen Höfen alter Brauereien und Pferdeschlachthöfe.

Auf dem kleinen Platz, wohin der Priester geraten war, gab es keine einzige Häuserfront, und die Passanten hätte man an den Fingern einer Hand abzählen können. Der Priester ruhte sich aus, als wäre er gerade aus einem Krankenhaus für Unheilbare gekommen, in dem das Verlangen, ununterbrochen zu schreien, und der Wunsch nach ständiger Flucht Gesundheit und Leben ersetzen. Welche Stille hier herrschte! Und auf der linken Seite befand sich ein Kloster, allem Anschein nach ein Franziskanerkloster, da sein Eingang direkt vom Erdboden wegführte – versteht ihr mich? Keine prunkvolle Fassade, überhaupt keine Vorderfront auf dieser Seite, ja nicht einmal ein einziges Fenster! Nur eine niedrige Pforte, eine Nebenpforte, über ihr gleich das Dach, und durch diese Pforte gingen einzeln Menschen wie die Körner in einer Sanduhr. Viele waren es nämlich nicht. Gewiß waren es Menschen, die sich nach heiliger Ruhe, oder sagen wir, nach radikaler Veränderung, nach irgendeinem absoluten Gegenteil sehnten ... Auch der Priester trat ein. War es am Morgen? Wahrscheinlich am Morgen, nur läßt sich dem Himmel nach im November und noch dazu in einer großen Industriestadt schwerlich die genaue Uhrzeit bestimmen. In einem Seitenschiff standen Männer und Frauen. Bestimmt fand eine sakramentale Zeremonie statt. Doch gab es hier keinen Unterschied zwischen Männern und Frauen. Hier waren Gläubige! Und der Priester wollte den Altar sehen. Aber er konnte keinen Altar erblicken. Alles war in der Mitte *verstellt*, und der Priester rief sich in Erinnerung, daß das in Lorettokapellen so üblich war. Dennoch kam es ihm ungewöhnlich vor. Nach vorn traute er sich nicht, ohne zu wissen, warum. Wollte er die Andacht nicht stören? Auch, vor allem aber: er wollte keine Aufmerksamkeit auf sich ziehen. Deshalb blieb er in der Nähe der Tür im rechten Seitenschiff stehen, das eher ein Gang war, aber kein gerader, weil er sich vorne nach links wendete. Alles ging zu wie bei einem katholischen Gottesdienst: das heißt, da und dort standen Leute und schauten irgendwohin nach vorn und redeten nicht miteinander. Mehr kann man nicht sagen. Aber in der Mitte der Kirche und dort vorne tat sich wahrscheinlich mehr, und dem Priester war es irgendwie peinlich, nichts zu sehen, und weil er nicht vorgehen wollte – er fürchtete sich vor etwas –, schaute er sich auf der linken Seite um, ob er nicht von hier aus einen Blick auf etwas erhaschen könnte. Und zu seiner Linken befand sich eine Holzwand mit allerlei Tischler- und Schnitzerarbeiten, und der Priester-Fremde begriff, daß es die rechte Wand des Chors war, auf dem sich die Sänger befinden, und er wollte auch auf diesen Chor gelangen, der hoch oben war, und er entdeckte keinen Aufgang und fürchtete sich, jemanden danach zu fragen (er war nämlich vom Land), bis ihm plötzlich der Einfall kam, es wäre möglich hinaufzuklettern und auf andere Weise würde man dort gar nicht hingelangen. Also begann er hinaufzuklettern, um zu sehen, wohin alle strebten und was sich dort vorne abspielte, denn er hatte Sehnsucht bekommen, den Hauptaltar zu sehen, und einen anderen Altar gab es hier nicht und seltsamerweise auch kein einziges Bild, denn die Wände des Seitenschiffes waren ganz leer und, was gesagt werden muß, sauber, und alles übrige war verstellt, so daß also sicher dort oben vom Chor aus zu sehen sein würde, welche Andacht man hier verrichtete. Und er kletterte und kletterte, aber je höher er hinaufkletterte, desto biegsamer und dünner wurde diese Holzwand, die in eine Art geschnitztes, wahrscheinlich gotisches Spitzenwerk überging und sich ihm am Ende unter dem Gewicht seines Körpers so entgegenbog, daß er nicht mehr weiterkonnte und wieder hinunterkletterte. Er hatte nämlich den Eindruck, nicht auf eine Holzwand, sondern wie auf den Wipfel eines Baumes zu klettern, dessen Äste immer dünner und schwankender werden. Keiner der Anwesenden hatte Anstoß daran genommen, und keinem war es eingefallen, ihm einen Rat zu geben. Aber den Priester betrübte, daß er den Altar, und was auf ihm passierte, nicht erblicken konnte. Im übrigen war die Zeremonie wahrscheinlich schon zu Ende, weil durch das Seitenschiff, dem Priester entgegen, eine Schar von Kindern wegging, paarweise, schön in der Reihe, und neben diesen Kindern eine Art Nonne, die auf die Ordnung achtete. Tatsächlich ließ keines von ihnen auch nur ein Flüstern hören, und dem Priester fiel ein, sie würden zur Schlachtbank geführt, nur daß sie es nicht wüßten. Trotzdem wirkten sie aber irgendwie traurig, diese Kinder, wahrscheinlich hatten auch sie nichts gesehen, aber als sie durch die Seitentür die Kirche verließen, ging der Priester mit ihnen hinaus, bog allerdings ab in diesen von der inneren Pforte herführenden Gang und begegnete einem Mann, der es sichtlich eilig hatte. Ungeachtet dessen blieb er, als er den Priester erblickte, stehen, und der Priester? Er geriet einigermaßen in Verlegenheit, aber hinter dem dahinhastenden Mann tauchte dort rückwärts ein Klosterbruder auf, denn er trug ein Ordensgewand samt Kapuze, und sich dem Unbekannten zuwendend sagte unser Priester, was ihm gerade durch den Kopf schoß: »Katholischer Priester?« Alles an jenem Mann nämlich entsprach dieser Frage, bei der diese zwei Worte viel weniger bedeuteten als die Miene und Stimme und eigentlich nur dadurch begründet waren, daß an jenem Mann kein Kollar zu sehen war und unser Landpfarrer ihm angestrengt auf das Kollar zu schauen versuchte, aber kein Kollar erblickte, weil der Unbekannte sein Kinn an die Brust drückte, so daß es unmöglich war, das Kollar zu sehen, aber die ganze Angelegenheit wurde in ein paar Sekunden gelöst – als nämlich der Unbekannte auf jene Frage mit dem Kopf nickte und sagte: »Wünschen Hochwürden, daß ich Euch die Beichte abnehme?« Und obwohl unserem Landpfarrer bis zu dem

Zeitpunkt hier nicht der Einfall gekommen war, er könne beichten, entschloß er sich plötzlich, dies zu tun, wobei er sich nur noch dachte: »Welch witzige und zuvorkommende Leute das hier sind, und wie leicht sie einem diesen Schritt machen!« Er hielt sich auch eigens vor Augen, wie sehr dieser Mann in Eile war, und verzieh ihm daher nicht nur jene Frage, sondern war ihm sogar doppelt dankbar dafür und stimmte eingedenk jener Eile, ohne zu überlegen, zu und kniete sich in diesem Gang gleich neben den nächsten Beichtstuhl, wobei ihm noch auffiel, daß dort hinten im Halbdunkel immer noch jener Ordensbruder stand. Er wunderte sich zwar, daß dieser Beichtvater ihn am Beginn seiner Handlung nicht mit einem Kreuzzeichen bezeichnete, allerdings fiel ihm ein, daß das nicht zum Wesen der Sache gehöre und er den ehrwürdigen Vater ohnehin von eifriger Arbeit und seinem Weg abhielte, ließ daher auch die übliche Einleitung aus und begann augenblicklich zu beichten und sagte: »Ich habe eine verheiratete Frau geliebt ...« Ganz ungerührt fragte der Beichtvater: »Hat sie davon gewußt?« Und der Priester sagte: »Sie ahnte es, denn heute hätte ich mich mit ihr treffen sollen.« Und der Beichtvater fragte weiter: »Und früher haben Sie keine Frauen geliebt?« Hier regten sich Zweifel in dem Priester, denn er sollte ein Geheimnis preisgeben, das mit ins Grab genommen worden war, also erhob er sich, und auch der Beichtvater erhob sich, und um den Beichtvater herum standen plötzlich mehrere Männer, und einer von ihnen titulierte ihn: »Herr Wirt!« Und der Priester-Büßer blickte auf seine rechte Hand, auf der ein Kotklumpen lag, der ihn belastete und störte, weswegen er auf die nächste Tür zuging, die wie eine Küchentür, mit Glasscheiben und einem kleinen weißen Vorhang, war, er öffnete sie und trat ein, und auf sein Ersuchen hin reichte man ihm eine Waschschüssel und ein Handtuch, damit er sich reinigen konnte. Und als er schon sauber und im Begriff wegzugehen war, sah er auf einmal, was er schon, ohne ihm eine Bedeutung beizumessen, vorher bemerkt hatte: in der Mitte dieses Raumes auf einer Art Podium und wie auf einem Thron saß in einem Lehnstuhl eine Greisin mit pergamentenem und von Falten durchzogenem Gesicht, und als hätte sie Blei in den Gliedern, erhob sie sich mühsam, wobei zu erkennen war, daß jede Bewegung überaus schmerzhaft für sie war, aber sie richtete sich dennoch gerade auf, und ihre Augen waren starr und böse, und ihre Lippen bewegten sich wie die Lippen hölzerner Fetische in einer unterirdischen Teufelsanbeterkirche, und ihre verkrümmten Hände ausstreckend, schrie sie: »Blut!, schnell Blut!« Das war keine menschliche Stimme, sondern als risse man Eingeweide heraus, und zum Teil auch so, als würde man in einem verlassenen Turm einen Schlüssel in eine jahrhundertealte Eisentür stecken, um sie mühsam aufzuschließen. Oh, wenn es ein schrilles Quietschen gewesen wäre, aber das hier war ein Flüstern, aus dem es Rost und Grauen hagelte!

Er versuchte zu fliehen, aber die Tür war versperrt, und was ihm vorher als Vorhang und Glas erschienen war, war gehämmertes Eisen, und es wäre vergeblich gewesen, um Hilfe zu rufen; am ganzen Körper gelähmt durch dieses Augenpaar und jene

Stimme, spürte er nur noch, wie knochige, eiskalte, harte Finger sich in ihn eingruben, und auf seinem Gesicht einen schnellen und feurigen Atem.

Der Mord

Ich bemühe mich, sehr freundlich zu sein. Freundlichkeit sei das ureigenste Wesen meiner Seele, rede ich mir ein, aber es nützt nichts. Ach, gäbe es nur den Wachzustand, wie würde sich im ganzen Land Freundlichkeit ausbreiten, und alle würden wir ohne Ausnahme wie Tiere leben!

Teure Freunde, ich fürchte mich! Manche Häuser – merkt es euch gut! – sind hochordentlich und sämtlichen Anschlägen und Einflüssen von außen gegenüber hermetisch verschlossen. Sie prosperieren. So scheint es. Sagt einmal zum Beispiel: »Ich habe gehört, eure Henne hat den Pips!« Sagt so ein Wort in einem hermetisch verschlossenen Haus: der Familienvater errötet und schaut in Panik seine erbleichende Gattin an, beider Blicke irren herum wie eine Maus in der Falle, und euch wird klar, daß euch eine riesige Taktlosigkeit unterlaufen ist. Es gibt heimliche Krankheiten. Das Glück, teure Freunde, ist vermutlich die schlimmste unter den heimlichen Krankheiten. Würde es ruchbar, daß die Tochter die Fallsucht hat oder ihre Mitgift, ein öffentliches Gesprächsthema, fingiert und der Sohn von Knochenfraß befallen ist – gestatten, wer würde an so einem Haus auch nur anstreifen wollen?

De facto ist jeder Sohn von Knochenfraß befallen. Ist er denn unsterblich? Und kann nicht ein sonst kerngesunder, kraftstrotzender Mensch unverhofft sterben? Durch Blitzschlag oder durch einen Autounfall? Stürzen nicht Flugzeuge ab? Und sitzen wir eigentlich nicht alle in einem Flugzeug? Da gibt es Erdbeben, da gibt es Hochwasser, Epidemien, Feuerkatastrophen. Warum sollte eine heimliche Krankheit dann moralisch schlimmer als eine öffentliche Krankheit sein?

Ach, ja: ihr liebt eure Kinder zu sehr und werdet enttäuscht sein, es kann gar nicht anders sein, denn ein Doktorat und eine Priesterweihe können keinen größeren Wert als gesunde Knochen haben. Auch der Kopf ist was wert, wenn ihr schon vom Herzen nichts wissen wollt. Wenn euch aber der gute Ruf eures Hauses lieber ist als ein Kind, gibt das zu denken, denn dann liegt klar auf der Hand, daß nicht der Wachzustand und sein Fangarm Verstand im menschlichen Leben entscheidend sind, sondern der Traum! Nur daß manche Menschen wirklich glücklich sind auf dieser Welt, so vollkommen glücklich, daß sie nicht einmal auf ihr Unglück verzichten würden! Weil sie auf ihren Traum verzichten müßten.

Ich besuchte eine bekannte Familie an der Prager Peripherie. Aber wie gerne würde ich auf diesen Traum verzichten!

Es ging schon dem Abend zu. Ich legte mich müde auf ein Sofa, nur so, und wäre auch eingeschlafen, aber da traf plötzlich Frau Pavla ein, und man bot ihr ein Nachtlager an. Ich hatte wahrscheinlich gewußt, daß sie nicht zuviel Platz hatten, aber es ereignete sich noch folgendes: gleich nach Frau Pavla kam eine ältere Frau, wenn nicht die Großmutter, dann sicher die Mutter dieser Familie, eine sichtlich unfreundliche Person, die, nachdem sie erfahren hatte, man habe uns ein Nachtlager angetragen, unverhohlen ein finsteres Gesicht zog und sagte: »Also werde ich wieder Kopfschmerzen haben!« Und als würden sich diese ihre Worte (ein böses Wort ist ein böser Gedanke) in eine Tat verwandeln, sieh an, schon hatte sie den Kopf umwickelt! Ich glaube daran, daß man von einem Gedanken krank werden kann, wenn er böse ist. Und diese alte Frau war bucklig und humpelnd eingetroffen.

Als ich das sah, überredete ich Frau Pavla, sie solle über Nacht hierbleiben, ich fände ohne weiteres in einem Hotel ein Nachtquartier, und ich spielte dabei den Fröhlichen, obwohl aus der Gestalt dieser Alten, aus ihrem buckligen Humpeln bei ihrer Ankunft (mein Gott, versteht mich hier jemand?) – seltsamerweise war die Alte gar nicht bucklig und brauchte auch keineswegs Krücken, aber ihr Gang war dreist schleichend. Eine Kreuzotter selbst ist auch nicht zickzackförmig, trägt aber ein Zickzackornament auf dem Rücken … Tatsächlich, so war jener Unmensch vor der Burg des Todes gegen mich vorgerückt … Ich bin wahrscheinlich im Fegefeuer, denn sooft ich mir die Augen reibe und aus vollem Herzen zu singen beginne, nähert sich mir jedesmal mein Traum, wie eine Schlange im Gras, und beißt mich … Ist Liebe wirklich Sünde? Und was habe ich getan, daß mir das Lachen verboten ist? Warum darf ich nicht ohne Traum schlafen? Und warum ist es immer derselbe Traum? Wenn ich ihn wenigstens verstünde und wüßte, wohin das alles führt!

Ich sollte keine Bekanntschaften schließen und nicht in gewisse Häuser gehen, weil sie mich dann heimsuchen. Am Morgen des zweiten Mai vor fünf Uhr früh träumte mir, ich wäre in Prag, wahrscheinlich in dem Haus, in dem sich die Slawische Versicherungsanstalt befindet, aber es waren dort einerseits Wohnungen und andererseits eine Kneipe im Stil jener Schenken aus Hoffmanns Erzählungen, das heißt eine dieses Namens würdigere, irgendwie geräumigere Kneipe, also realitätsferner, unwirklicher, ja überhaupt phantastisch ... Irgendwoher, wie aus ihrem eigenen Haus (»Haus« steht hier in einem höheren Sinn, das heißt im Sinn von Familie, ja in einem noch höheren: im Sinn von Eltern, oder Geburtshaus, ja, ehrlich gesagt: wie direkt aus ihrem *Geschlecht* – wißt ihr, was das ist, ein Geschlecht – eine Sippe? Wißt ihr, was es heißt, in die Verwandtschaft aufgenommen zu werden? Und wißt ihr, was es heißt, unnütz aus ihr ausgestoßen zu werden? Wißt ihr, was das bedeutet, wenn ein aufgepfropfter Zweig anzuwachsen beginnt und der fremde Wurzelsaft und der fremde Saft aus allen Ästen sich mit seinem Saft vermischen und sie in den Blättern und im Obst der ganzen Krone zirkulieren? – Ja, dem läßt sich nur mehr Einhalt gebieten, wenn man den ganzen Baum heraushaut. Habt ihr so einen Baum im Frühjahr gesehen? Er treibt noch Knospen, weil er nicht weiß, was geschah! Furchtbares träumt ihm, aber er will es nicht glauben! Laßt ihn, rührt ihn nicht an, laßt ihn einstweilen in Ruhe, damit er bei seinem unabwendbaren, nahen Tod keine Erinnerung an einen Menschen hat! Damit er sich, wenn er allzu sehr leiden wird, damit beruhigt, die Sonne oder die Armut von Mutter Erde hätten ihm das angetan!). Irgendwoher, wie aus ihrem eigenen Haus kam sie auf einer Treppe von unten heraufgelaufen, fröhlich, leicht, glücklich, in der Rechten oder der Linken oder in beiden Händen, das heißt bald in der einen, bald in der anderen – es war wie ein Spiel, ach sie spielte mit der menschlichen Dummheit! –, hielt sie eine schön gebratene Gänsekeule, hielt sie an dem *dürren* Knochen – lief über die breite Holztreppe höher, aber weil es just auf einer Treppe und beim Laufen war, versuchte ich, mein Verlangen in die Tat umzusetzen, ihr Fuß jedoch entglitt meiner Hand von Treppe zu Treppe, bis wir in einem geräumigen Saal mit hölzernen Wänden und Balken angelangt waren. In diesem uralten Raum wurde an Gäste ausgeschenkt, aber sie war wie zu Hause (Haus hier in einem höheren Sinn), und es war wie ein großes Brauhaus, alles erweckte räumlich den Eindruck von Großzügigkeit und daher Sicherheit oder, wenn ihr wollt, von Wohlstand. Es war wirklich ein uraltes Haus, und wenn ein Haus mehrere Jahrhunderte überdauert, macht es den Eindruck von Sicherheit. Sie traute dieser Sicherheit, und ich traute ihr, ich liebte sie auch, aber ich traute ihr wider meinen Willen, wider meine Vernunft, wider mein Leben und mein Glück, denn ich liebte sie, und sie offenbarte mir ihre Jungfräulichkeit, ihre Herkunft, und ich erblickte ihr reines Blut, wie ein Wanderer zwischen den grasüberwucherten Ufern auf den sandigen Grund eines kleinen Gebirgsbaches schaut.

Und plötzlich sitzt sie da und sieht mich nicht an. Sie hatte sich an einen altertümlichen Eichentisch, einen langen gotischen Tisch mit gekreuzten Tischbeinen, gesetzt (alles in diesem Raum ist vom Alter gedunkelt, dabei aber heiter, den Eindruck von Sicherheit einflößend) – und irgendwie kapriziös nagt sie die gebratene Gänsekeule ab, die sie mit einer Hand an dem dürren Knochen hält.

Wahrscheinlich war sie auch hungrig, aber die Art, wie sie ihren Hunger stillte, erinnerte weit mehr an Kunst denn an Hunger. Vermutlich hatte sie gar nicht geahnt, wem sie hier begegnen würde! Wenn sie nur mir begegnet wäre, versteht ihr? hätte sie ihre gebratene Gänsekeule im Sinne dieses alten geräumigen Hauses, das heißt in aller Ruhe, gegessen, das sagte sie mir schließlich auch! Natürlich nicht heute und auch nicht in diesem Traum, denn sie ist schon tot, wie mir wenigstens alle sagten, doch traue ich in dieser Angelegenheit niemandem.

Und an diesem altertümlichen, vom Alter gedunkelten Eichentisch (daß er gekreuzte Beine hatte, erinnere ich mich mit absoluter Sicherheit) saßen wir zu dritt: sie und ich und noch ein Mann. Irgendein Bierbrauer, er saß ihr direkt gegenüber, während ich etwas seitlich zu ihrer Linken und zu seiner Rechten, am unteren Ende des Tisches Platz genommen hatte. Daß sie mich nicht ansieht, stört mich nicht im geringsten. Auch diesen Mann schaut sie mit den Augen nicht an, aber auf mich ist ihr ganzer Körper gerichtet, und ich weiß das.

Sie nagt an der gebratenen Gänsekeule, ohne einen von uns beiden anzusehen (im Hintergrund hinter mir und auch vor mir bewegen sich noch ein paar Leute, die aber keine Ahnung haben, was vorgeht), und jener Mann, der direkt ihr gegenüber sitzt (sie hat große Ähnlichkeit mit der Kaiserin Elisabeth, wie wir sie von Gemälden kennen) und den ich als Bierbrauer bezeichnete – auch Gerber könnte er sein: er zog ihr ihre Mütze über die Augen bis zur Nase. Vielleicht habe ich verabsäumt, euch zu sagen, daß sie eine Mütze trug, eine Strickmütze oder irgendeine eben, eine graue Mütze auf den schwarzen jungen Haaren, und der Mann, den ich Bierbrauer nannte (auch Gerber könnte er sein), wiederholte immer wieder seine Unverschämtheit, ohne sich darum zu kümmern, daß sie gerade beim Essen war und sich mit der einen Hand die Mütze von den Augen schob, um sie an ihren ursprünglichen Platz zu rücken. Keiner von uns dreien sprach auch nur ein Sterbenswörtchen. Sie tat, als äße sie ruhig weiter, und sie aß auch, aber ich wußte, daß sie nur so tat und mit ihrem ganzen Körper auf mich gerichtet war, und beide wußten wir, daß jeglicher, selbst der diskreteste Widerstand unsererseits weitaus schlimmere Folgen haben würde. Ich hatte nicht Angst um mich, sondern um sie, und ich fürchtete mich vor einem Mord. Man beruhigt sich häufig damit, man könne einen Mord durch Passivität und Sanftmut verhindern. Manche Menschen sind für den Tod geradezu prädestiniert! Es war nicht ihr Ehemann, es war ein ganz zufälliger Besucher einer Bierschenke in einem Brauhof und – er durfte sich alles erlauben! Er lächelte ironisch. Das heißt, ein ganz zufälliger Besucher war er nicht, sondern er war durch Zufall in dieses Haus gekommen, hatte sich in diesem Haus niedergelassen und war jahrelang hier beschäftigt. Wenn man jahrelang in einem Haus beschäftigt oder angesiedelt ist und plötzlich mit einem achtzehnjährigen Mädchen am Tisch sitzt, das man noch zur Schule gehen sah, erlaubt man sich, auch als Mann, so manches und wird beim besten Willen kein Sakrileg darin erblicken!

Mein Tod erschien mir in Gestalt eines solchen Mannes. Ich muß nicht wissen, daß er mich gesehen hatte, als ich noch zur Schule ging, aber welche Entschädigung, sagt, hätte für mich darin bestanden, für jene, die zwanzig Jahre jünger sind als ich und, wie man sagt, das Leben noch vor sich haben, ein Gespenst zu sein? – Es wird einen tieferen Grund dafür geben.

Wenn ich mich jener Alten entsinne, die in der Abenddämmerung bucklig in ihr Haus gehumpelt kam, würde ich nicht nur an die »schöpferische Ohnmacht des Bösen«, sondern auch an seine Vorherbestimmung glauben. Diese Alte war gleichsam die Verkörperung dieser Abenddämmerung und, ich fürchte mich es zu sagen: geradezu die Prophezeiung des Bösen. Jemandem die Mütze über die Augen zu ziehen oder nur zu kommen, sich einfach zu zeigen, ohne Rücksicht auf wen immer, ja selbst in einem völlig menschenleeren Raum sein Wesen zu offenbaren, dazwischen besteht kein objektiver Unterschied!

Kaum daß die böse Alte in Erscheinung getreten war, hatte ich augenblicklich gewußt, mein Schicksal wäre entschieden, weil ich aber wach war, mein Verstand also fieberhaft arbeitete (ich sage »fieberhaft«, was Unsinn ist, denn alles, was wirklich lebt und existiert, kann nicht umhin, »fieberhaft« oder »fiebrig«

zu arbeiten, das heißt, es muß selbst mit dem allerletzten Millionstel Atom gegen Milliarden seiner eigenen und fremden »Seinsweisen« Krieg führen und kämpfen), verleugnete ich sogar vor mir selbst alles, erst recht aber vor Frau Pavla, um die ich mich fürchtete, weil sie um mich Angst hatte. Es gab die Redensart, man könne Krankheit mit dem Willen besiegen, und ich erkühnte mich, mit meinem Willen den Tod zu besiegen, was keiner sich erdreisten würde, wenn er nicht liebte.

Frau Pavla war nicht vom Tod bedroht, denn der Tod mordet nicht in einer Familie, weil auch er sich *schämt* und Zeugen peinlich meidet. Es gibt zu denken, wie diese böse Alte in jene Familie gelangte!

Es war notwendig, mich *hinauszulocken*, an einen solchen Ort und zu solchen Umständen, wo ich keinen einzigen Freund haben würde!

Vor Frau Pavlas Augen, das heißt in ihrer Gegenwart, Nähe will ich sagen, kann ich, auch wenn sie schliefe, einfach nicht sterben, um so weniger ermordet werden – also mußte ich hinausgelockt, hinausprovoziert werden, an solche Plätze nämlich, wohin der Blick der Freundschaft nicht mehr reicht.

Wie jeder Himmelskörper hat auch jede Freundschaft um sich herum einen Kreis, der die letzte Grenze der Anziehungskraft und folglich Rettung ist. Welche Höllen man in einer einzigen Sekunde hindurchgehen kann!

Meine Angst eingestanden hätte ich aber nicht einmal mir selbst, um so weniger einer geliebten Person, auch wenn ich tausendmal hätte getötet werden sollen!

Ich fühlte mich wie ein Vogel, dem man mit einem Rahen das Nest herunterstößt, und das abends. Der verdrossenen Vettel wegen verabschiedete ich mich in aller Eile, denn ich wollte meine männliche Würde bewahren. Außerdem verliert man erstaunlicherweise sogar in den schlimmsten und kritischsten Augenblicken die Hoffnung nicht, weil der Verstand fieberhaft arbeitet und unter einer Milliarde verschiedener Kombinationen in einer Art Ekstase unfehlbar und in Sekundenschnelle eine allerletzte Rettungsmöglichkeit oder einen schmalen Fluchtweg findet …

Ich befürchtete auch, Frau Pavla könnte es sich anders überlegen und mich in dieser Familie übernachten lassen und selbst hinausgehen. Deswegen verabschiedete ich mich irgendwie resolut und eilig.

Schon bin ich im Freien. In der Ferne, wie in einem anderen Tal erblicke ich Prag. Anfangs war von der Stadt nichts zu sehen; dann tauchten die ersten Abendlichter auf, aber die Dämmerung war noch nicht groß. Ich hatte Prag im Traum schon mehrmals so gesehen, stets von der Peripherie und immer auf der Suche nach einem Nachtquartier – welche Einsamkeit!

Irgendein junger Mann gesellte sich mir im Freien bei. Als hätte ihn diese Abenddämmerung zusammen mit der Peripherie der Stadt hervorgebracht!

Mir war das gar nicht lieb, meines Zartgefühls wegen vermochte ich es jedoch nicht, ihn mir vom Hals zu schaffen, so wie ein gemeiner Mensch einem achtzehnjährigen Mädchen eine graue Mütze über die Augen ziehen kann, dieses Mädchen aber gar nichts zu seiner Verteidigung unternimmt; so nämlich sind die Verhältnisse, so ist die Zeit, und so mancher Mensch wird zu früh geboren, während ein anderer vielleicht um hundert Jahre zu spät auf die Welt kommt: ähnliches können wir bei Blumen oder Obstbäumen beobachten. Zu früh gesäter Mohn erfriert leicht, obwohl er auch strengsten Frösten widersteht, wenn er sich bereits in einem bestimmten Stadium seiner Entwicklung befindet.

Ich hätte diesen Fremden schlicht und einfach, das heißt kalt, abwimmeln müssen, aber er schien das geahnt zu haben, weil er sich, um jeder Grobheit und verdienter Gemeinheit zuvorzukommen, sehr höflich zu mir benahm. Ich mißtraute *sofort* der Lauterkeit dieser Höflichkeit, als jemand, der Form schätzt, und als Feind jedweder Ungehobeltheit verließ ich mich jedoch wie jeder zum Tod Verurteilte auf Gnade »im letzten Moment«, das heißt auf das Recht zu leben.

Unter Vermeidung von Gemeinheit, um den Preis meines Lebens (was ich zu diesem Zeitpunkt aber noch nicht wußte), fand ich daher unter einer Milliarde verschiedener Kombinationen unfehlbar und in Sekundenschnelle die letzte Rettungsmöglichkeit und einen schmalen Fluchtweg: ich hatte mich nach rechts begeben wollen, wo es mich stärker hinzog und wo auch ebeneres Gelände war, hauptsächlich aber: weil ich in dieser Richtung den Puls der Stadt fühlte, wahrnahm – einer Stadt, was Menschen, eine Menge Menschen bedeutet, Allgegenwärtigkeit und einem einzelnen Menschen gegenüber eine Ewigkeit von Menschen, folglich das Leben von Menschen mit Ausgrenzung des Todes bedeutet – und ich, ich sehnte mich, sehnte mich fieberhaft danach, möglichst bald unter Menschen zu sein, weil ich mich vor meinem Begleiter heimlich fürchtete …

Da ich jedoch bemerkte, daß dieser Kerl *auch* nach rechts wollte (o weh, er ist wie mein Schatten!), entschloß ich mich, nach links zu gehen, in der Hoffnung, ihn auf diese Weise loszuwerden, er jedoch bog mit mir plötzlich und gänzlich entgegen seiner ursprünglichen Absicht auch nach links ab … Er wiederholte tatsächlich, nicht mit Worten, sondern mit Taten jede meiner Entscheidungen …

Er war ein elegant gekleideter »Strizzi« vom Schlag und der Art eines Herrn Hanuš B. oder irgendeines Herrn aus der »Roten Sieben«, wirklich wie das Mitglied eines Cabarets oder eines »Gesangsvereins«, der Typ eines verfeinerten Städters, das heißt eines Menschen, dessen Großvater und Großmutter bereits *Stadt*menschen waren, einer, der sich also in der Stadt zu »bewegen« weiß, er ist ein wirklich städtischer Typ – und Beweglichkeit war auch die Haupteigenschaft an diesem unerträglichen Kerl oder Stutzer mit schmalem Arsch (»man könnte ihn aus der Hose schütteln«), mit zaundürrem, beweglichem Körper, Blick, Gestus, Schritt … Wäre das alles nicht bewußt oder unbewußt in Bewegung gewesen, wären die Sterilität, Leere, Geistlosigkeit und Verlogenheit dieser ganzen Schaufensterpuppe sichtbar geworden, aus deren Wesen und zu deren Ehre der lästerliche Satz vom ewigen Getriebe und der ewigen Unzufriedenheit konstruiert wurde, denn der Teufel ist im Gegensatz zu Gott und seiner Ruhe (*requiem aeternam* dona eis, Domine) ein Eskamoteur und ewige Rastlosigkeit!

Und kaum hatten wir gemeinsam zwei, drei Schritte getan, erblickte ich plötzlich links vor uns, wiewohl etwa einen Kilometer entfernt, eine Zeile neuer Mietskasernen, wie sie an der städtischen Peripherie üblich sind – wußte in diesem Moment freilich noch nicht, obschon ich es wohl ahnte, daß alle diese neuen Häuser samt ihren Bewohnern eigentlich nur eine Fata Morgana, eine Augentäuschung des Guten waren ... Von Bedeutung ist auch, daß wir diese neuen Mietskasernen im Grunde nur von der Seite und von hinten erblickten, sie zogen sich einen kleinen Hügel hinan, ihre Fassaden, gewissermaßen ihre Gesichter also, waren von uns aus jedoch nicht zu sehen, und mit meinen Blicken nahm ich, was gleichfalls von Bedeutung ist, vor allem die Dächer, sozusagen die Öffentlichkeit oder die himmlische Unschuld dieser Häuser wahr ...

De facto handelte es sich um eine Falle, in der ich mich mit meinen Augen gefangen hatte. Denn als wir näher kamen, erblickte ich durchaus keine Neubauten, sondern Herkömmliches: auf der rechten Seite eine alte Kirche, ungefähr in der Art von Sankt Johannes Nepomuk am Felsen, vor der Kirche einen schmalen kleinen Platz (wie in Prag vor dem Waldstein- oder Malteserpalais) – wir gehen ständig leicht bergauf –, auf der linken Seite hohe alte Mauern ohne Fenster, Blindwände, irgendwelche Schanzen – und vor uns eine Art Torweg, ein gemauerter Torweg mit niedriger gewölbter Decke, wo es dem Anschein nach ziemlich lebhaft zugeht (aber dieses Treiben war genauso Trug wie diese Mietskasernen!), und wie wir so dahingehen, wird in der Kirche gerade die Vesper gesungen … Erst in diesem Augenblick faßte ich Mut, das heißt Vertrauen, und bemerkte etwas zu meinem aufgezwungenen Begleiter, etwas über diesen Kirchengesang, aber seine Antwort, die sehr zweideutig war, machte mich stutzig und auch, daß er ausgerechnet vor dieser Kirche sein Wesen, das heißt seine Beweglichkeit, zu penetrant herauskehrte, nämlich schneller zu gehen anfing, als es unter normalen Umständen notwendig gewesen wäre, und die Umstände waren schließlich ganz normal, denn als ich diesem Herrn begegnet war, war es ihm völlig gleichgültig gewesen, ob er nach rechts oder nach links ging, das heißt, er hatte Zeit genug, und auch das ist ein Wesenszug von ihm, daß er immer genug Zeit hat, was einem Landmenschen wie mir, einem Mann der Arbeit nämlich, völlig unbegreiflich ist …

Er ging, behaupte ich, an dieser Kirche rascher vorüber, damit mir nicht in den Sinn käme, zum Gottesdienst einzukehren, wonach es mich wirklich gelüstete, allerdings nicht aus Frömmigkeit, sondern aus meinem Selbsterhaltungstrieb heraus, und schon war ich knapp daran gewesen, meine Schritte in die Kirche zu lenken, aber zwei Umstände hinderten mich daran: erstens, daß mein aufgezwungener Begleiter mich ohne viel Federlesens an der Schulter packte und mich in Richtung des gemauerten, schmalen Torweges zerrte, und zweitens, mein Gott, daß ich in jenen Stimmen, die aus der Kirche herausdrangen, in jenen Vespergesängen, ja sogar in dieser frommen, vertrauten Orgelbegleitung plötzlich ganz deutlich ein unverschämt lasterhaft freches Gelächter hörte … Aber das alles registrierte nur meine Seele, während ich mit dem Verstand alles abstritt und auch Begründungen dafür fand. Kurz, ich verriet feige meinen Traum! Verriet ihn nicht, aber verleugnete ihn sicher!

Diese Kirche samt ihrem frommen Gesang war auch nur eine gottlose Komödie!

Und kaum hatten wir den kleinen Platz überquert (ein kleiner freier Raum wirkt, wenn man glücklich ist, immer behaglich), kaum hatten wir den kleinen Platz überquert, der in Richtung Torweg leicht abfiel (damit wir, das heißt ich, nicht erschrekken sollten), gingen wir zuerst durch eine kleine Seitengasse, die mich stark an eine dieser Prager Gassen zwischen Brückel und der Karlsgasse erinnerte ... Und just in diesem Gäßchen und bei Einbruch der Dunkelheit begegneten wir einem Herrn, der zwar im Vorbeigehen war und weiterging, aber mich wie einen Bekannten, ja geradezu Prominenten grüßte: »Guten Abend, *Monsignore*!«

Im ersten Moment freute mich das, nicht des Titels wegen, der mir nicht gebührte, und ich wußte sehr gut, daß er mir nicht gebührte, sondern deswegen, weil es eine menschliche Stimme und sie an mich gerichtet war, ich fühlte mich bereits wirklich nicht mehr verlassen, verspürte Vertrauen in diesem Moment – aber leider begann ich auf einmal, ihm Ironie unterstellend, an der Aufrichtigkeit dieses Grußes zu zweifeln, weil die Stimme, der Blick, das Lüften des Hutes und sogar der Schritt dieses »Herrn« zweideutig gewesen waren!

Man hätte nicht sagen noch wissen können, wie er das eigentlich gemeint hatte ... (Oh, ihr Städter, höllische Schlangen, in euch kennt nur der Teufel sich aus! Das sagte mir mein Verstand, meine Seele und mein Traum jedoch reden von solchen Dingen ganz anders, wenn sie von ihnen reden.)

Endlich sind wir in dem Torweg. Er war gut beleuchtet (damit ich keine Angst haben sollte einzutreten, denn wir vertrauen dem Licht), und es lungerten, auf den ersten Blick ganz ordentlich gekleidete, junge Männer darin herum, Jünglinge von der gleichen Sorte wie mein mir aufgezwungener Begleiter. Sie *betrachten* uns.

Mir fiel auf, daß sie uns bestimmt erwartet hatten. Und das bemerkte ich noch: diese Jünglinge spielten untereinander perfekt abgesprochene Rollen!

Erst da begriff ich, daß dieser Torweg *keinen Ausgang hatte* …

Mein Begleiter legte alle Zweideutigkeit ab, hörte auf sich zu verstellen und sagte: »Jetzt wird Schluß gemacht!«

Ich fürchtete mich, ihn anzublicken. Er packte mich *leicht* am Kragen (zweifellos kannte er mich schon), und von den übrigen dieser Tagediebe sonderte sich einer ab und wiederholte (wie von dieser Losung herbeigerufen): »Jetzt wird Schluß gemacht.« Nach diesen Worten kam er mit gebeugtem Körper auf uns zu und drückte auf der Mauer gleich neben meiner Schulter auf einen Knopf der elektrischen Leitung! Und dieser sein Schritt, sein Blick und auch seine Bewegung ließen mich sehr an eine Falltür denken.

Es war, als ob der Kerl wirklich (mit dem Kopf voraus) hingefallen und vor dem sicheren Sturz nur dadurch bewahrt worden wäre, daß er mit seinem Finger den Knopf der elektrischen Leitung berührte. In diesen Bewegungen und in jenem Gesichtsausdruck lag aber gleichzeitig eine durch Erfahrung gewonnene Routine, wie sie Fleischergesellen beziehungsweise Oberkellner in internationalen Hotels zu haben und zur Schau zu tragen pflegen.

Ich gab keinen Laut von mir, weil ich meinen Tod dadurch nur beschleunigt hätte, es fiel mir nur ein, ihnen die 80 Kronen anzubieten, die ich in der Geldbörse in meiner Brusttasche trug, aber auch das tat ich nicht, im Wissen, es wäre vergeblich gewesen, weil diese Kerle völlig gewissenlos waren, der Tod eines Menschen bedeutete für sie nichts außer Genuß, denn obwohl es ihnen nur um Geld ging, räumten sie trotzdem all ihre Opfer ohne Ausnahme aus dem Weg, damit ihr Versteck und ihre Methoden nicht herauskämen: sie liebten (welches Wort hier!) das Geheimnis, und gerade dieses Geheimnis verlieh ihren Taten solche Sicherheit: sie gingen ohne die geringste Angst, ohne die leisesten Bedenken und ohne jede Unsicherheit vor, gedeckt durch alle Formen des Gesetzes, der Ordnung und einer guten, bekannt kulturvollen, zivilisierten Gesellschaft: befand sich doch unter ihren Fallen sogar eine christliche Kirche mit sakraler Musik und Kirchengesang!

Träume von Prag

Lombroso, trauriges anticipando der Dogmen der Schizophrenie, erzählt diese angeblich gerichtlich beglaubigte Geschichte. Miss Loganson, ein neunzehnjähriges Mädchen aus Chicago, *sah im Traum* die Ermordung ihres Bruders Oskar, Farmer in Marengo, fünfzig Meilen nordwestlich von Chicago. Mehrere Tage lang bezichtigte sie beharrlich einen Nachbarn ihres Bruders, auch Farmer, des Mordes. Zuerst wurde ihr von niemandem Aufmerksamkeit geschenkt; schließlich gestattete man ihr aber, ein Telegramm zu schicken. Es kam die Antwort: Oskar verschwunden. Das Mädchen begab sich, in Begleitung eines anderen Bruders und eines Polizeibeamten, zu Oskars Farm. Sie führte die Männer direkt zum Hause eines gewissen Bedford. Es war abgesperrt, und die Polizei mußte die Tür aufbrechen. In der Küche fand man Blutspuren. Aber Miss Loganson blieb hier nicht stehen, sondern eilte zum Hühnerstall, vor dem sich ein gepflasterter Hof befand. »Hier ist mein Bruder begraben«, sagte sie. Ein Polizist machte sie darauf aufmerksam, das Pflaster wäre seit der Zeit, als der Hühnerstall gebaut wurde, nicht angerührt worden, ließ aber auf Drängen des Mädchens an dieser Stelle aufgraben. Unter dem Pflaster fanden sie Oskars Rock, und als sie bis zu einer Tiefe von etwa fünf Fuß gegraben hatten, erblickten sie seine Leiche. Bedfords

Personenbeschreibung wurde unverzüglich in alle Himmelsrichtungen hinaustelegrafiert, und in Ellis in Nebraska nahm man ihn fest. Miss Loganson sagte, der Geist ihres Bruders hätte sie einige Tage lang unablässig verfolgt und angespornt.

Hier hat ein Traum die Vergangenheit prophezeit. So etwas zu konstatieren ist fast das gleiche wie nachzuweisen, daß ein Genius und ein Verbrecher Blutsbrüder in einer Person sind.

Die Kongregation des heiligen Offiziums oder irgendeine andere, vielleicht sogar ganz spezielle Kommission hat angeblich schon die *Berichtigung* des berüchtigten Zweiten Nokturns im Römischen Brevier in Angriff genommen. Meinem Herzen wurde dadurch eine große Wunde geschlagen, denn sooft gesagt wurde »Der lügt wie das zweite Nokturn«, frohlockte meine Seele, daß wenigstens Rom diese »wissenschaftliche Wahrheit« nicht absegnet. Weil ich schreibe, als wäre es mein Testament, erkläre ich öffentlich, daß der *Glaube meines Herzens* viel größere und *»unsinnigere«* Wunder erlaubt und zuläßt, ja sogar *voraussetzt* als jene, von denen das Zweite Nokturn berichtet. Die Liebe ist so kritisch, daß sie a priori jeden Unsinn ausschließt. Prophezeiungen werden leer, die Sprachen hören auf, und die Kunst wird verdorben sein, die Liebe jedoch wird weder leer, noch hört sie auf, noch wird sie verderben. Somit bleiben derzeit Glaube, Hoffnung, Liebe, diese drei: doch am größten unter ihnen ist die Liebe!

Und allein durch die Liebe, in der Liebe und mit der Liebe läßt sich erklären, daß der Traum auch die *Zukunft* prophezeit. In diesem Fall, teure Freunde, haben Liebe und Traum einander so durchdrungen, daß man keines davon entfernen könnte, ohne dadurch nicht auch dem anderen das Leben zu nehmen. Entweder ihr liebt, und dann spricht der Traum, ein Sproß der Liebe zu euch, oder ihr liebt nicht, und dann kommt es absolut nicht mehr darauf an, in welcher Sprache ihr sprecht oder welche Sprache ihr hört, da ihr offensichtlich unter das Niveau des Menschen und seiner Zukunft gesunken seid!

Je höher wir in unserem Wissen und in unserer Liebe aufgestiegen sind, mit desto feineren Peitschen geißelt uns der Herr über Leben und Tod, und der Mensch in seiner Schwäche gerät häufig in Versuchung, dem Teufel recht zu geben und sich mit der Wahrheit seines lächerlich armen Verstandes zu begnügen, so wie sich ein ganz gewöhnlicher Grobian damit zufriedengibt, daß ihm in der Zeitung Satisfaktion gegeben wird …

Die Qualen unseres Herzens sind subtil, das chinesische Volk hat im Katholizismus eine große Zukunft, und danken wir Gott, daß die chinesische Theologie zur Zeit unseres Lebens der katholischen Kirche einen kaum merkbaren Beitrag liefert – wir müssen uns der Sprache der heutigen Wissenschaft bedienen, damit wir unter der Vakuumpumpe der Wahrheit wenigstens ein bißchen Luft einatmen, weil die heutige Zeit uns sonst bis zur Reglosigkeit anästhesiert: nicht nur das Lachen, nicht nur die Kontroverse, sondern jedes auch noch so kleine Interesse hat diese *betrügerische* Zeit in uns erstickt!

Atmen ist nur im Wunder möglich!

Lieben nur in der Zukunft!

Wenn ich liebe, will ich wie Gott oder wie der Teufel *nur die Seele*, wohl wissend, das übrige wird mir gegeben werden.

»Aber wir müssen uns fragen, warum, als der Erlöser geboren wurde, den Hirten in Judäa ein Engel erschien, und zu Seiner Anbetung die Magier aus dem Orient ein *Stern*, aber kein Engel führte!« Auf diese seine Frage antwortet der heilige Gregor, indem er sagt, daß den Juden, weil sie den Verstand gebrauchten, ein vernünftiges Geschöpf, das heißt ein Engel, gebieten mußte: die Heiden jedoch, da sie den Verstand nicht zu gebrauchen wußten, führt zur Erkenntnis des Herrn keine *Stimme*, sondern ein *Zeichen*. Deswegen behauptet angeblich auch der heilige Paulus: *Prophezeiungen* werden den Gläubigen, nicht den Ungläubigen gegeben: ein *Zeichen* hingegen den Ungläubigen, nicht den Gläubigen!

Demnach können wir, denen ein Zeichen zuteil wird, uns überhaupt nichts einbilden.

Lieber Bruder, seid euch auch diesmal gewiß, daß ich nicht einfach daherrede. Aus einem Brunnen sind die Sterne angeblich auch am Tag zu sehen. Glaubt meinen *Augen*, denn man hat mich in einen Brunnen geworfen. Wer? Meine Brüder. Glaubt meinen Augen, denn ich rede nicht nur so daher. Ich sehe gut. Würde ich nicht sehen, würde ich nicht leiden. Leide ich hingegen und unsagbar, könnt ihr daran erkennen, daß ich weit weniger sage, als ich weiß.

Es braucht eine bestimmte Zeit zum Öffnen des Mundes. Und dann braucht es eine bestimmte Zeit zum Wort.

Wir wissen aus der Bibel, daß *alles* seine Zeit hat

und alle Dinge unter dem Himmel den ihnen *bestimmten* Lauf gehen. Es gibt eine Zeit fürs Geborenwerden und eine Zeit fürs Sterben; eine Zeit fürs Pflanzen und eine Zeit, das Gepflanzte auszureißen. Eine Zeit, zu töten, und eine, zu heilen; eine Zeit, einzureißen, und eine Zeit, aufzubauen. Eine Zeit, zu weinen, und eine Zeit, zu lachen; eine Zeit, zu klagen, und eine Zeit, zu tanzen. Eine Zeit, Steine zu werfen, und eine Zeit, Steine zu sammeln. Eine Zeit, zu umarmen, und eine Zeit, der Umarmung sich zu enthalten. Eine Zeit, zu suchen, und eine Zeit, zu verlieren. Eine Zeit, aufzubewahren, und eine Zeit, wegzuwerfen. Eine Zeit, zu zerreißen, und eine Zeit, zu nähen; eine Zeit, zu schweigen, und eine Zeit, zu reden. Eine Zeit, zu lieben, und eine Zeit, zu hassen; eine Zeit für den Krieg, und eine Zeit für den Frieden.

Alles hat seine Zeit. Ein Gedanke ist viel genauer und strenger den Gesetzen der Jahreszeiten unterworfen als der Hafer, die Kartoffel, die Rebe oder der Apfelbaum. Damit er keimt, braucht es eine bestimmte Wärme, die Berührung mit dem Ackerboden, Regen, Trockenheit, Luft, Sonne, und niemand darf auf das keimende Korn treten, kein Sperling darf es auspicken, keine Maus es anknabbern, kein Regenwurm es herausziehen, der Frost darf es nicht versengen. Das ist ein Gleichnis. Ich schrieb einmal Léon Bloy, wie es mich schmerze, ihm nicht helfen zu können. Darauf antwortete er mir: »Wenn Sie helfen wollen, geben Sie *alles*!« Es hat Jahre gedauert, bis ich diese Worte verstand. Erst in der Stunde unseres Todes werden wir unsere Träume ganz verstehen können, denn wir sollten wissen, daß auch solche darunter sind, die uns Gott nach den Gesetzen der Gemeinschaft der Heiligen für die Verdienste irgendeines Unbekannten auf der Erde oder in der Ewigkeit geschickt hat und für das Gute, das wir vielleicht getan haben oder in Zukunft noch tun müssen. Wir dürfen nicht vergessen, daß jener große Kampf zwischen Gut und Böse, zwischen Licht und Finsternis längst noch nicht ausgefochten ist und Gott auf die Plätze, die durch Gefallene oder schon im himmlischen Jerusalem Triumphierende in den unabsehbaren Heerscharen frei wurden, in ununterbrochenen und unzähligen Eingebungen immer neue und neue Kämpfer einberuft. In diesem Sinn eben spricht der Erlöser von der Anwerbung von Arbeitern im Weingarten des Herrn.

Mit manchen Träumen muß Gott uns erschrekken, so wie man kleine Kinder mit dem Wassermann erschreckt, damit sie nicht ertrinken. Herzlich gern lasse ich gelten und glaube, daß es Menschen gibt, die keinen Traum brauchen, weil es ihnen entweder, um Gutes zu tun, völlig genügt, den Verstand zu erleuchten, oder weil sie durch übermäßige Verschwendung und Geringschätzung von Gottes Gnadengaben schon zu ewiger Verdammnis vorbestimmt sind. Allerdings dürfen wir auch nicht übersehen, daß Gott sogar diese Verdammten als Instrumente seines geheiligten Willens verwenden kann, indem er ihnen zum Beispiel Träume gibt, die für sie selbst ohne Nutzen sind und bleiben, aber wie ein von einem Urahnen gepflanzter Wald Erben und Nachfahren einmal hundertfachen Gewinn abwerfen werden. Auch Kain, Nadab, Abihu oder jener zu Tode gesteinigte

Lästerer, Sohn der Selumith, Tochter Dibris vom Stamme Dan, oder Korah, Sohn Jizhars, des Sohnes Kahats, des Sohnes Levis, und Dathan und Abiram, die Söhne Eliabs, und On, Peleths Sohn vom Stamme Ruben, oder Absalom, Holophernes, Herodes, Judas, Ananias, Saphira, Simon Magus, Julian Apostata: so wie ihr Vater, der Teufel, so dienten auch sie alle und sicher gegen ihren Willen dem Werk und dem Willen Gottes auf dieser Erde!

Es war notwendig, zumindest soviel vorauszuschicken, damit der richtigere Abstand zwischen mir und Prag, zwischen meinem Traum von Prag und zwischen dem, was ihm in meinen eigenen Ansichten und auch in meinem Leben widerspricht, gefunden werden kann. Sollte es jemandem etwa weh tun, daß mir Unrecht getan wird, möge er sich ins Gedächtnis rufen, daß das Leben nur für irdische Augen arm an Deutungen ist und daß ich, Gott sei Dank!, keinen meiner Träume weder verschuldet noch verdient habe.

* * *

Ja, teurer Evermod,* ich möchte Ihnen etwas über meine Träume erzählen. Nun, es hat mir schon mehrmals von PRAG geträumt. Das erste Mal vor ein paar Jahren.

Damals erblickte ich den Turm von St. Veit. Es graute mir vor dieser nächtlichen Vision, da ich, wie

* Geschrieben am 25. Februar 1911 an Hw. P. Evermod Balcárek, Ordensbruder im Strahov-Kloster.

man sagt, in kleinen Verhältnissen aufgewachsen bin. Ich sage »nächtliche Vision«, denn es träumte mir in der Nacht davon, im Traum jedoch sah ich den Veitsturm am Abend, Prag lag in der Dämmerung wie ein versteinerter See, Menschen sah ich keine, weil der Veitsturm durch seine Riesenhaftigkeit und Höhe um sich herum, soweit der Horizont reicht, jede übrige Größe überragte. Mir stockte der Atem, und wäre ich zu einer literarischen oder historischen Reminiszenz fähig gewesen, hätte ich mich bestimmt an Libussas Prophezeiung erinnert:

Da, ich sehe vor mir eine große Stadt, deren Ruhm wird einst bis an die Sterne reichen.

In ganz Prag brannte kein Licht, trotzdem konnte ich deutlich die Rücken der nächstliegenden Dächer erkennen, aber nur wie die Rücken von Fischen, die aus einem verzauberten See herauslugen, während der Veitsturm irgendwie von selbst durch seine jahrhundertealte Masse leuchtete, als gäbe es in diesen riesigen Granitquadern, aus denen ich ihn hervorwachsen sah, überhaupt keine Dunkelheit oder als würde er von unten bis oben von irgendeiner riesigen und unsichtbaren Lichtquelle angestrahlt, einem Licht, das dort, wo es entsprang, ungeheuer mächtig war, nur daß es, als es seine Strahlen auf die Flächen eines so riesigen Körpers verteilen mußte, für unsere Augen an Intensität verlor und wir nun nicht mehr das Licht der Gegenwart, sondern gleichsam das von Jahrtausenden temperierte Licht der Legende sehen. Ich mußte meinen Kopf weit nach hinten beugen und konnte trotzdem immer noch kein Ende erblicken. In panischer Angst dachte ich mir: »Weder der Mensch noch die Zeit! Das hier bringt einzig und allein eine Nation und nur mit besonderer Hilfe Gottes zuwege!«

* * *

Das zweite Mal (soweit ich mich erinnere) träumte ich im Vorjahr* zu Peter und Paul von PRAG. Einen *Teil* dieses Traums schenkte ich Herrn Ludvík Bláha, einem Kleriker vom Strahov, weil ich in Prag niemanden hatte, dem ich mich damit anvertraut hätte, aus gewissen Glaubensgründen jedoch den Wunsch verspürte, mein Traum möge, wenn auch nur als Rauhreif auf den Zweigen meiner Sprache gestockt, an die Orte zurückkehren, woher er gekommen war.

Ich weiß nichts davon, davon nämlich, was ich in PRAG erwartete.

Aber gerade in diesen Tagen wurde mir mein Traum von einer mir unbekannten und fernen Person gedeutet.

Ich muß etwas glauben, was auf natürliche Weise völlig unerklärlich ist.

Unlängst schrieb mir eine gewisse, von der Welt vollkommen isolierte Person: »Was ist das für ein Wort: *stöhnt*? Ich hörte es und weiß nicht, was es bedeutet!« – Sie träumte, sah einige verstorbene Päpste (sie zählt sie namentlich auf) und noch andere Persönlichkeiten … Dann verschwand alles, und es war eine Stimme zu hören:

Unsere Seele stöhnt!

---

* Das heißt 1910!

Nun, diese weibliche Person, die im Traum diese Stimme vernahm und das Wort »stöhnt« nicht verstand, erklärte mir meinen Traum.

Ich lerne PRAG schrittweise kennen: im ersten Traum lernte ich den Veitsdom, im zweiten Traum den Prager Klerus und andere Leute kennen, im dritten Traum die Universität. Folgendes träumte mir vor vierzehn Tagen.* Man schämt sich, sowohl es zu Papier zu bringen als auch davon zu sprechen. Die Vorlesungen hielt ein großer Affe, kein Affenweibchen, sondern ein männlicher Affe, und er hielt sie, indem er dabei demonstrativ vor einem Publikum beiderlei Geschlechts redete, über das Thema Äffin. Die Gesichter dieser Tölpel waren kahl. Eine Äffin stand, so wie man eine Sphinx darstellt, in der Position einer Sphinx nämlich, auf einem Podest Modell. Nur, es war keine Sphinx, sondern ein Affe weiblichen Geschlechts, wenngleich bewegungslos wie eine Sphinx.

Jener widerliche Affenkerl war zusammen mit einem Professor gekommen und hatte gleich einige Schritte von der Tür entfernt seinen ersten Vortrag gehalten, nachdem er unter einer Galerie stehengeblieben war; dort hing der struppige Schwanz irgendeines Stinktiers von der Wand, ich weiß nicht, ob von einem Marder oder Iltis: der Affe strich mit seiner Pfote von unten zwei-, dreimal über diese Borsten, so daß sich der Schwanz ein wenig bewegte, und der Affe sagte: *»Ein Komet!«*

Dann schwang sich der Herr Professor stolz auf das Katheder, stolz auf seinen Affen, stolz in dem

---

* Das heißt ungefähr am 10. Februar 1911!

Bewußtsein, daß auf diese Weise noch niemand vorgetragen habe – der Herr Professor redete nur mit Gesten, aus seinem Mund vernahm ich keinen Laut – und der Affe absolvierte einen zweiten Vortrag zum Thema »Sphinx«.

Es überraschte mich, daß die Sphinx sich niederhockte, denn anfangs war es mir vorgekommen, es wäre eine *ausgestopfte* Äffin.

Nach diesem Vortrag sah ich, wie einer der Herren auf seiner Schulter eine Dame hinaustrug, als würde er einen Balken tragen: so erstarrt war die Dame. Auf dem Gang öffnete der Universitätsprofoß diesem Pärchen die erstbeste Tür, eine Art Kabinett.

Der Saal war gestopft voll von Zuhörern, die, auf ihren Sitzen *nach hinten* gedreht, aufmerksam und atemlos den Affenkerl anschauten.

* * *

Das vierte Mal träumte mir vor einer Woche* von Prag. Ich erblickte irgendeine große Redaktion. Man empfing mich wie einen namhaften Menschen, aber ich schämte mich für diese Ehre vor mir selbst, weil sie mit dem Gefühl verbunden war, ich käme wie unter m*einesgleichen* her und sie würden mich *erkennen*. Ein Gefühl absoluter Trostlosigkeit bemächtigte sich meiner, und mein Herz glich einem Schiffswrack, das sinnlos dahinschlingert und in irgendwelchen Gewässern des Nordpols verschwindet.

---

* Das heißt ungefähr am 18. Februar 1911!

Und dann sah ich – ach ja, das Redaktionslokal ist ein weitläufiger Raum von ungewöhnlicher Ähnlichkeit mit der Gesindestube einer Mühle, und es herrscht hier auch tatsächlich ein Halbdunkel wie in einem Mühlhaus, und plötzlich durchfuhr es meinen Kopf: Ging ein Sämann aus, um seinen Samen auszusäen – das Wort, ja es ist ein Korn, nur daß man an diesen Orten keine Körner sät, sondern *mahlt*, zermalmt, sie also vernichtet!

Wie ich dort hingelangt war, weiß ich nicht mehr, dafür erinnere ich mich jedoch gut, wie ich wieder wegkam: man verläßt diese Redaktion nicht auf menschliche Art, sondern rücklings, mit dem Rücken nach unten und dem Bauch nach oben eine Holztreppe hinunter, die so mit Brettern verschalt ist, daß sie stark an das Lüftungsloch eines Kellers mit einer hölzernen Schüttrinne erinnert, auf der man Erdäpfel in den Keller schüttet. Ja, man verläßt diese Redaktion rücklings, eine für den Menschen unnatürliche und daher sehr mühsame Art zu gehen, wenigstens für mich war sie äußerst beschwerlich, und als ich zwei aus der Redaktion auf diese Weise »abgehende« Männer bemerkte, hatte ich wider Erwarten und gegen meinen Willen die ekelhafte und daher unangenehme Vorstellung von Faultieren einerseits und von toten Fischen andererseits. Demnach befand sich, wie ich sehen konnte, der Schwerpunkt des ganzen Körpers weder in der Brust noch im Kopf, sondern im Gesäß.

Wir stiegen in eine Art Torweg hinunter. Sehen Sie, fast hätte ich vergessen, daß mir in der Redaktion ein Begleiter zugeteilt worden war: es war ein Mitarbeiter der Redaktion, ein magerer und blasser junger Mann, heruntergekommen kann ich nicht sagen, weil ich ihn bisher noch nie gesehen hatte, muß aber bestätigen, daß er körperlich wirklich hinfällig, fast grünlich aussah und ihn wahrscheinlich nur seine Jugend davor bewahrte, nicht gleich auf den ersten Blick gebrechlich zu erscheinen. Nun, in diesem Torweg begegnet dieser mein Begleiter *wie durch Zufall* (ich erschauere noch heute bei dem Gedanken, daß das alles von langer Hand und durch irgendwelche geheime Vorschriften und Statuten perfekt vorbereitet war!) einem *in Zivil* gekleideten bärtigen Mann, sie blicken einander in die Augen, so wie sich zwei Jagdhunde anschauen, die zusammentreffen: und plötzlich nimmt der Bärtige eine Art priesterliche Haltung an und sagt: – leider, die Worte vergaß ich schon, mit Sicherheit weiß ich nur, daß er fragte, ob der junge Mann die *vorgeschriebenen »Bußen«* absolviert hätte!

Darauf antwortete der Jüngling *mit einer vorgeschriebenen Formel*: ja. Diese Frage, scheint mir, wurde aber nicht so sehr der Frage wegen, sondern *um der Parole willen* gestellt: sie war nur eine Prüfung, ob der »Meister« es mit einem »Eingeweihten« oder mit einem Profanen zu tun hatte.

Und als der junge Mann seine Antwort sagte, erblickte ich seine Buße, weil sie irgendwie merkbar sein plötzlich *durchscheinend gewordenes* Gesicht durchdrang …

Und jene Formel war biblischen Stils, er sagte, glaube ich: »… MIT DEN SCHLÄGEN DER GEISSELUNG.«

Zu erwähnen ist noch, daß für die beiden Männer, als sie einander begegneten, alles andere gleichsam zu verschwinden schien: *»sie waren für die Welt gestorben«*, aber gleichzeitig, o wie schrecklich, taten sie das alles doch *nur der Welt zuliebe!*

Es handelte sich um einen Ritus, und trotzdem war es nur ein schrecklicher, kalter, trostloser Ritus – wie ein Ritus von Verdammten, die alle Formeln und alle Gesten der Sakramente beibehalten und ausführen, aber nicht mehr an Gott glauben. Es ähnelte der Frömmigkeit und den Handlungen eines Menschen, der am Grab seines Vaters, den er höchst raffiniert und somit ungestraft ermordet hat, einen schönen Kranz niederlegt.*

Die zweite Frage (wieder eine feststehende *Formel*): welchen Grad er erlangt habe?

Der Jüngling antwortete: *»Den des Diakons!«*

Ja, jetzt erinnere ich mich ganz genau, auf die erste Frage hatte er so geantwortet:

»Mit der Taufe der Geißelung!«

Also nicht nur biblischer, sondern geradewegs der Stil der katholischen Kirche!

Und als auf beide Fragen die Antwort gegeben war, kniete der »Meister« auf beide Knie nieder, wobei er dem Schüler zeigte, wie er es zu tun habe: *auf jeder Wade vier kleine Kreuze.*

Und der Schüler bezeichnete ihn mit den Fingern, dem Daumen und dem Zeigefinger nämlich, an diesen Stellen mit einem Kreuzchen. Kaum war das

---

* Mit dem Verstand läßt sich ganz gut beweisen, daß alte Väter auf der Welt überflüssig sind.

geschehen, verwandelte sich der Schüler in einen *Schwarzen Ritter* mit Helmbusch. Seine ganze Kleidung war schwarz, nur an bestimmten Linien silberartig verziert, aber dieses Silber glänzte nicht. Sein Antlitz war wie das Gesicht von Wachsfiguren: alles so *bestimmt*, unbarmherzig unveränderlich: das Auge, der Mund, die ganze Miene. Nicht nur jenes Silber, sondern auch dieses Antlitz strahlte kein Leben aus, denn eine solche starre *Genauigkeit* ist ein Zeichen von Unbelebtheit.

Und auf einmal standen neben dem jungen Mann mehrere dieser Ritter – einer wie der andere …

Wenn ich mich recht erinnere, veränderte der »Meister« sich nicht.

Aber mein Traum ging weiter: Ich stehe auf einem Platz, der sehr ausgedehnt ist; vor mir oben, allerdings zu meiner Linken, die Prager Burg – und genau unter ihr das uralte Kirchlein *Zur heiligen Agnes*, so alt, daß mich sein Mauerwerk stark an den Körper einer *weißen Greisin* erinnert. So ein altersschwaches Mauerwerk, innerlich und von innen offenbar von der Zeit aufgezehrt. Nicht angenagt, sondern aufgezehrt, bis auf die Knochen verdaut und schneeweiß …

Ich dachte bei mir: Bevor es zerfällt, werfe ich noch einen Blick hinein … Aber im Geist fürchtete ich mich, ja zitterte sogar vor Angst, es könnte einstürzen, bevor ich bei ihm angelangt wäre – es fehlten mir nur mehr ein paar Schritte bis dorthin …

Ich gehe – ich weiß nicht warum: ich gehe bergab, das heißt auf irgendeinem Weg von der Burg herunter – ja, mein Gott, die Stiege, die breite, zur Prager Burg führende Stiege war von Gras überwachsen –

ich erreichte eine Stelle, wo das Dach des Kirchleins in meinen Weg mündete, und mein Weg führte an sehr massiven und ungewöhnlich hohen Befestigungsmauern entlang.

Auf diesem Weg schreitend, streifte ich oberhalb des Kirchleins, unmittelbar am Rand seines Daches, mit dem Fuß an einen Stein, der, ich weiß nicht wie, in die Mitte des Daches fiel, und das Dach brach ein …

Ich schaute mich vor mir um: auf der anderen Seite dieses leicht ansteigenden Platzes glänzten die Türme einer stattlichen Kirche vor Gold: das mußte der Prager Dom sein, wenn es nicht Strahov war.

Habt ihr schon einmal ein verzehrtes Blatt vom vorigen oder vorvorigen Jahr gefunden, von dem nur die Umrisse und die Äderchen übrigblieben? Nur, die Kirche der heiligen Agnes erinnerte mich dermaßen an die *Eucharistie* und an die *schneeweiße Asche verbrannter Dinge*, die auch noch, wenn sie ganz verbrannt sind, Gestalt und Form des ursprünglichen Gegenstands behält, schließlich aber von allein oder durch einen Hauch unseres Atems zerfällt.

Der Himmel glitzert vor Milch* (1923)

Rund um die Sonne im reinen und großen Himmelsgewölbe bilden Milliarden von Engeln ein Mosaik, sie haben keine Körper, nur Köpfe und Flügel, und uns scheint, daß sie dicht nebeneinander stehen, und uns scheint, daß das azurblaue Firmament mit glitzernder Milch besprengt ist, aber sie sind nicht dicht nebeneinander, es kommt uns der großen Ferne wegen nur so vor: sie sind nach dem Maß der Sehnsucht voneinander entfernt, was das Maß aller erschaffenen Dinge, was also die Entfernung eines Lebens von einem anderen Leben ist, zwischen mir und dir, zwischen dir und dem dort, zwischen dem dort und jenem dort, und sie berühren einander nicht einmal mit den Flügeln, berühren sich gar nicht mit den Flügeln, obschon es nicht diesen Anschein hat, und sie sind auch nicht in Ruhe, und sie stehen auch nicht an einer einzigen Stelle, wir werden nur von dieser riesigen Menge getäuscht, ihre Bewegung ist wie die Bewegung von Himmelskörpern: um die eigene Achse und um die Sonne, allerdings entspricht auch diese Definition nur unseren irdischen Vorstellungen, das

* Der Text bezieht sich vermutlich auf den Tod von Eliška Wiesenbergerová (1869-1918), Demls Freundin und Mäzenin.

heißt unserer Sicht, die in der Ferne niedersinkt, sinkt und sinkt, bis sie den Kreis unserer Verzauberung schafft, aber die Engel kennen den Kreis nicht, sie können nicht zurückkehren, und ihre Wege sind gerade, und ihr Flug gleicht dem Flug der Habichte, wenn sie nicht mit den Flügeln schlagen, ihre Bewegung ist der Wille, die Bewegung der Engel, so wie Tauben in ihre hohlen Knochen Luft einlassen und sie nach Bedarf unsichtbar auslassen, und ihr Flug wird von drei Dingen gelenkt: vom Wind, dem Beharrungsvermögen und der Sehnsucht, Gottes Wille und die Freude ist ihre Last – nur daß die Engel in der Nacht das Geheimnis unserer Leben aufpicken, und uns dünkt am Morgen, wir wären erschöpft, und manchmal wieder, wir wären vom Schlaf gestärkt – und ihre Gedanken, was dasselbe ist wie ihr Leben, bewegen sich in unserer Atmosphäre langsamer, so wie der Mensch im Wasser langsamer geht als in der Luft, und das Licht, das sie hinter sich zurücklassen, ist eigentlich eine Illusion, dem Schweif eines Meteors ähnlich, dessen Kern uns seiner Glut wegen, seiner Geschwindigkeit wegen und vor allem deswegen, weil wir uns so schwer von unserer alten Sicht losreißen und so gerne in Erinnerungen schwelgen, verborgen bleibt. Für Gott und für seine Engel gibt es überhaupt keine Erinnerungen!

Nicht nur eine unselige Erinnerung, sondern auch eine gute Erinnerung ist eine einzige Quelle von Leiden auf dieser Welt! »Verzeih, ich will nicht beichten, ich will mich nicht von meiner Last befreien!«

So sagte ich zu dem Geist, der mir am Gedenktag eines bestimmten Todesfalles erschien, und er gab mir zur Antwort: »Phantom eines Phantoms!« Und ich war betroffen, und sieh an, ich erblickte eine so begehrenswerte und schöne Frau, daß es mir an Worten mangelt. Es ist erstaunlich, mit welch vollendeter Urteilskraft unsere Augen ausgerüstet sind! Ihr Gewand loderte auf ihr. Und sie war wie ein blühender Baum. Die Welt ist gemein. Und sie legte alles ab: Gewand und Körper. Mehr kann man nicht geben, mehr kann man nicht nehmen.

Der Himmel glitzert vor Milch, die Sonne scheint, die Blätter fallen ab, die Föhren erwachen, und ich erwarte den Tod, der nicht kommt.

Meine Freunde (1913/1959)

Auszug

Ich betragte die Blumen,
wo ihre Gedanken am besten gediehen.
Und sie antworteten: Auf Gräbern!
Und rasch fragte ich nach,
wo sie die meiste Ruhe fänden.
Und sie antworteten: Auf einem Altar!

QUENDELBLÜTE, ich seh dich nicht, so verloren hast du dich in deiner Umgebung, doch scheinen die Gewänder des Sommers nur nach dir zu duften, Freundin der Hirtenknaben – meine Gedanken sind um nichts weniger verloren, und ich wußte nicht, daß ich dich einmal Schwester nennen würde!

Schwer ist dein Kelch, GLOCKENBLUME, du hast ihn zu voll geschüttet mit dem Blau von Stahl, Gerechte.

Willkommen, KORNBLUME, die meinen Schmerz nicht verstehen, denken, meine Rede gelte, in diesem Moment, nicht dir allein. Die Ähren übertrumpfen dich, ohne uns aber wäre der Blick in die Halme öd, und es ist schön, wie wir über den Köpfen der Schnitter schweben, und der Platz neben den Kreuzen in den Feldern, über einem Betschemel, tut uns gut.

Danke für deinen Gruß, Schwester MARGARITE, du hast ein goldenes Herz, und dein übriger Körper ist der Körper der winzigsten Engelchen – vergiß mich nicht.

Es stimmt nicht, KORNRADE, daß ich dich haßte; deine Wunde ist ausgeblutet, ausgeschwärt, dein Mund hat den Ton zahnloser Lippen – ich liebe dich, altes Mütterchen, du hast zu schnell gelitten, ich liebe dich der Stille deines Mitleids wegen.

KRONWICKE, Landkind aus Božena Němcovás Zeiten, Viktorka, Jungfrau, behext von Augen aus der Ferne, unschuldige Mörderin, Besonderheit meiner Heimatgegend, ein Rätsel für alle, dir selbst geheimnisvoll; leidend?, wild, Braut des Blitzes!

KNABENKRAUT, dein Körper ist kräftig, und dein Stengel knarzt wie die Reitstiefel eines Kürassiers, du bist heldenmütig, purpurn, doch wenn man dich herauszieht, bist du am unteren Ende ungewöhnlich blaß, und die Stimme deines Dufts ist wie die Sehnsucht nach Flußschilf – ich mag dich deines Muts und deiner besonderen Zuneigung zu Kindern wegen; sie ahnen nichts von deiner maßlosen Trauer, verwahrt in der Kehle des Kuckucks, und wir wünschen uns sehnlich, es möge selbstlos, unschuldig und ewig geliebt werden …

WEGWARTE, wir hatten keine Ahnung von der Welt auf unseren sparrigen, kahlen Stengeln, und unsere Augen waren dem Schicksal gegenüber zu sanft …

EDELWEISS, nur der, zu dem das Leben nicht mehr zurückkehrt, bleibt in einer Waldschneise stehen auf den kaum mehr erkennbaren Grasstufen, wo die Schafe zur Tränke hinabstiegen …

SPITZWEGERICH, bist du zu Mittag nicht immer traurig dort oben in deinem Minarett?

SCHAFGARBE, die kleinen Puter, diese Herrschaftssöhnchen, mögen dich, solange du zärtlich und schmiegsam und ganz nah am Boden bist, du jedoch bist mehr den kleinen Gänsen, den Häuslerkindern, gewogen, und wenn im Juli die bleichen Jünglinge aus fernen gelehrten Städten heimkehren, lauschen sie gierig deiner schlichten Weisheit von vergangenen Zeiten, als man Leinenhosen trug und Gerstenbrei als Leckerbissen galt.

DOTTERBLUME, Freundin der Bienen, der Altardienerinnen, ohne dich wäre die Prophezeiung mir unverständlich, die lautet: Butter und Honig wird er essen, um das Böse verwerfen und das Gute auserwählen zu können. Wie ein Meßkelch zu Fronleichnam blitzt dein Kelch im tiefen Glanz von Gold an immerfeuchten Plätzen, wenn alle deine Brüder und Schwestern verdursten, und man zittert, deine Knospen könnten sich jede Sekunde öffnen und eine große Vision der Schönheit würde sich ereignen.

KÖNIGSKERZE, Fürstin, das Volk ist dir dankbar, daß du wieder deinen Landsitz bezogen hast.

BEIFUSS, ich trinke Bruderschaft mit dir, du bist unauffällig wie ein altes Kräuterweib und rufst mir die greisen Vorbeter patriarchalischen Benehmens, jene Dorfmystiker in Erinnerung, deren Stimme aus fernen Jahrhunderten geschritten kam, wenn sie – in einem still gewordenen Haus, wo wir jedesmal, wenn die Tür aufging, den Besuch irgendeines Verblichenen aus unserer Sippe erwarteten – bei den Zusammenkünften von Freunden eines Toten in einem ungewöhnlich beleuchteten Gemach die nächtliche Andacht leiteten. Auf andere Art kennen uns die Kinder (wenn ihr Ball zu uns herüberfliegt) und die Freundin der ganz Kleinen: die Kamille.

BILSENKRAUT, verstummter Sänger Sodoms, deine Augen sind ausgebrannt, und schleichend umkreist der Irrsinn dein Haupt, Haarband der Ohnmacht und eines unendlichen Taumels – du traurigster von allen, weil der Mensch dich nicht trösten kann …

KARTHÄUSERNELKE, was du alles austarierst mit deinem klaren und schneidend schweren Tropfen! – danke, danke, auch mein Herz schneidet in die Blüte, und der Pfingstwind trägt alle Düfte weit, weit weg von dieser Erde …

NACHTVIOLE, ein trauriger Trost für kranke Lungen, du würdest übers Jahr auf ihrem Grab erblühen. Deine Blütenblätter bewahren ihre jungfräuliche Haut; es ist nicht deine Schuld, daß du unten Holz und oben Pflanze bist. Zu Mittag hatte ich Angst um dich, denk nicht, du hättest mich beleidigt, deine

Lippen waren so bleich – ach! –, und gestern tat ich die ganze Nacht kein Auge zu: der Fluß glitt still dahin, der Geist des Himmels war umschleiert von einem heißen Gefühl, und die Glühwürmchen in den Abgründen schwarzer Forste wirkten wie Flitter, o edle Gebieterin.

MAIGLÖCKCHEN, zerbrechlicher Traum der Eichenwurzeln von Burgjungfern des dreizehnten Jahrhunderts, auch wir wünschten uns, in Eichenwäldern zu verschwinden und zierliche Dinge aus Alabaster zwischen die Finger zu nehmen.

WUCHERBLUME, dein Leben liegt wie auf der flachen Hand, und du Glückliche kennst keine Blüten, so wie die Liebe eines Bauernsohns keine Worte kennt.

STABWURZ, auf dem Friedhof kann man nicht mit dir reden, von allen Blumen gedenkst du aber am meisten; o Bruder, jeder Besucher pflückt dich, in Gedanken woanders, und du versteckst dich vergeblich im letzten Winkel eines Gärtchens.

SCHWARZWURZEL, es geht nicht, daß du dich hier so ausbreitest, denk daran, du bist hier Gast, auch Großmütter sind nicht allein auf der Welt …

SONNENBLUME, dein Gesicht trinkt vor Neugier meine Seele aus; o Schwester, hüte dich vor den Spatzen! Schweig, schweig, – sieh, der Henker aus der »Ballade vom Kerker in Reading« …

VERGISSMEINNICHT, deine Schlichtheit ist beneidenswert: sogar auf einer Untertasse jubelst du neben dem Sarg eines Säuglings. Brautjungfern-Fischlein.

RESEDE, kam dir, wenn dich jemandes Lippen berührten, der Gedanke, warum man diese üppigen gekrausten Pilze Fingerlinge nennt?

BRENNESSEL, wenigstens dadurch zeichnest du dich aus, daß du die Gänschen mästest, ungeachtet dessen, wem sie gehören. Auch Glatzköpfe – hm, hm, ja, das wollte ich sagen: sollte dich die Versuchung überkommen, deine Seele zu verachten, erinnere dich stets an deinen Frühling, als deine Schwestern vorsichtig in der Erde blieben, wartend, bis es sicherer sein würde – und auf jenen, der seine Gäste nur mehr an einem Scheideweg und hinter Zäunen aufliest. Sonja!

DISTEL, Angeberin, sei gegrüßt! Was fängt verschmähte Liebe an?

ZENTIFOLIE, du kennst deine Reize und auch nicht. Die Augen schließend träumt ein armer Mensch von einer süßen zum Hirn aufsteigenden Schraube und einem Wasserwirbel in den Tiefen.

PFINGSTROSE, du brütest im Herzjesu-Monat über dem großen Geheimnis der Granate und ermöglichst, im Schatten lodernd, unseren Augen, in die Sonne der Eucharistie zu schauen. Die Gesichter der Mädchen erblassen.

WIESENKUCKUCKSNELKE, Safransuppe gab es bei uns nur an Feiertagen. Wehmütig und unerklärlich sind die Knabenstimmen in einem Choral.

NELKE, gibt es einen Mann oder eine Frau, die Schönheit ohne ein Gegenüber schätzen würden? Und denken sie über unser Schicksal nach, wenn sie uns dem Erstbesten an die Brust heften? Und was hat unsere Inspiration mit öffentlichen Angelegenheiten zu tun?

VANILLENWINDE, ist es weniger schlimm, ohne jemanden in der Fremde zu bleiben, als ohne ihn in der Heimat zu sein? Gioconda, auch für mich ist ein trüber Tag das Sinnbild von Dingen, die unabänderlich sind. Ein Dolch hingegen bedeutet für mich ein zweischneidiges Lächeln, aber am Ende ist die Spitze, und man weiß nicht, außer in der Mathematik (glaubst du es?), wo sich die Parallelen treffen.

GÄNSEBLÜMCHEN, schade, daß man die Strohtaschen nicht mehr trägt, auf denen rote und goldene Rechtecke verteilt waren. Weißt du nicht, ob es dicht am Boden Wellen gibt, Schwefelwellen mit karminroter Oberfläche?

STIEFMÜTTERCHEN, du hast mir nie in einen Strauß gepaßt, doch hätte der Totenkopfschwärmer kein Geschöpf, das ihn liebte, wäre er nicht mehr am Leben. Wer also kennt alle Geheimnisse der NACHT!

NATTERKOPF, was glaubst du: Hat auch ein Igel recht? Und kann man etwas Schönes ersinnen oder sagen, zum Beispiel einen unsterblichen Vers, und nicht als Rebell erscheinen? Vivat Azur! Vivat Azur!

SCHACHTELHALM, wird sich noch jemand an uns erinnern, wenn alle Bäume so klein wie du sind? Oh, wie ich dich liebe, Brüderchen, denn du bist der letzte Zeuge der Zeitalter, in denen es noch keine Menschen gab.

ENZIAN, ganz weit weg gibt es fremde Völker. Die Erde ist süß. Mein Volk ging fort und ließ uns hier zurück, mitten auf dem Weg. Seht ihr das Land? Sagt nicht »Stiefmutter«! Das hier ist das Vermächtnis ihrer Körper, das ist heilige Asche, die niemand durch eine Verwünschung entheilige. Sprich leise, Bruder, frohlocke nicht. Verarg mir mein Weinen nicht, es sind Freudentränen. Es gibt nur einen einzigen Weltteil, den Osten. Ja, dort gehen alle Dinge unter. Die Erde ist heilig. Ihre Schollen sind wie aus altem Silber, nur da und dort auf den Kanten glänzt das Licht deutlich sichtbarer, damit wir wüßten, daß alles Silber ist. Hinter der Anhöhe im Osten, wo uns jahrhundertelang erwartend die Sonne unterging, ein Meer goldrosenroter Lichter, als würden wir mit beiden Handflächen heftig den Wasserspiegel aufrühren und dabei in der Luft ein Wassersegel schaffen, aufgebläht, glasklar, durchsichtig, siebenfarbig, mit Perlen gesäumt. – Das Licht bewegt sich zu uns nach Westen. Wird seine Quelle emporkommen? Müssen wir zu ihm? Eine heilige Blume ist der Enzian.

BUSCHWINDRÖSCHEN, wie ist der Blick vierzehnjähriger Mädchen, die an Schwindsucht sterben?

KÜCHENSCHELLE, es ist so leer auf den Feldern in der Karwoche, und die weißen Wolken haben es so eilig, daß sie uns gar nicht beachten, dabei fänden wir vielleicht doch irgendein Wort und ließen es durch sie jemandem ausrichten …

[…]

ERDBEERE, erinnerst du dich, wie ich dort auf dem Hang über »Černá Lávka« immer die Hauswurz zärtlich ansah und wie leid mir die schönen schwarzblau-weißen Federn taten, die über das verdorrte Moos auf den Felsen verstreut waren?

FARN, es liegt heute schon weit zurück, erzähl mir daher, wie das Lied gelautet hat, das die Föhren sangen und bei dem ich hatte sterben wollen? Kann es sein, daß ein Marienlied von allen am traurigsten ist? Oder daß der Wald deshalb so erzitterte und die alten Felsen weinten, weil es ein Pilgerlied war? Und sag, kann ein ganzer Chor wie ein Solo klingen? Wo ist diese Stimme verblutet, und wo werde ich sie abermals hören? Warum gehen die uns Liebsten fort, und warum nahmen sie uns nicht mit? Sieh da, auf der ganzen Welt existiert kein Wesen mehr, vor dem wir uns für etwas schämen müßten! O Mutter, und du – Unwiederbringliche! Alle wollen so wenig von uns …

[…]

KLEE, die Hummeln müssen nicht wissen, daß der Heldenmut ihrer Körper, ihre Färbung und ihre Stimme nach geheimer Beratung mit Donner und Blitz von der Sonne geschaffen wurden. Und die Schmetterlinge, mein Bruder, weinen nur mit ihrer Schönheit und dem Flügelschlag.

BÄRLAPP, kann jemand Kinder überzeugen, daß eine Blindschleiche harmlos ist? Welch armes Wesen, wenn es in unschuldigen Herzen einen solchen Sinn für die vorbildliche Gestaltungskraft der Sonne und eine tausendjährige Wahrheit gibt!

SEEROSE, wahrscheinlich wußte der Schöpfer, der Schwan würde umkommen vor Sehnsucht, hätte er nicht ein Vorbild in deiner Schönheit.

VEILCHEN, wohin unsere Seele nach dem ersten Donnern verschwand, ist nicht mehr die Frage, aber warum spüren wir das Gesetz nicht, selbst wenn es peinigt?

FETTHENNE, frag deine Brüder, welches dieser drei Dinge am weitesten weg ist von der Welt: ein Felsblock auf einem gerodeten Hang, die Wüste – oder ein Dachfirst?

SCHILFROHR, dort, wo du stehst, fiel ein Stern vom Himmel, daß das Wasser schwappte.

ZYKLAME, was hat der Mensch dir denn getan, daß du dich so schmollend von ihm abkehrst? Wenn du einmal älter bist, wirst du erkennen, daß die Menschen meist aus Unwissenheit verletzen.

BESENGINSTER, was wäre der Ruhm wert, wenn wir ihn niemandem schenken könnten? Liebe kann freilich auch unverstanden leben.

LEINKRAUT, nur wenn jemand krank war oder am Ostermontag wurden bei uns auf dem Land Eier gegessen, und wir Kinder mochten sie »kernweich«.

LÖWENZAHN, endlich, wie verbringt man das Leben nützlicher? Soviel Licht wie möglich erobern und möglichst viel Tau auffangen!

ERBSE, wie täte ein Wesen uns nicht leid, das glaubt: »Solange wir in Blüte standen, trat keiner uns mit Füßen.« – Was saust da über die Stoppelfelder, was rasselt da auf kleinen Soldatentrommeln?

GERSTE, deine Zöpfchen wachsen in den Himmel!

HIMMELSCHLÜSSEL, man muß ja nicht gar so betonen, daß die Mutter aller Farben der Sonnenschein ist!

TAUSENDGÜLDENKRAUT, du siehst aber ganz schön aus!

WOLLGRAS, Brüderchen, wir sind allein hier, bitte, sag mir: stehst du nicht in Blut? – Ach so, Eisenerz ist das, und mir war nicht klar, woher du deinen weißen Federbusch hast!

ORCHIDEE, wenn der Zauber des Schlangenkönigs von dir gewichen ist, verwandelst du dich dann wieder in einen Kolibri?

PALME, dein Glashaus ist ein Kerker: flieh, flieh in Länder, die dich verdienen!

Die PALME:

Nur wer seine Freiheit knechtet,
kann unsere Hymnen verstehen.

Von der Geißelung träumt die PLATANE.

Nach der Mutter Tod geborenes Kind, HERBSTZEITLOSE, Kerzchen auf Armengräbern – was vermag da ein Wort?

FENCHEL, die Kartoffel erzählt jedem, sie schenke uns Leben. Als würden wir einander nicht gegenseitig Leben schenken!

LEIMKRAUT, reizt es die Ameisen nicht zu Grausamkeit, wenn sie ihre Eier an die Sonne tragen?

HYAZINTHE, ich dachte noch vor dem Morgengrauen über dich, den Flieder und über die Freunde nach, die uns aus dem Jenseits besuchen. Wir sollten auch weiterhin Ehrfurcht haben vor toten Neugeborenen, denn sie sind so zerbrechlich, daß sie in die Gegenden des entmaterialisierten Lichtes eilen.

FLIEDER, es ist eine heilige Wahrheit, daß Gott seinen Sängern große Stimmen und kleine Schnäbel gab, wären sie aber noch kleiner, würde nur Milch und Grieß auf den Sträuchern sprießen.

EBERWURZ, unsere Zimmer sind nicht ausgemalt, bei uns wird vor den Osterfeiertagen und vor Kirchweih getüncht, weil nichts denkwürdiger ist, als die Sonne zu begrüßen und sich von ihr zu verabschieden.

ROSMARIN, dich hat man richtig getauft, dir einen Namen gebend, der die Farben Rosa und Blau, aber auch die Rose mit ihrem Duft und mit dem Tau und alles, was zum Meer gehört, in sich vereint.

STECHAPFEL, es ist grausam, sich vorzustellen, wie wohl die Liebe des Tages und die Liebe der Nacht ist bei Völkern, die den Segen des Pflügens und des süßen Jochs Christi noch nicht kennenlernten.

REBE, ist Noah denn nicht der erste unter den Menschen, der würdig war, daß die Herrlichkeit deines Geheimnisses ihn auch schon betäubte? Und ist Ham nicht durch das Judas-Geheimnis dem Wahnsinn verfallen?

WEIZEN, wenn es stimmt, daß die Herzen der Menschen versteinern können, müßten wir auch glauben, daß sogar Manna manchmal zu Blei wird.

LINDE, wenn der Blitz in dich einschlägt, sträubt sich angeblich dein ganzes Blattwerk. Durch den Schrekken der Schwäche: oder durch durch Habhaftwerdung des Lebens?

FÖHRE, ich hingegen würde behaupten, daß dir am meisten von allem das Eichkätzchen steht. Der Vogel dort, ich weiß nicht, ob Auerhahn oder Fasan, ist natürlich seltener, so wie ein indischer Dichter, aber wackelt er, wenn du gehst, nicht auf deinem Kopf wie ein zappelnder Fisch im Netz?

PALMWEIDE, was fängt denn jemand, der gar kein Zuhause hat, mit so vielen Kätzchen an?

DIE PALMWEIDE:

Sag nicht »Was soll ich mit ihnen tun und wo gebe ich sie hin?«

Wie die Natur ist auch eine Kirche Guten und Bösen eine gemeinsame Heimat.

EICHE, Ostern steht vor der Tür und du trägst noch immer dein altes Laub. Hat man dich so beleidigt?

APFELBAUM, je mehr einer gibt, desto mehr ist er verloren. Aber einen Trost hast du doch: daß jede einzelne deiner Früchte die ganze Weisheit und die ganze Süße deiner Seele enthält, so daß selbst ein Kind, ohne es zu wissen, mit deinem Obst auch die unsagbare Herrlichkeit eines Geschenks genießt, das nicht ohne Nutzen für sein Herz sein kann.

FLIEGENPILZ, verschiedene Wesen haben verschiedene Werkzeuge: Zähne, Sporen, Hufe, Panzer, Stacheln, Hörner, Flügel, unheilvolle Blicke, Düfte, Wörter und so weiter. Du hast deine Schönheit und dein Gift. Die Schönheit zur Freude und das Gift zur Verteidigung. Beides gab Gott dir, preis Ihn dafür. – Oder hast du auf den Ästen eines Baums geprunkt, der mitten im Paradies stand? Dein Glanz deutet darauf hin. Wie aber bist du auf diesen Platz geraten? Und daß ein Schlangenbiß sich so vielen Generationen eingeprägt hätte ...? Irre ich mich vielleicht, träumt mir denn ...?

»In meinem Haus das Tageslicht
ewig begehrst du's nicht – «

Woher kommt diese Stimme? Aus diesem Farn? aus diesem Moos? Ach, wie süß sie ist –

Toman!

TRÜFFEL, du bist so ein Grübler, alsdann erzähl uns, wieviel Zeit es ungefähr braucht, bis ein Walnußkern zu einem menschlichen Gehirn herangewachsen ist?

MILCHSCHWAMM, erst ein andermal werden wir uns wieder jenes Märchen vom Fuchs und vom Roßapfel erzählen, heute laß uns darüber nachdenken, warum die schwarzfleckigen Kühe bei unseren Landwirten in Ungnade fielen und warum sie umgekehrt Judas mit einem gold-rostbraunen Bart malen, wenn Brotrinde doch fast dieselbe Farbe hat?

PARASOL, natürlich hast du ein ruhigeres Leben als deine Tante Medusa, weil zwischen der Meeresbrandung und der Sonnenflut, wie dich ein Föhrenzapfen lehrte, wirklich ein Unterschied ist, denn das Element Wasser versprengt, und die Sonne bringt zusammen. Was die Kinder betrifft, die dir manchmal den Hut zerschlagen, wies ich Eltern und Erzieher darauf hin, sie mögen ihnen unermüdlich ans Herz legen, daß auch der Chinese unser Nächster ist.

REIZKER, das gefällt mir! Nur schön Ringel-, Ringelreigen! Nur solltest du es mit einer Möhre versuchen, die dreht sich, Bursche, daß sie fast ein Loch in den Fußboden bohrt!

ESPE, ihr alle und wir alle sind Kinder des Traums, und dünkt dich, wenn du dich so in der Welt umsiehst (denn letztendlich sieht auch ein Bussard nicht mehr als wir, weil jeder nur sein eigenes Leben und daher mit der eigenen Sicht lebt), nicht, daß es auf der Welt nur lauter Pilgerschaft gibt, entweder weil jeder selbst hinübergeht oder weil ein anderer ihn hinüberträgt, denn den einen ist es auferlegt, die Liebe zu suchen, und den anderen, an der Liebe zu leiden, so wie du lange unter Espenbäumen lebtest, aber Gott weiß, wo du früher warst, weil es auch Espen nicht immer gab, und jetzt stehst du inmitten kleiner Fichten, aber Gott weiß, wohin du noch geraten wirst, denn auch die Fichten wird es einmal nicht mehr geben, ja, nicht einmal so viel verbürgt ist dir, daß dir von allen Erinnerungen und von deinem ganzen Wesen wenigstens noch dein Name bleibt! Unser gesamtes Geschlecht und jedes Wesen, wie viele auch immer du von ihnen siehst und wie vielen immer von ihnen du noch begegnen wirst, erhält sich einzig durch die bald grausame, bald süße Pflicht am Leben: nicht auf den Schmerz zu vergessen!

CHAMPIGNON, die Knie der ENGEL sind nicht im geringsten wund vom Niederknien; damit es aber nicht hieße, sie würden die Erde nicht berühren, sind sie der Mitte zu dunkler mit einem Goldton. Bruder, laß uns aus dem Wald eilen, um sie zu sehen oder, wenn Gott es gibt, sie noch zu erhaschen und zu küssen!

[…]

*

Wo sind die Jahre, LEIMKRAUT, als Erwachsene sich an der Verlegenheit kleiner Mädchen weideten, wenn sie ihnen Belehrungen für Knaben sagten?

8.9.1959

EISBLUMEN. Das erste und das letzte Wort. Sprecht, Kinder! Die erste und die letzte Sache. Als Kopf hat sie etwas wie gelbe Federchen. Es ist ein verkümmertes Krönchen. Ein schäbiges Überbleibsel der Macht. In den Annalen dieses Königs lesen wir, daß einmal Schlangen ausschwärmten und einen Weinberg angriffen. Und in den Spiralen beim immer enger werdenden Pressen der Trauben drängten sie sich an die Ufer des Lebens, um den Damm der Finsternis zu durchbrechen. Wortlos hat man von ihnen gelernt. Bevor sie das Licht erreichten, erstarrten sie zu Eisblumen und rannen in Tränen herab.
Zermalm sie mit deiner Ferse, Immaculata!

8.12.1959

Fußspuren I (1917)

Auszug

Heuer im August, just als ich das neununddreißigste Jahr meiner Pilgerschaft auf Erden erreicht beziehungsweise vollendet hatte, besuchte ich meinen Freund, der zwar zehn Jahre älter als ich, aber um so glücklicher ist, weil er auch seine Winter mit dem Frühling mißt, und dieser freundliche Mensch sagte mir plötzlich, mit seiner angeborenen und auch erworbenen Güte lächelnd: *»Sie sollten reich werden!«* Werte Leser, ihr könnt euch das Staunen nicht vorstellen, welches diese Worte in meiner Seele auslösten, in der Seele, die laut einer Doktrin der Theologen in jedem Teil unseres Körpers wohnt. Kann sein, daß ich mich auch durchaus fälschlich auf diesen theologischen Lehrsatz berufe, aber kommt es denn darauf an, wo doch die Wissenschaft über jeden Irrtum wacht und alle auf das rechte Maß zurückführt, und letztendlich: es kommt ja auch den Theologen auf mich nicht an. – Mein Staunen äußerte sich wie immer in einem *Lachanfall.* Würde meine Seele tatsächlich in jedem Teil meines Körpers wohnen (und mir scheint es fast so!), dann wohnen mein Körper und alle seine Teile dem Lachen inne. Wäre ich im Besitz eines bürgerlichen Kalenders, würde ich eigens nachsehen, in welchem Planeten der zwanzigste August, mein Geburtstag, steht, ich weiß nur, daß es der Namenstag des heiligen Bernhard ist, und soweit ich mich erinnern kann, hat dieser Heilige ganz Europa in die Kreuzzüge gehetzt, und wenn ich mich obendrein nicht irre, hatte seine Mutter in der Nacht vor seiner Geburt einen prophetischen Traum, weil sie nämlich einen schwarzen (ich glaube, einen schwarzen) Hund sah, der im ganzen Land herumlief und im Maul, will sagen: *zwischen den zusammengebissenen Zähnen*, eine Fackel, eine brennende Fackel trug. Damals war das eine betende Religiosität, heute ist es eine lachende Religiosität. Selbst wenn ich mich aber überzeugt hätte, daß der August im Zeichen der Fische steht, würde ich augenblicklich die ganze Summa des heiligen Thomas von Aquin durchstudieren und euch den unwiderleglichen Nachweis erbringen, daß auch die Fische *lachen*! Was ich alles nicht kann? Lieber Leser, jetzt wird es mühsam für dich: ich bin bei meinem Steckenpferd! Sobald das Wort »Fische« fällt, gerate ich in Verzückung, und das von mir aus auch am vierundzwanzigsten Dezember, weil ich keiner Sache auf der Welt soviel Aufmerksamkeit, eine derartige Menge fachlichen Studiums und soviel beharrlichster Praxis und Arbeit gewidmet habe wie gerade den Fischen. Ich habe Josef Bubeníčeks Werk »Über Fische und Fischfang« hinter mir (herausgegeben von Eduard Beaufort in Prag, vergelt's ihm Gott, ich bin es dem Buchhändler noch schuldig), habe das kleinere, für einen Anfänger aber nachgerade unentbehrliche Werk »Das Angeln« von Jan Koch, mit Abbildungen, hinter mir, ich habe den vermutlich größten österreichisch-ungarischen Katalog »Fisch-

Sport« von Joseph Oszvald's Nachf. hinter mir, wiewohl die (viermal jährlich veröffentlichte) »Preisliste des Fischzeug-Engroshandels und der Fischzeug-Fabrikation« von Z. Dusil am Prager Bethlehems-Platz auch einen erklecklichen Preis hat – mit einem Wort, es ist zu sehen, daß ich diesmal nicht in den Wind rede. Gestern, am Tag vor Mariä Geburt, bekam ich eine Einladung von meinem Freund, unserem Herrn Förster, mich zum Fang kalifornischer Forellen bei den Sklepy einzustellen. Von den Sklepy muß ich euch ein anderes Mal mehr erzählen, und es wird viel sein, an dieser Stelle jedoch ist der Hinweis erforderlich, daß die erwähnte gestrige Einladung zum Fang kalifornischer Forellen (bei Jinošov) für meine Person und für jenen Fang bedeutsamer ist, als es dem ersten Blick nach dünkt. Davon ein anderes Mal mehr, und es wird viel sein, an dieser Stelle jedoch geziemt es sich, der Wahrheit zu ihrem Recht zu verhelfen und zu sagen, daß Freund Bartl mich natürlich allein schon aus Freundschaft eingeladen hätte, aber, und das sei besonders hervorgehoben und betont, weit und breit in der Umgebung keinen solchen *Fachmann*, wie ich es bin, gefunden und sehr wohl gewußt hat, daß er auch gar keinen finden würde! Soviel hat trotz der ganzen mir angeborenen und für mich typischen Bescheidenheit, die, und das sei besonders hervorgehoben, in ihrer absonderlichen Demut fähig ist, sich gegebenenfalls auch um *hinterlistig* erworbene 157 Kronen *überzeugen* zu lassen, von mir eingeräumt und ergänzend hinzugefügt zu sein. Aber davon ein anderes Mal und mehr und so weiter. Nun, als wir zwei diplomierten Jinošover Fischer, nämlich ich und Herr Lehrer Malý, der es – im Gegensatz zu seinem Namen »Klein« – schon sehr oft vermochte, mir gegenüber groß zu sein, und nicht nur dadurch, daß er mir und so manchem meiner Freunde eine Menge Honig schenkte und ihn abermals zu schenken fest entschlossen ist – unlängst hat er es mir arg übelgenommen, daß ich ihn bezahlen wollte –, nun, wir fanden uns also zur vereinbarten Zeit bei den Sklepy zur Jagd auf die kalifornischen Forellen ein, auch Herr Lehrer Lemberk, ein verdienter Veteran und vorzüglicher Musiker aus Jičín, ferner waren dort – aber die würde ich nicht alle aufzählen können. Der Teich war (weil er sehr viel Wasser hatte) schon vorher abgelassen worden und, als wir Schlag zwei Uhr nachmittags dort eintrafen, nur mehr mäßig mit Wasser gefüllt, Heger Pavlík, sich des feierlichen Augenblicks augenscheinlich bewußt, stand auf dem Damm, es war ein sonniger, wunderschön hoher Herbsttag, ringsum standen Fichten, still und würdevoll wie Männer im Carré auf dem Marktplatz bei der Ansprache des Festredners ... Die Überraschung war groß: erstens, Karpfen hatten wir in geringer Zahl erwartet und für sie nur einen Bottich und eine kleine Wanne mitgenommen, doch fingen wir ungefähr einen halben Zentner; zweitens, Forellen bekamen wir keine zu Gesicht, obwohl Pavlík kreuz und quer durch das Schilf und im Schlamm herumstapfte, wobei sich ihm als Freiwillige auch ein kleiner Dackel und der große Treff zur Verfügung stellten, Treff zeichnete sich allerdings dadurch aus, daß er mir gegen eine Wasserratte zur Hilfe eilte, deren Spuren wir auch an einigen Karpfenflossen fanden, was ich, darauf aufmerksam gemacht, einhellig konstatierte und bestätigte. Aber auch wenn ich, weil ich der Geistesgegenwart verlustig ging und damit auch das Gleichgewicht verlor, neben dem Zapfen nicht selbst in den tiefsten Schlamm gefallen wäre, hatte Treff mir, aus dem Schlamm heranstürmend, schon vorher, ohne daß ich es vorher konstatiert hätte, seine Ergebenheit so offensichtlich bezeugt, daß es auch an mir ersichtlich war, so daß ich, als einer von uns am Ende seufzte: »Schade, wenigstens hätten wir sehen können, wie eine Forelle aussieht!«, bei mir dachte: *Und wie sehe ich aus?*

»Menschenskind«, sagte mein Freund zu mir, »Sie sollten eine *Zeitschrift* herausgeben!« Und seine Beweisführung war so unwiderleglich, daß ich mich Folge zu leisten entschließe, nachdem ich gleichzeitig erkannt hatte, daß ich nur auf diese Art und Weise *reich werden* könnte …

»Denken Sie halt nach und wählen Sie einen guten Titel«, sagte mein Freund – und ich habe nachgedacht und entscheide mich für

FUSS-SPUREN.

Denn wenn ich reich werden möchte, wie ich es möchte, muß ich *auf Erden* reich werden, und Fußspuren gibt es auf Erden sicher. Weil ich aber nicht um jeden Preis reich werden möchte, sondern nur hie und da, wähle ich *Fußspuren*, weil es auch Fußspuren nur hie und da gibt und sie keine durchgehende Linie bilden, denn sie können auf einem Weg sein, sind aber nicht der Weg. Sie sind nicht der Weg, aber sie zeigen den Weg, den Weg von einem, der hier gegangen ist, sei es auch am Weg vorbei.

[...]

Gestern abends sprachen wir von Italienern. Von Auswanderern nämlich. Bei Herrn Kryštof[1] steht so einer in Dienst, als Gehilfe. Ein sehr guter Arbeiter: weil ich nämlich, wenn ich ihn beobachte, wie er auf dem Leiterwagen steht und die Pferdeleinen und die Peitsche hält, immer den Eindruck habe, daß dieser Geselle nicht um Garben und Reisigbündel fährt, sondern soeben die Funktion eines Diakons bei einem Pontifikalamt versieht. Er heißt Giuseppe Menegelli, hier sagen sie aber Pepík zu ihm. Gestern erwähnte Herr Kryštof nebenbei im Gespräch, *Pepík schäme sich, italienisch zu sprechen*. Ich war gerade damit beschäftigt, Mariage zu spielen (weil es schon längst finster war und »nachts keiner arbeiten kann« und ich hier in einem Wirtshaus, will sagen, Gasthaus bin), doch diese Bemerkung über Pepík berührte schmerzlich mein Herz. Pepík hat nämlich auch Schwestern, die irgendwo anders, in Náměšť, glaube ich, wohnen und sich ihren Lebensunterhalt verdienen, und diese Schwestern verstehen nichts von der Feldwirtschaft, geschweige denn, daß sie wüßten, wie diese oder jene Arbeit und Sache auf einem Bauernhof heißt. Manchmal hilft angeblich eines der italienischen Mädchen bei den Kryštofs für ein Stündchen aus, auf der Tenne, auf dem Feld, und es kommt angeblich vor, daß Pepík den Dolmetscher machen muß. Der liebe Pepík aber entspinnt kein italienisches Gespräch, sondern sagt seiner Schwester das unumgänglich notwendige Wort

---

1 Jan Kryštof (1880-1916), Demls Schwager, Wirt und Fleischer in Jinošov.

und basta. Und noch dazu merkt man ihm angeblich an, daß er sogar dieses eine Wort in seiner Muttersprache ungern und mit Widerwillen sagt. Ich erwähnte, diese Bemerkung über Pepík hätte mein Herz schmerzlich berührt. Als ich nämlich elf Jahre alt war, gaben mich meine Eltern, damit ich dort Deutsch lernte, für ein Jahr nach Österreich, so wie dort vor mir bereits zwei meiner Brüder gewesen waren. Wenn ein Landkind von uns nach Österreich unter deutsche Kinder kommt, ist es, als wäre es Räubern in die Hände gefallen. Mir erging es damals so. Eine andere menschliche Anrede als »Böhm'«, »böhmischer Plempl«, »böhmischer Wenzel« und ähnliches kannten sie für mich nicht. Bei diesen Beschimpfungen blieb es aber nicht, denn wenn ich mich wehrte, und sei's nur mit Schweigen und sei es nur mit dem Schweigen der Trauer, das sich manchmal auch in nicht zurückzuhaltenden Tränen äußerte, stürzten sich die Wulzeshofener Buben (ich war in Wulzeshofen gewesen) wie Wölfe auf mich und verdroschen mich wie Tataren, einzig und allein dafür, daß ich ein »Böhm'« war. Die gleichen Gefühle, sah ich, empfanden mir gegenüber auch ältere Leute, die mich meiner tschechischen Herkunft wegen zwar nicht gerade verprügelten, mir aber oft höhnisch vorwarfen, sie hätten einen Kaiser und wir nichts. Pfarrer war dort zu der Zeit ein Tscheche, ein sehr netter alter Mann, im Pfarrhaus bei ihm wurde aber nur deutsch gesprochen, und auch einer der Lehrer dort war Tscheche, ein gewisser Matyáš, aus Křižanov gebürtig, also ein Landsmann von mir, aber der hatte dort eine rundliche Deutsche geheiratet, sprach daheim nur deutsch, und seine Kinder konnten überhaupt nicht Tschechisch und waren braungebrannt wie kleine Zigeuner. Herr Matyáš war ein sehr gutmütiger Mensch, genauso wie der Herr Pfarrer, ja es scheint mir, daß *ein jeder* Tscheche, wenn er unter Deutschen lebt, enorm gutmütig ist. Wir Tschechen sind auch untereinander sehr gutmütig, aber weil wir *alle* sehr gutmütige Menschen sind, ist es nicht so offensichtlich, wie wenn wir unter Deutsche kommen. Nach einem Vierteljahr *schämte* ich mich bereits, auf tschechisch zu beichten. Und als ich nach sechs Monaten plötzlich heim nach Tasov ans Bett meiner sterbenden Mutter geholt wurde, konnte ich mit ihr nicht mehr tschechisch reden … Ich kann mich heute nicht mehr gut erinnern, ob ich mich vor meiner sterbenden Mutter dessen rühmen wollte, wie gut ich bereits Deutsch konnte, denn ich mengte deutsche Wörter in meine Rede, oder ob ich mich wirklich auch schon daheim für meine Muttersprache schämte. Aber ich würde eher meinen, daß ich mich tatsächlich auch schon zu Hause in Tasov für alles geschämt habe, was mich an meine tschechische Herkunft gemahnte, denn ich erinnere mich, daß ich mir damals insgeheim in meinem Herzen wünschte, *keine tschechische Nase* zu haben, die Deutschen verspotteten mich nämlich, wir Tschechen hätten Nasen mit aufgestellten Nasenlöchern, Herr Matyáš hatte wirklich so eine Nase und ich natürlich auch, weil alle Zeichen der Herkunft bei Kindern deutlicher sichtbar sind. Der Herr Pfarrer von Wulzeshofen hatte keine Nase mit aufgestellten Nasenlöchern, und dennoch *sah* ich damals schon deutlich, daß der Herr Pfarrer todsicher Tscheche war. Ich wohnte damals in einem Gasthaus, und es kehrten dort genug Menschen ein, und sobald ein Fremder kam, *sah* ich bereits verläßlich, ob er Tscheche oder Deutscher war. Um nicht darauf zu vergessen: Mutter *rügte* mich damals dieses Deutschtümelns wegen, ich glaube, sie sagte: »Du weißt doch, daß ich nicht Deutsch kann«. Ich hatte ihre Rüge bestimmt nicht verstanden, denn als ich nicht aufhörte mit der Deutschtümelei: *wurde sie zornig*. Ich fühlte mich sehr bloßgestellt, und diese Bloßstellung war mir unbegreiflich. Ich ahnte ja nicht, daß sie im Sterben lag und ich sie nie mehr wiedersehen würde. Meine Seele war bei den Deutschen hart geworden. Zum Abschied gab ich Mutter nur die Hand und ging auch schon zur Tür. Man rief mich noch einmal zurück, und jemand, entweder sie oder Vater, sagte: »Kann sein, daß du Mutter nie wiedersehen wirst.« Ich verstand diese Worte nicht, nur kehrte ich damals noch einmal zurück und ließ mich von Mutter küssen. Ihr Tod, der bald nach meiner Abreise, vielleicht vierzehn Tage später, eintrat und der mir telegrafisch mitgeteilt wurde, ist die ewige Grenze zwischen meinem sichtbaren und meinem unsichtbaren Leben. Ein wenig habe ich darüber in »Transbaikalien« gesagt, aber nur sehr wenig. Als ich damals aus der Schule heimkam, nahm ich im ganzen Haus eine unbegreifliche Veränderung wahr. O nein, verstanden habe ich die Veränderung zwar nicht, aber meine Seele wußte schon von ihr, denn die ganze vorangegangene Nacht hatte ich in jener stockdunklen Kammer, wo wir Kinder immer schliefen, geweint. Mutter war selbst gekommen, um mir ihren Tod anzukündigen. Ich weiß, Gott existiert. – Kinder lacht,

lacht über alle Apologien! Alle begrüßten mich so still und so gütig. Die Güte aller war auf mich gerichtet, ich aber nahm nur diese Aufmerksamkeit wahr und hörte nur diese Stille. Im Zimmer stand ein eiserner Ofen, der wurde geheizt. Das Zimmer war gleichzeitig Ausschank. Der alte Bernscherer nahm mich am Ofen sanft bei der Schulter und sagte still: *»Jakob, die Mutter ist schwer krank.«* An mehr erinnere ich mich nicht. Er ließ mich das Telegramm lesen. *»Mutter gestorben.«*

Mutter gestorben!

Aber warum bin ich so ein elender Mensch? Und warum bettle ich? Und warum gehe ich zu jemandem?

Es gibt hier noch einen Italiener, der Kleider flickt, er war auch bei uns schon etliche Male, er ist klein, jung, bucklig und mager und sehr lebhaft, sein Gesicht und vor allem seine Augen erinnern mich an meine verstorbene Schwester. Aber diesen Italiener hat niemand verprügelt! Ich kenne seine Eltern und alle seine Geschwister, es sind alles sehr gutherzige Menschen, die Arbeit ist für sie eine Freundin, der sie sich nicht aufdrängen, und Reichtum ein Henker, den sie nie kennenlernten. Sie haben daheim auch einen winzigkleinen Bauernhof, irgendwo bei Riva. Warum sollte man unfreundlich sein zu ihnen, warum sie irgendeiner Unreinlichkeit verdächtigen? Aber an dem Buckligen sehe ich deutlich, daß es keine politischen Differenzen zwischen den Völkern geben müßte. Wenn in jedem Volk jemand fähig, zu leiden oder zu lieben, ist:

warum sie verachten? Warum nicht lieber sich dafür einsetzen, daß ein Buckel nicht Leid bedeutet, Zutraulichkeit und kindliche Einfalt nicht Schande oder Beute? Ich bin überzeugt, unseren italienischen Schneider haben hier alle gern. Vielleicht dünkt jedem wie mir, sooft ich Francescino Menegelli sehe, er sei ein exotischer Vogel, dem man einen Flügel zerschossen hat und der aus großer Höhe hier gelandet ist und sich nie mehr emporschwingen wird. Sein Gang ist auffällig schnell, sein Schritt auffällig lang, und wenn er ausschreitet, rudert er unablässig mit der Rechten. Er hat gleichsam keinen Rumpf. Sein Körper, das sind die Schultern und der Kopf. Er hat weiße Hände und Finger, feingliedrig und länger, gewiß länger, als müßten die Finger den Füßen entsprechen. Auch die Arme sind deutlich länger, was ich immer bemerke, sooft Francesco die Rechte zu seinem italienischen Hut hebt, um jemanden zu grüßen. Seine Rechte fliegt in einem förmlichen großen Bogen zu diesem Hut hoch, und ich staune immer, wie sicher und genau seine Finger den Hut von vorne auf der eingedrückten Spitze fassen. Aber er grüßt jeden. Sein Blick ist immerzu flehentlich, und das quält mich. Aber alle haben ihn gern. Ich glaube, er beherrscht nur ein einziges Wort aus dem ganzen Tschechischen: »Dóbry, dóbry« – gut, gut. So wie ein Vogel, der vom Schöpfer verurteilt ist, einen einzigen zweisilbigen Ton von sich zu geben. Teurer Francesco Menegelli, wenn du wüßtest, wie ich dich liebe, doch ich kann dir nicht helfen. Und wenn du wüßtest, wie ich mich fühle, würde ich dir leid tun, wie du mir leid tust. Ein Meer von Schweigen liegt zwischen dir und mir. Aber weil du ein Mensch bist, siehst du mit deinem stillen und gutherzigen Blick vielleicht alles, auch das, was man nicht aussprechen kann, auch meine arme, getretene, bespuckte Seele, aber wie die deine: dankbar und aufrichtig, aufopfernd katzbuckelnd, weil es sich auf Erden noch nicht geziemt, sich zu verneigen. Dein Bruder ist da schon besser dran, er fährt mit einem Pferdegespann und hält, im Wagenkorb stehend, Leinen und Peitsche, als würde er das Amt eines Diakons bei einem Pontifikalamt versehen.

Gedichte werden nur für Menschen geschrieben, die weder eine Frau noch einen Freund haben.

[…]

Dem »Věštec«[2] wollte ich ein Motto hinzufügen: Was keinen Sinn hat für die Ewigkeit, hat auch keinen Sinn für diese Zeit.

Meinen Freunden und allen anderen Menschen und Geschöpfen: Ich warne eure Blicke und euer Herz, zu glauben, es könne mich etwas anderes schmerzen als die Vorstellung, auf der unseren Hoffnungen und Schritten wie ein Teppich ausgebreiteten Prärie der Ewigkeit auch nur einen Augenblick von euch getrennt zu sein.

2 J. Deml, *Věštec* (*Der Prophet*), Jinošov 1917.

Der Totentanz: Widmung

Für Bedřich Fučík

An einem klaren Sommertag im Freien,
auf dem höchsten Hügel meiner Heimatgegend,
zündeten wir ein Feuer an. In der Nacht,
in der Nacht unseres Todes wird man
die Flamme sehen, so wie am Tag
der Rauch zu sehen ist. Wir sammelten Holz
und zündeten ein Feuer an, das leuchtet
in die Nacht und die traurigen Pilger –
die Einsiedler tröstet, aber weder das Holz
noch das Feuer sind wir.

Tasov, am 16.2.1927

Schlagader (1926)

Auszug

Die uns landschaftlich näher sind, stehen uns auch geistig näher. Nur weiß ich nicht, wie das mit mir ist. Bin ich Mährer? Bin ich Böhme? Mein Großvater wurde in Opatov bei Česká Třebová geboren und war Deutscher, weil es in Abstdorf nur Deutsche gibt; seine Eltern starben früh, und die älteste Tochter übernahm die Herrschaft im Haus, und sie war so bösartig, daß ihr kleiner Bruder, mein Großvater, vor ihr zitterte, jeder Kleinigkeit wegen schlug sie ihn gleich brutal. Einmal war dieser ihr kleiner Bruder mit einem Krug um Wasser gegangen, und der Krug zerbrach dabei; den Jungen erfaßte von dem, was er angestellt hatte und was ihn daheim von der Schwester erwartete, solche Panik, daß er die Beine in die Hand nahm und auf der Reichsstraße Richtung Osten davonlief. Er lief und lief, ohne sich darum zu kümmern, was später sein würde, denn die Angst ist mächtiger als ein Kinderherz. Allerdings waren damals, im zweiten Jahrzehnt des vorletzten Jahrhunderts, viele Fuhrleute auf den Landstraßen unterwegs. Der Bub konnte nicht mehr laufen, ja kaum noch gehen, denn er war schon so viele Stunden auf der Flucht und fürchtete sich immer noch, obwohl Abstdorf längst hinter dem Horizont lag. Ein schweres Fuhrwerk überholte den Knaben, und er führte aus, was ihm durch den Kopf schoß: er kletterte hinten auf den Wagen und setzte sich ohne einen Mucks hin. Als sich der Fuhrmann umdrehte und den Buben erblickte, erschrak er, so wie jeder gute Mensch über ein Vöglein erschrickt, das sich bei bitterer Kälte auf sein Fenster setzt, weil es vor Hunger und Schwäche auf keinen Baum mehr fliegen kann. Er teilte mit ihm sein Brot, und so fuhren sie weiter, bis sie nach Křeptov kamen, und dort ließ er den Jungen im warmen Kuhstall eines Herrenhofs zurück. Křeptov liegt eine halbe Stunde nördlich von Tasov, das ist gar nicht so weit. Die Ochsenknechte nahmen sich des kleinen Flüchtlings an, ließen ihn die gräflichen Schweine hüten, später die Kühe, einige Jahre später war er bei den Ochsen angelangt, und weil er besondere Fähigkeiten zeigte und gerecht und fromm war, nahm er bald die Stelle des Gutsverwalters ein. In all den Jahren hatte niemand nach ihm gesucht, niemand nach ihm gefragt. Deutsch vergaß er vollkommen. Zwischen Křeptov und Tasov, inmitten von Wiesen, Föhren, Wacholderbüschen, Erlen und Felsen gibt es ein winziges Dorf namens Lhotka. Man sieht von dort über Jasenice bis Jinošov und angeblich bis nach Znaim auf die Pöllauer Berge. Tief unten, unterhalb von Lhotka gegen Süden, von allen Seiten von schwarzen Wäldern umkränzt, schmiegt sich Tasov in die Baumkronen. In Lhotka haben sowohl der Großvater als auch mein Vater geheiratet, der in Tasov das ärmliche kleine Bauernhaus Nr. 100 »unter dem Havlec-Hügel«, direkt an einem Bach, kaufte; in diesem Haus wurde ich geboren. Großvater war meine Kinderfrau, er schaukelte mich in einer Wiege, die an den Seiten Sprossenleitern hatte, an die Leitersprossen kann ich mich gut erinnern, ich war klein, wer weiß, was Großvater mir alles erzählte. Geb's Gott, daß ich es auch euch mitteilen könnte, selbst wenn ich nichts davon weiß.

Großvater konnte mit dem Taschenfeitel allerlei Dinge schnitzen, sicher hat auch mein Vater es von ihm gelernt, weil er uns an langen Winterabenden aus einem Rettich Häschen machte. Ein Karnickel war sofort zu erkennen, und wir konnten es nicht erwarten, daß es fertig wurde – dann aßen wir es auf, und es schmeckte ganz bestimmt besser als eines vom Baron.

Im Jahre 1885 sah ich Großvater sterben, er war 82 Jahre alt. Das war aber schon in »Na Stránce«, Nr. 91, in dem großen, vom Vater umgebauten und hergerichteten Bauernhaus mit dem um fast zwei Ar erweiterten und umzäunten Garten, wo er Obstbäume pflanzte und einen tiefen Brunnen für Gießwasser anlegte. Wir warfen kleine Fische und Grundeln in den Brunnen, wie nur Aleš [1] sie zu zeichnen verstand, und waren überzeugt, in ein paar Wochen würden Wale und Karpfen aus ihnen.

Außer diesem Garten besaßen wir noch einen, näher beim Ausgedinge und beim Stadel, dort baute Mutter Gemüse an, das heißt, ich weiß nicht was, ich erinnere mich nur, daß dort auch »Süßholz« gepflanzt war, wir gossen es fleißig mit Abortjauche, weil man uns sagte, weiß Gott, wo die Buben das hernehmen, das Holz sei um so saftiger, knuspriger und süßer, je mehr

1 Mikoláš Aleš (1852-1913), berühmter tschechischer Maler.

es mit Sch… gegossen wird! Wir konnten diese Süße nicht erwarten, zogen die Wurzeln ein wenig heraus, schnitten mit dem Taschenmesser ein Stück ab und wunderten uns, daß es doch nicht so gut schmeckte. In dem Garten gab es auch einen Strauch, der ansonsten nur auf dem Kirchhof neben dem Grab des »Herrn Meiers« wuchs, dort, wo das weiße Marmorkreuz ist – dieses Grab war der größte Stolz unserer Tasover Seele, sooft wir auf den Friedhof kamen. Davon aber ein anderes Mal. Dann erinnere ich mich noch, daß Mutter einmal den Garten umgrub – ich hing ihr ständig am Rock – und daß sie die Puppe eines Totenkopfschwärmers ausgrub, die wie ein Säugling im Wickelband war! Sie selbst wußte nicht, was das war.

Gleich auf dem Hof, zwischen dem Schuppen und den Fenstern von Küche und »Stüberl«, hatten wir noch einen dritten Garten, dort wuchsen Fisolen, Sonnenblumen, Kren, Knoblauch, Zwiebeln, Schnittlauch, Petersilie, Möhren, Rainfarn, Wucherblumen, Immergrün … Aus dem Immergrün flocht man Kränzchen, wenn jemand starb, es hatte blaue, traurige Blütchen und duftete nicht, die olivenfarbenen, wie lackierten Blättchen breiteten sich ganz ohne Stütze auf dem Boden aus.

O Großvater, warum muß man sterben!

Als Großvater starb, hatten wir schon das Gebet hinter uns, es war frühmorgens, wir saßen alle um den Tisch, aßen Erdäpfel mit Schale und löffelten Sauersuppe dazu. Großvaters Bett stand direkt neben dem Tisch, und als ich sah, wie Großvater den Mund bewegte und wie bleich er war, die Augen geschlossen hatte und nicht sprach, erschrak ich, so hatte ich ihn noch nie gesehen, noch niemanden hatte ich so gesehen – es ist ganz wie etwas Mechanisches, man weiß nichts davon, und es ist arg anzuschauen, so als würde man einem großen Fisch mit einem Hammer auf den Kopf schlagen und dann ein Messer in ihn stoßen, seine Augen sind trüb und reglos, der ganze Körper ist reglos, schwer, bedauernswert – nur der bleiche Mund öffnet sich noch, schließt sich nicht, und es ist, als würde man von einem unabsehbaren Grund Wasser schöpfen und könnte nicht mehr und käme nicht mehr herauf!

O Großvater, woher sind wir gekommen, und wohin kehren wir zurück! Und wenn ich schon nichts mehr tun kann, da Ihr nicht einmal mehr hier seid, nehme ich Euch wahr und kann Euch höchstens mit einem Gebet und mit der Liebe zu allen Menschen und Tieren und Bäumen und Blumen und zum Himmel dafür danken, daß Ihr mich behütet, gelehrt und in die Träume eingelullt habt.

Ich bin, wie Ihr es wart, ein Verbannter, aber gern, wie Ihr es wart, denn wir haben auf Erden keinen dauerhaften Platz und können uns nicht verlieren, nur dieser erste Weg ist ein bißchen traurig und schlimm, bevor man versteht und sich gewöhnt.

Jetzt erzähle ich euch etwas vom Laubfrosch. Um nicht zu vergessen, solltet ihr in einem meiner Bücher etwas nicht verstehen, denkt stets daran, daß ich noch einmal dazu zurückkehren werde. Unverständlich zu sein war nie meine Absicht. Nur ein ganz kleiner und unausgelernter Mensch möchte unverständlich sein, um den Anschein zu erwecken, er sei hochgelehrt, und alle anderen Menschen wären nicht einmal dessen würdig, ihm Geld zu geben und die Schuhe auszuziehen. Wenn ich ein Fremdwort sage, ist es entweder ein Zitat, ein Zeitdokument, also ein Lächeln der Zeit, entweder ironisch, oft aber gutmütig gemeint, oder der Ausdruck von Wehmut, daß man so reden muß, um rascher verstanden zu werden; ein tschechisches Wort scheint manchmal ein Umweg zu sein. Und manchmal ist es auch angebracht, daß man wenig oder nicht verstanden wird, weil wir derartiges auch in der Natur sehen: nicht alles geschieht am hellichten Tag, außerdem wachsen manche Pflanzen nur in tiefen Brunnen und einzelne Tiere in Höhlen heran. Ich würde mir wünschen, ein solches Alter zu erreichen, daß ich alle meine Bücher noch überarbeiten kann, weil ich oft bemerkt habe, nicht verstanden worden zu sein. So habe ich zum Beispiel den ersten Band der »Fußspuren« schon bewußt mit der Absicht geschrieben, noch einmal zu ihm zurückzukehren, denn jedem erfahreneren Leser hätte gleich damals auffallen können, daß ich nicht das geringste Interesse an kalifornischen Forellen habe und mit dieser ganzen Geschichte etwas ganz anderes verheimliche. Es gibt geborene Humoristen, so nennt man sie, ich aber sage euch, unterscheidet gut unter Humoristen! Die geborenen Humoristen wuchsen mir nie ans Herz, ich war häufig in derlei humoristischen Kreisen und bei humoristischen Unterhaltungsabenden, auch bei allerlei komischen Operetten oder Lustspielen, aber – das ist meist wirklich nur etwas für bestimmte

Schichten, sehr junge Menschen, eher für junge Kälber als für Menschen. Laß dich an den Fußsohlen krabbeln, kitzle dich mit einer Feder an der Nase, und du wirst auch lachen – aber mit Humor hat das absolut nichts zu tun. Humor, Freunde – aber dazu kehren wir noch zurück. Ich versprach euch etwas über den Laubfrosch. Ich erinnere mich nicht, wann ich in meinem Leben den ersten Laubfrosch sah. Ich weiß nur und habe es gut in Erinnerung, wann ich zum ersten Mal seinen Gesang vernahm. Es ist ganz sicher, daß ich schon in meiner Kindheit einen Laubfrosch zu hören bekam, ich bin mir dessen aber nicht bewußt, denn wisset, unser Gedächtnis lagert in seine Speicher, Keller und Kammern nur das ein, was es gerade braucht, das heißt, was es gerade liebt.

Als ich Student war, ging ich einmal in den Ferien zu meiner verheirateten Schwester nach Skřinářov, aber damals sagte man nur Křinářov. Diese Wanderung war für mich stets ein großes Ereignis, und was einmal beeindruckend war, ist es auch beim zweiten und dritten Mal. Hinter Lhotka fängt eine ganz andere Gegend an: sowie man von Tasov bergauf geht, kann man sich des Eindrucks nicht erwehren, sich immer mehr dem Himmel zu nähern. In Lhotka selbst und in seiner nächsten Umgebung ist es noch heiter, aber ab Lhotka geht es wieder bergauf, und ganz oben ragt an dem schlechten, von Sturzregen unterspülten Weg ein Stein aus dem Rain heraus, über den man sich wundert: denn er ist wie künstlich und zugleich wie gewachsen. Auf ihm ist ein mit ungelenker Hand gemeißeltes Kreuz, ziemlich sicher hat dieser Stein sich seit der Urzeit an dieser Stelle befunden, und das Kreuz wurde erst vor tausend Jahren in ihn gehauen, aber wird man nicht darauf aufmerksam gemacht, sieht man nur den Granit und nicht das Kreuz, weil alles von einer grauen Flechte bewachsen ist. Und genau hinter diesem Stein beginnt eine völlig andere Landschaft: zur Linken und zur Rechten erblickt man bis zum Horizont schwarze Wälder, aber nicht solche wie bei Tasov, sondern als wären sie undurchdringlich, und zwischen ihnen gerade an deinem Weg herrschaftliche Äcker und Sumpfland, über dem die Kiebitze wehklagend ki-wis!, ki-wis! schreien. Dazwischen: Kra! Kra! Krähen und Kiebitze haben die Landschaft besetzt. Genau an diesen Stellen sammelt der Jasenický-Bach sein Wasser aus den Sümpfen. Ki-wis! Ki-wis! Kra, kra!

Hinter dem Herrschaftsacker sieht man den Křeptov-Hof. Auch wenn man in unserer Familie vielleicht manchmal davon sprach, daß der Křeptov-Hof der Zufluchtsort unseres flüchtigen Großvaters gewesen sei, wußte ich es damals noch nicht, denn unser Gedächtnis lagert in seine Speicher, Keller und Kammern nur das ein, was es gerade braucht.

Als ich mich der Reichsstraße und Křeptov näherte, ballte sich ein Gewitter zusammen. Die Julisonne stach vom Himmel, die Wolken wurden schwarz und überzogen den östlichen Horizont wie mit einem stählernen schweren Vorhang, an den Rändern glühten sie von der Sonne, doch zeichnete auf dieser indigoblauen Herdplatte schon ein Blitz seine warnenden und zornigen Zeichen. Und als ich am Meierhof vorüber war und von der Reichsstraße in die mächtige Kirschenallee – Bäume wie Riesen –

hinüberwechselte, kam mir links und rechts fast der ganze Horizont abhanden, so hoch stand das herrschaftliche Getreide. So eine Stille herrschte, und nirgendwo eine Menschenseele. Ich vernehme nur meine eigenen Schritte und fürchte mich stehenzubleiben, um diese große Stille nicht zu hören. Aber ich habe auch Angst weiterzugehen, denn weiß Gott, was sich alles im Geräusch meiner eigenen Schritte und im Rascheln der Ärmel und in den lauten Stößen meines Gehstocks verbirgt.

Plötzlich ein Schrei: rechts vor mir gleich neben dem Weg hatte ein Laubfrosch zu quaken begonnen – und da vernahm ich ihn zum ersten Mal, seine Stimme war wie ein Grab, wie der Klang eines Signalhorns, wie ein Ton aus dem fleischlosen Mund des Knochenmanns, wie der laute Refrain jenes Blitzes in der Ferne, des weißglühenden und von den Bäumen grün gefärbten Blitzes – aber ich wußte nicht, daß ich durch die Gegend ging, wo mein Großvater vor achtzig Jahren als Knabe gelebt hatte –, doch aus allem, was ich sah und hörte, begriff ich, daß der Blitz wie ein Schlüssel ist, der die verborgenen Schätze der Erde aufschließt: in den Baumkronen ist das Himmelstor, welches außer dem Blitz niemand öffnet, und als mir Josef Váchal[2] später von einer vom Blitz getroffenen Linde erzählte, ihr ganzes Laub habe sich eine Sekunde lang aufgerichtet, ging mir ein Licht auf … Aber dieses Grün auf dem Körper des Laub-

2 Josef Váchal (1884-1969), Maler, Graphiker, Buchkünstler, Schriftsteller; illustrierte u.a. Demls Buch *Die Burg des Todes*, 1912.

froschs, dieses gelbliche, ganz junge, dieses frühlingshaft kalte Grün inmitten der Juliglut, unmittelbar vor der Ernte, vor dem heißen Gewitter diese Stimme, die nur wie ein Laut ist, weil nämlich, sollte zu dieser Stimme ein Geschöpf hinzuerschaffen werden, es größer als eine Ziege sein müßte, diese Stimme, aus welcher der Klang von Eisschollen zu hören ist, die im Himmel reden würden …

In Šebkovice hatte ich meinen »Laubfrosch« zu schreiben begonnen, irgendwann im Sommer des Jahres 1912 – er war prophetisch für mich gewesen – ich machte schon damals durch, was mich erwartete – und als Josef Váchal mich fragte, wie ich das Büchlein gern hätte, zeichnete ich ihm jene Landschaft annähernd auf, und er machte dann diesen »Laubfrosch« daraus, kein anderer Künstler hat mir bisher so gedient, so nahe meinen Vorstellungen, und ich weiß nicht, ob ich mich je dazu entschließen werde zu sagen, was der Laubfrosch und die kalifornischen Forellen für mich bedeutet haben …

Fußspuren XX (1934)

Auszug

Laßt uns den Spuren folgen

Wir erblicken ihn heute am Morgen, wie er aus seinem Haus im Tasovschen Bosna tritt, den Bach überquert, am Garten vorbei die Straße entlanggeht und vor der Schule in das Gäßlein zur Kirche einbiegt. Er geht langsam, nicht weil er schon fünfundfünfzig Jahre alt ist, sondern er ficht an dieser Stelle einen Kampf aus, als würde er sich durch das Dickicht, das sich jeden Tag zwischen seinem Haus und der Kirche schließt, einen Weg hauen. – Folgen wir ihm zur heiligen Messe, wir werden ihn am Altar erblicken, wie man ihn immer in seiner ureigensten Gestalt sehen wird. Das ist Jakub Deml, ein für seine Gottesliebe verhöhnter und verfolgter und dennoch für Gott stets zu leiden bereiter Priester, als ungehorsam verrufen (wie seltsam, in der Slowakei hat der Ungehorsam einem Priester den Ruhm eines Nationalhelden und Führers eingetragen!), er ist hier zwar nicht Kaplan, predigt aber, nimmt die Beichte ab, versieht Sterbende mit der letzten Ölung, bekehrt vom Glauben Abgefallene, und dennoch wurde ihm öffentlich vorgeworfen, er bezöge ohne Gegenleistung eine Pension, eine magere, eines Gemeindewächters würdige. Ein Dichter, in dessen Gärten heimlich gepflückt, gerodet und fortgeschafft wird, auf dessen Fußspuren unsere jungen Poeten wandeln und der dennoch »ignoriert beziehungsweise an den Pranger gestellt« wird. Als

Katholik hielt er allerorts stets zur Nation und ertrug die ganze Last ablehnender Verachtung. Dachtet ihr neulich bei diesen Feierlichkeiten daran, was er euch »aus seinem Eimer«[1] in der Slowakei serviert hatte?

Ein Liebhaber der Schönheit und ein Kämpfer für die Tradition, war er der erste als tschechoslowakischer »verheirateter« Priester[2] aus der Slowakei vertriebene Pfarrer und wurde anschließend in der gesamten slowakischen Presse bis hin zum letzten unbekannten Revolverblatt beschmutzt und bespuckt wie bisher kein tschechischer Schriftsteller. Sind das keine besonderen Zeichen? Jakub Deml arbeitet in der Gegenwart, besser gesagt für die Zukunft.

Es heißt, die Seele ermüde: Jakub Deml hat auf seiner von allen Seiten umzingelten Burg noch nicht die weiße Fahne gehißt, aber seine ihn liebenden Freunde wissen, daß er dort hinter den Schanzen aus den Wunden eines großen Herzens blutet.

Wir knien heute alle mit ihm am Altar. Warten wir noch ein Weilchen, bis er aus der Sakristei tritt, dann werden wir mit ihm an Pavla Kytlicovás[3] Grab beten, dann werden wir ihm die Hand drücken. – Teurer Freund Jakub Deml, auf daß Ihnen Gott helfe!

A. P.

---

1 Aus seinem Eimer. – Gemeint ist Demls während seines Aufenthalts in der Slowakei (1920, mit P. Kytlicová) entstandenes Buch *Z mého okovu* (*Aus meinem Eimer*), 1927.

2 Verheiratete Priester – Deml war mit P. Kytlicová natürlich nicht verheiratet, wurde von der slowakischen Bevölkerung aber dessen verdächtigt.

3 Pavla Kytlicová (1874-1932), in Wien geborene tschechische Schriftstellerin, Herausgeberin von Demls Büchern, die mit ihm ab 1922 in seinem Haus in Tasov lebte.

Das also schrieb Professor Antonín Prokeš[4] zu meinem fünfundfünfzigsten Geburtstag. In der ganzen Nation sagte und schrieb sonst niemand etwas, und sonderbarerweise danke ich Gott, daß ich der einzige Arbeiter auf dem Erbfeld der Nation bin, zu dem sich das Volk ohne Zeremonien und ohne Hintergedanken verhält. Wo immer mein Name in der ČSR fällt, beginnt jeder sich sofort zu schämen, und alle Arme sinken herab. Wie Otokar Březina[5] sagt: »Wir spürten Küsse ohne Lippen, die wir mit heftigen Küssen der Ohnmacht erwiderten.« Das ist unser Triumphlied, und dieser meisterliche Dichter entzündet das nächtliche Feuer unserer Hoffnung mit den Worten: »O Sieger, deren Beute der Hohn der Feinde und das Mitleid der Freunde ist!« Professor Antonín Prokeš wurde wie ich in Tasov geboren und liebt Tasov wie ich; ich und er haben eine gemeinsame Liebe, und das ist der Traum, der eine Realität unserer glücklichen Sinne war und der nur mehr eine Realität unserer Seelen ist: in Wirklichkeit ist Tasov gestorben. Priester, Schulmeister, Sokoln und zuletzt Agrarier haben Tasov getötet. Tasov wird erst beim Jüngsten Gericht von den Toten auferstehen. Ein jeglicher Fremder, der heute nach Tasov kommt, wird nichts weiter sehen, doch am Ort der höchsten Lust unserer hiesigen Hyperlokalpatrioten kann er etwas riechen: die Pisse vor dem Gemeindewirtshaus. Um in einem unvollkom-

4 Antonín Prokeš (1888-1972), Gymnasialprofessor und enger Freund Demls.

5 Otokar Březina (1868-1929), Lyriker, Essayist, Hauptrepräsentant des tschechischen Symbolismus.

menen Spiegel und Gleichnis zu erkennen, was das christliche Dogma von der Gemeinschaft der Heiligen bedeutet, müßte man von Silvester bis Silvester Augen, Ohren und Nase vor so einer Dorfkneipe haben. Mein Freund Antonín Prokeš, die Zeit ist sehr knapp, es ist nicht einmal sicher, ob wir einander überhaupt je wiedersehen werden, ich sage Ihnen etwas: die tschechoslowakischen Katholiken haben in ihren katholischen Aktionen gewisse luzide Intervalle, heute zum Beispiel arbeiten alle ihre Hände und Hebel dafür, daß Šebestian Kubínek[6] auf den Altar und Jakub Deml auf den Misthaufen kommt.

Tasov, den 16.2.1934

---

6 Šebestian Kubínek (1799-1882) – Mährischer Bauer, der sich sein Leben lang der Distribution religiöser Literatur auf dem Lande widmete.

Das vergessene Licht (1934)[1]

Auszug

Aus einem Streit mit anderen produzieren wir schöne Reden, aber aus einem Streit mit uns selbst machen wir Gedichte. Im Unterschied zu Schönrednern, die eine selbstbewußte Stimme dadurch erlangen, daß sie an die Menge denken, die sie für sich eingenommen haben oder einnehmen können, singen wir in unserer Unsicherheit: auch vor der höchsten Schönheit sind wir zerknirscht durch das Bewußtsein unserer Einsamkeit, und unser Vers zittert. Ich glaube auch, ein wahrer Dichter, wäre sein Leben noch so ausschweifend, hat sich niemals, nicht bloß in seinem Leben, die Lust zum Ziel gesetzt (W. B. Yeats). Jan Amos Verner,[2] lieber Skautík, du mußt schon selbst beurteilen, inwieweit ich ein wahrer Dichter bin. Ich weiß es nicht, so wie ich nicht weiß, ob ich heute schon viel getrunken habe. Heute ist Sonntag, ich hatte ein Hochamt, es ist Mariarosenkranz, und ich litt den ganzen Vormittag Hunger, seit Mitternacht, war nüchtern und durstig von Mitternacht

1 Das Buch entstand als Reaktion auf die Zurückweisung durch Katharina Gräfin Sweerts-Sporck, mit der Deml ab 1931 in Kontakt war, und wurde zuerst ganz beschlagnahmt und dann an neun Stellen eingeschwärzt.

2 Jan Amos Verner (1909-1962), evangelischer Pfarrer, seit 1928 in Tasov, Demls Freund und von diesem liebevoll »Skautík« (Pfadfinderlein) genannt.

bis Mittag, obwohl ich erst eine Stunde nach Mitternacht schlafen gegangen war – aber um sechs war ich schon auf den Beinen, ich staune, wie man leben kann, wenn man so spät schlafen geht und auch so zeitig aufsteht und wenn das über 50 Monate lang dauert – Gott weiß, wie lange es dauert, ich wußte in meinem ganzen Leben niemals, wie lange das dauert – ich gab alles auf einmal, sowohl meine Seele als auch meine Erlösung, und wußte nie und zählte nie, wie lange es dauerte, es heißt, die Seligkeit oder die Verdammnis kann die ganze Ewigkeit dauern. La douleur est notre unique noblesse. Das ist dasselbe, was Otokar Březina auf englisch Splendid isolation nannte. Auf tschechisch, für mich, bedeutet es ewige Verdammnis.

Skautík, wenn du mit Prof. Antonín Prokeš sprichst, sag ihm, seine Schwester hätte sich einen sauberen weichen Lappen gewünscht, um ihre Lippen abzuwischen, als sie Blutklumpen aushustete, aber sie bekam ihn nicht, denn es gab in ganz Tasov keinen sauberen und weichen Lappen, um ihre Lippen abzuwischen, so daß sie ihre Lippen mit einem alten, schmutzigen, stinkenden Fetzen abwischte, der an sich und vom geronnenen Blut so hart, so grob und so roh war, daß sie ihre Lippen damit wie mit einem Schleifstein abraspelte, und als mir klar wurde, wie ich ihr zu einem sauberen und reinen Lappen verhelfen könnte, hauchte sie genau an diesem Tag ihre Seele aus, und ich entdeckte nach ihrem Tod in meinem Haus in einem Schrank eine ganze Serie sauberer und weicher Putzlappen, so sauber und so weich, als hätte die heilige Veronika persönlich sie genäht und gewaschen! Aber entschuldige mich, Skautík, bei meinem Freund Antonín Prokeš und sag ihm, ich hätte soeben dieses unglückliche Buch entworfen und geschrieben.

Und sag Herrn Prof. Antonín Prokeš auch, daß der Platz von Pavla Kytlicovás Konzertpianino nicht leer ist.

Mit dem Text von Mailiedern unterlegte ich die Musik
der Oktoberstrahlen,
und in den Kronen sich entlaubender Bäume jubilierten
die zurückkehrenden Vögel.

Tasov, den 7.10.1934 *Jakub Deml*

[...] Riesige Mengen von Pilzen wuchsen heuer, auch in meinem geliebten Medřič[3] bekommt man ein Kilo Herrenpilze um eine Krone, wie mir mein Freund, der Jude Herr Weiss, meldete, »der die Juden wäscht«, wie er mir sagte, um zu begründen, daß wir Kollegen sind, er ist auch Viehhändler, Zwischenhändler für Vieh, der Herr Weiss, aber trotzdem ein so ehrenhafter und redlicher und lieber Mensch, daß ich vor einer Woche zu ihm sagte: »Herr Weiss, Sie sollten sich taufen lassen!« Der Herr Weiss kennt mich gut, es ist der einzige Mensch in Velké Meziříčí, der weiß, daß ich nie sage, was ich weiß. Der Herr Weiss, Zwischenhändler für Vieh und jüdischer Mesner, redet mich immer deutsch an, und schon daran merkt man, daß er in ganz Medřič der Mensch ist, der mich am besten kennt. Sehen Sie, Herr Weiss, wir zwei reimen uns, Sie sind der Weiss, und ich bin ein weißer Rabe unter den Schwarzen.

---

3 Medřič – Volkstümliche Bezeichnung für Velké Meziříčí.

Wenn es viele Pilze gibt, wird es im Jahr darauf große Not geben. Heuer trat unter den tschechoslowakischen Herrenpilzen eine ganz neue Sorte auf, die T. G. Masaryk[4] Linné gemäß klassifizierte, indem er sie als sekundäre Intelligenz bezeichnete. Es ist eine Intelligenz, die meine Bücher oder meine Briefe zwar nicht liest, aber »eine bestimmte Meinung von ihnen hat«.

Ich hatte Otokar Březina einmal verraten, daß mich ein Zimmermannsgehilfe liebe, daß er mich besuche, meine Bücher lese und ständig zitiere und selig sei, wenn er sich in meiner Gesellschaft befindet, und daß mir das auch lieb sei. Otokar Březina erwiderte mir damals, zur Liebe wäre nicht die gleiche Bildung erforderlich. Der Zimmermannsgehilfe hatte nur die Volksschule.

Otokar Březina war der Ansicht, daß in der Liebe auch nicht die gleiche Herkunft erforderlich sei, das heißt, daß zum Beispiel ein Herr Graf ganz gut ein Dienstmädchen und eine Erzherzogin z. B. ihren Chauffeur lieben könne.

Das ist allerdings bereits meine Interpretation, denn ich bin überzeugt, daß ein grundlegender Unterschied zwischen einem Jakub Deml und beispielsweise Kardinal de Richelieu oder einem gelehrten Jesuiten aus Lovan existiert, bei dem wir, ehrlich gesagt, bezweifeln, daß er fähig wäre, zum Beispiel im Zürcher Nachtexpreß seine edle Begleiterin *allen Ernstes*

---

4 T. G. Masaryk (1850-1937), tschechoslowakischer Präsident (1918-1935), der Deml trotz zeitweiliger Meinungsunterschiede finanziell unterstützte und den Deml 1926 persönlich kennenlernte.

zu bitten, ihm ihr rosarotes Unterhemd zu schenken, welches sie auf dem nackten Körper trägt. Ich sage, *allen Ernstes*, also ungefähr so, wie ein sterbender Soldat auf dem Schlachtfeld sich sehnlichst wünscht, daß ihn die Augen seiner Mutter noch einmal ansehen. Wie sie wohl waren, als sie freiwillig geschwängert wurde? Wissen Sie, daß ich mich erdreisten würde zu wissen, wie ich das weiß?

Herr B.M.P.,[5] Sie sehen, ich scherze. Otokar Březina hat, wie Sie aus meinen Büchern wissen, ausdrücklich und in aller Deutlichkeit Durychs[6] Glorifizierung der Dienstmädchen verurteilt (ein Kehrwisch bleibt ein Kehrwisch, und die Märchen von den Aschenputteln, die Königinnen wurden, sind nur für kleine Kinder), und eine Herzogin, die sich in ihren Chauffeur oder in den Schloßabbé verliebt, hatte zweifellos den Stallmeister ihres Vaters zum Vater. Schließlich geht es in der Liebe ja nicht um den Schenkel oder den Hintern, auch wenn er noch so edel, ja göttlich, zum Küssen wäre, nicht wahr, Herr B.M.P.?

Die 40jährige Bäuerin, die ich im Krankenhaus besuchte und die, den Tod erwartend, schwarzes Blut speit, diese Bäuerin, von der ich vor 13 Jahren zu Frau Pavla Kytlicová sagte, ich würde sie, wenn ich heiraten dürfte, zur Frau nehmen (versteht sich, daß Frau

5 B.M.P. – Bohumil M. Ptáček (1906-1977), Professor an der Realschule in Velké Meziříčí, der mit Deml einen Konflikt hatte und der Hauptadressat von »Zapomenuté světlo« (Das vergessene Licht) ist.

6 Jaroslav Durych (1886-1962), Schriftsteller, einer der Hauptrepräsentanten der tschechischen katholischen Literatur.

Pavla Kytlicová diese meine Worte brühwarm der ganzen Familie und dem Mädchen erzählte, das mich dann noch mehr mied), diese im Vergleich zu mir junge Bäuerin hat mich vor 2 Jahren sehr erschreckt: ich ging gerade zur Messe und höre hinter einem Tor herzzerreißendes Geschrei, ich stürze auf den Hof, und was sehe ich? Auf der Schwelle des Vorhauses steht die Mutter, um sie herum die Kinder, und alle jammern laut, heulen und weinen. Die Bauersfrau hat den Rock aufgeschürzt bis über die Knie, aus dem Bein fließt Blut in Strömen, sie steht da und jammert, und um sie herum stehen ihre Kinder und weinen laut. Alles weint laut, alles steht reglos, und die Frau hat ein faustgroßes Loch in der Wade, und aus dem Loch schießt das Blut ... Was ist los, was ist passiert? frage ich. Und die Bäuerin erzählt mir, der Viehhändler wollte um Ferkel kommen, sie fing die Ferkel für ihn ein, die quiekten laut, die Sau stürmte herbei, stürzte sich auf sie, riß ihr die Wade auf und hätte sie zerfleischt usw. Schnell ließ ich sie verbinden, und dann schnell ins Auto und schnell ins Krankenhaus. Es war höchste Zeit, aber die liebe Bäuerin wehrte sich und sorgte sich: »Der Mann ist nicht daheim, was wird er sagen, wenn ich ohne seine Erlaubnis ins Spital gefahren bin?« Einen Scheiß wird er sagen, und jetzt los! sage ich ihr, meiner Geliebten, zum Abschied. Also blieb es ihr doch nicht erspart, sie stirbt durch eine Sau wie mich. Das schoß mir durch den Kopf, und diese meine Sau ist mein guter Ruf. Herr B.M.P., haben Sie noch ein wenig Geduld?

Von dieser lieben Bäuerin, die im Krankenhaus stirbt – lassen Sie sich einmal von mir erzählen, wie in

Tasov ein Brand ausbrach, wie meine leere und verlassene Schlafstatt im Březina-Zimmer rundum hellerleuchtet war, es war gegen zwei Uhr nachts, und wie ich aufstand, das elektrische Licht brannte nicht, wie ich mich anzog, wie ich aus dem Fenster rief und die vorbeirennenden Nachbarn fragte, was und wo es brenne, wie ich nicht zu diesem Feuer ging, sondern zu der sterbenden Frau, die ich mir vor 13 Jahren so sehr als Geliebte gewünscht hätte und die jetzt, aller Schönheit bar und nach den vielen Geburten und nach all der Sklavenarbeit auch des letzten Reizes beraubt, vor mir lag – und wie ich ihr Tabletten gab und wie sie sich, inmitten von Fliegen und Unordnung und Schmutz vor dem Diwan auf dem nackten Boden kniend, vor Schmerzen krümmte –, und ich war ihr der einzige Gesellschafter in dieser schrecklichen Not, sie hustete, es war ein trockener Husten, nur vom gereizten Herzen, auf das die Lunge drückte, und auf die Lunge drückte die geschwollene, vergrößerte Leber, und der Husten würgte sie, die Augen quollen hervor, sie rang nach Luft, die Patientin richtete sich jäh auf, faßte sich mit beiden Händen an den Kopf, die Ärmste war so verzweifelt, ich tröstete sie, die Tabletten würden helfen und es würde besser werden, und wir waren ganz allein, denn der Schwiegervater war als Feuerwehrmann zu dem Brand gelaufen, ihr Mann war irgendwo draußen, und Mařenka und Jiřík, ihre beiden ältesten Kinder, hatten der Neugier nicht widerstehen können und waren auch zum Feuer gerannt, und die kleinsten Kinder schliefen tief, wußten nichts von ihrer Mutter und von dem Feuer und von Jakub Deml, Jarmilka ist doch so ein feines Mädchen, erst 9 Jahre ist sie, die Jarmilka, aber was hilft mir das, wenn sie einmal 24 sein wird und es mich nicht mehr gibt? Wenn die Nation mir zu gestatten geruhte, diese schreckliche Nacht zu beschreiben, als in meinem Geburtsort unter den Sternen »blutige Funken« leuchteten und ich die liebe Zezulka beneidete, daß sie sterben durfte ...!

Herr B.M.P., Sie Dichter meiner Heimat, ich weiß nicht, ob Sie noch die Geduld haben, mich durch meine Heimatlandschaft zu begleiten, da ich alleweil stehenbleiben muß und die Beine mir den Dienst versagen, meine teuren, zum Küssen lieben Beine verrieten und verließen und schmähten und verleugneten mich, und ich hatte mich aus großer Dankbarkeit und großem Verständnis gesehnt, eure Schenkel zu küssen – meine teuren Beine! Aber um 3 Uhr nachts fuhren sie meine Bäuerin endlich ins Krankenhaus, dort sein werden sie in vier Stunden –, und die Sterne leuchten, die Sterne, denen ich viel mehr geglaubt habe als meiner Mutter und Pavla Kytlicová und Gott: und diese Sterne haben mich verleugnet, verraten, verlassen und zu allem noch niederträchtig geschmäht. Gott ist mein Zeuge, sur mon Dieu, solche Verachtung habe ich nicht verdient.

Herr B.M.P., Sie sehen, ich scherze immer noch. Denn letzten Endes küssen ein Stallmeister und ein Chauffeur die Schenkel nicht anders als ein Priester, der auf Erden ein Kruzifix vor sich hat.

Als ich von dieser meinen lieben sterbenden Bäuerin (ich besaß nicht den Mut, ihr zu sagen, es wäre viel besser für sie zu sterben als so ein versautes und schweinisches Leben!) – niemand hat den Mut, mir ins Gesicht zu sagen, es wäre viel besser, wenn ich plötzlich und augenblicklich stürbe, als so ein versautes und schweinisches Leben –, als ich von der sterbenden, wie ich Blut speienden Bäuerin zu Frau Anežka Nožičková nach Kočičina kam, denn so heißt eine Vorstadt von Třebíč, da war sie nicht daheim, aber die Leute lieben Anežka Nožičková wie sich selbst, Menschen aus dem gleichen Stadtviertel erkennen einander und mögen sich, ich wohne in keinem Stadtviertel, aber sie füllten für mich eine große Fünfliterflasche, ein Fünflitergurkenglas, mit Kirschen und übergossen sie mit Spiritus, mit reinem Alkohol, das Glas stand mehrere Wochen hinter meinem Fenster in der Sonne und steht nun nicht mehr dort, weil ich den reinen Spiritus zu trinken begann und auch schon ausgetrunken habe. Mein Freund Karel Veselý, Kassier der Gewerbebank in Karlsbad, der mir liebste unter allen Menschen auf der Welt, weil er wie ich Dalmatien und das Meer liebt und weil er seine Tochter Maryon liebt, meine künftige Geliebte, wenn ich im Grab bin, denn ich glaube an das ewige Leben und weiß, daß alle Schenkel aus dem Grab auferstehen werden, darunter auch die beiden Schenkel, die zu küssen ich mich sehnte und die Gott mir zuerkennen wird, denn er ist gerecht, und meine ewige Seligkeit wird darin bestehen, daß mir in alle Ewigkeit erlaubt wird, diese beiden Schenkel zu küssen, ganz oben, ganz an der Wurzel, weil ich ein Dichter bin und katholischer Priester und ein Verdammter.

Mein Freund Karel Veselý in Karlsbad erzählte mir, er sei in einem bosnischen Regiment gewesen, und wenn sie eine Buddel Rum faßten, wußte er schon, daß ein Bajonettangriff bevorstand. Als sie das erste Mal eine Buddel Rum faßten, kam der Bajonettangriff, aber ich war damals so betrunken, daß ich gar nicht wußte, was ich tat. *Ich bin ganz und gar nicht verantwortlich für Ihre Gesundheit und für Ihr Wohlergehen.*[7]

Das zweite Mal paßte ich auf: als sie uns wieder eine Buddel Rum gaben, trank ich nicht, um zu wissen, was ich tue: wir hatten lange Messer, und diese Messer waren so gefürchtet, daß es in unserem Regiment nur mehr ganz wenig echte Bosniaken gab. Aber sie setzten den Tschechen bosnische, mohammedanische Fez auf, und alles ergriff vor den roten Fez die Flucht. So hat es mir mein Freund Karel Veselý erzählt. Ich muß überhaupt nicht mehr tapfer sein, ich muß auch nicht mehr moralisch sein, weder tugendhaft noch heilig – es reicht vollkommen, wenn ich mir einen roten Fez aufsetze: Jakub Deml. Ich muß auch kein Dichter sein: wenn ich den roten Fez aufhabe, flieht jeder anständige und auf seine Ehre bedachte Mensch vor mir. Ja, die ganz Kyrillomethodianische Katholische Brünner Vorschußkasse und jede katholische Sau rennt vor mir weg! Ich weiß nicht, was Sie davon halten, lieber Bohumil M. Ptáček, aber ich fange einen Roman zu schreiben an, allerdings fange ich ihn deutsch zu schreiben an, weil das tschechische Volk absolut keinen Wert darauf legt. Urteilen Sie, lieber Landsmann, ob dieser Roman vor dem Urteil meiner lieben Landsmänninnen stand-

---

7 Kursiva hier und im folgenden im Original deutsch.

hält, die nur mehr Shaw und Galsworthy lieben, weil sie l'intelligence derivée sind. Der Shaw hat erklärt, eine Frau sei nur in der Nacht schön. So eine Meinung von Frauen habe zwar auch ich, aber Bernard Shaw ist zu alt und der katholischen Kirche zu fern, um zu wissen, daß die Schenkel einer katholischen Frau prinzipiell ganz anders schmecken als die Schenkel einer protestantischen Frau oder die Schenkel einer Jüdin. Herr Shaw, *ich bin ganz und gar nicht verantwortlich für Ihre Gesundheit*, sie sind schon ein alter Opa und sollten nur mehr an den Tod und nicht an Frauen denken.

Soeben haben sie meine Bäuerin aus dem Krankenhaus gebracht, und ich sehe, daß sie auch die Trauben und Marillen und das Biskuit mitbrachten, die ich ihr vorgestern geschenkt hatte. Ihre Stunden sind schon gezählt. Sie sah mich mit dem rechten Auge an und schloß es gleich wieder, so schwach ist sie. Sie erkannte mich noch, aber meinen Namen konnte sie nicht mehr aussprechen, ihre Lippen erinnern sich nicht mehr an alles, und wahrscheinlich wiederholte sie deswegen fünfmal: Herr, Herr, Herr, Herr, mein Hochwürden haben ihre Lippen vollkommen vergessen. Ich auch. Gebe Gott, daß mir alle verzeihen. *Ich verzeihe Ihnen, Herr B.M.P. vom Herzen, aber die Wunden sind zu tief und fürchterlich, auf daß ich vergessen kann.* Heißt es nicht: *als daß*? Und Frau Nožičková mußte ich auf dem Feld suchen, sie waren Kartoffeln klauben. Zuvorkommende, ansonsten mir ganz fremde Leute aus Kočičina schickten gleich nach ihr, aber ein Kaufmannsgehilfe begleitete mich obendrein zu ihr aufs Feld. Wir begegneten ihr unterwegs an einem kleinen Bach, sie trug Pavlinka auf dem Arm, und Staník trottete neben ihr her. Als sie endlich mit mir allein in der Wohnung war, erzählte sie, was ihr von Pavla Kytlicová geträumt hatte. Daß irgendein Fest war, mit vielen Leuten, und daß dort eine lange zerrissene Kette war und daß sie sie zusammenfügten. Und als sie schon wieder geschlossen war, kam ein Mann: Das waren Sie, Hochwürden, so wie Sie, aber nicht Sie, so sagte es Frau Nožičková, dieser Mann war dick und klein, und als ihn Frau Pavla erblickte, kehrte sie sich zornig ab, wandte sich nochmals um und sagte: Ich will ihn nicht einmal sehen, gehen wir! Und dann erzählte mir Frau Nožičková noch, wie sie Frau Pavla um die Taille nahm (Frau Nožičková demonstriert das an mir) und wie sie gingen und wie Frau Pavla sich an sie drückte *(sich anschmiegen)* und den Kopf auf ihre Schulter sinken ließ und wie sie fortgingen und den ekligen, kleinen, bulligen Kerl dort zurückließen. Frau Pavla erschien Frau Nožičková noch in einem weiteren Traum, sie schwebte hell, wie ein Engel, in der Nacht über ihrem Bett, »und obwohl ich bereits erwachte, wußte ich, daß sie hier ist«, sagte Frau Nožičková.

Solche Träume müssen Sie mir sofort schreiben, sagte ich Frau Nožičková, und sie meinte, sie habe mir das schon mehrmals schreiben wollen, aber der Kinder und der Sorgen und der Arbeit wegen komme sie nie dazu.

Ich versprach Frau Zezulová (das ist meine sterbende Bäuerin), ich würde eher sterben als sie. Sobald ein Mensch, von dem wir uns das als einzigem wünschen, uns zu lieben aufhört, sind wir schon gestorben. Eine wütende Sau, die Mutter dieses gefangenen Ferkels, hat der Zezulka damals ein Stück Wade herausgebissen. Ich weiß nicht, Herr B.M.P., ob ich Ihnen das nicht zu sagen vergaß. Ich fühle mich nicht gesund. Bei der Fahrt nach Třebíč habe ich mich verkühlt, ich bekam Fieber, und erst als mich Herr Chefarzt Šádek, weil er etwas von mir bräuchte, in sein Kabinett bat, zuckte ich zusammen. Ich erschrak, womöglich hatte er mir meine Krankheit angesehen, Pavla Kytlcová hätte ihm vielleicht in seinen Träumen offenbart, was mir fehle, und er würde mich folglich untersuchen, und ich würde mich nackt ausziehen müssen ... Wie erleichtert ich war, daß es sich um etwas anderes handelte! Aber Fieber hatte ich schon, ich hatte zwei kalte Bier in einem Zug hinuntergestürzt, und dann waren wir in einem offenen Auto durch die kalte Nacht gefahren, und heute wagte ich nicht mehr, bei offenem Fenster zu schlafen, ja sogar die Decke warf ich weg und deckte mich mit der Tuchent zu, am Morgen war es besser, jetzt nachts habe ich schon wieder so einen Druck auf der Brust und huste, ein Glück noch, daß es kein Blut ist wie bei der Zezulka und ich im ganzen Haus allein bin und niemand für meine Gesundheit und mein Wohlergehen verantwortlich ist! Jetzt hab ich mir einen Tee gemacht, Herr B.M.P., hätten Sie auch gern eine Tasse? Er schmeckt nicht, ich habe zwar elektrisches Licht, aber über dem Herd war es schummrig, und ich warf den Tee ins Wasser, bevor es kochte, erst jetzt merke ich, daß dieses Wasser noch ohne Aroma ist, oder ich schmecke nichts. Es heißt, bei einer Agonie aller Sinne würde am längsten das Gehör funktionieren.

Möglicherweise schreibe ich, möglicherweise sitze ich in dieser Nacht allein in meinem großen Haus, möglicherweise hat mich gestern in der Nacht mein Bruder besucht, weil ich ihm im Stiegenhaus Licht machte und es zu löschen vergaß und heute früh noch die Glühlampe brannte, möglicherweise stirbt die Zezulka gar nicht, und ich habe mit Miloš Dvořák[8] und Frau Nožičková gar nicht gesprochen, möglicherweise träumte mir das alles nur, und ich lebe gar nicht, und diese Visionen sind nur mein Fegefeuer, obwohl unserem Dogma gemäß das Fegefeuer ein Ort ist, wo man hoffnungsvoll leidet, und wie leide ich, offensichtlich davon, daß ich heute morgens aus einem merkwürdigen Traum erwacht bin: der Briefträger brachte mir einen Stapel Korrespondenz, und ich bemerkte darunter einen Brief mit einem vertrauten Kuvert und einer bekannten Adresse, meinen von der angebeteten Hand auf das Kuvert geschriebenen Namen, und ich öffnete keinen dieser Briefe und legte sie alle auf den Tisch, und die Arme sanken mir herab, und so erwachte ich, im Stiegenhaus brannte noch die Glühlampe, und es war schon Morgen. Es gibt nichts Traurigeres als eine Lampe am hellichten Tag, die man zu löschen vergaß. Vielleicht gar nicht vergaß, aber die Hand hatte keine Kraft mehr, um das überflüssige Licht zu löschen.

Unter Deinen Schutz und Schirm fliehen wir, o heilige Gottesgebärerin! Zu Dir rufen wir elenden Kinder

---

8 Miloš Dvořák (1901-1971), Literaturkritiker und einer der eifrigsten Propagatoren und Interpreten von Demls Werk, mit dem sich Deml Mitte der dreißiger Jahre einer Kleinigkeit wegen entzweite.

Evas! Zu Dir seufzen wir trauernd und weinend in diesem Tale der Zähren! Wende Deine barmherzigen Augen uns zu!

Dieses *zu* habe ich erst in Karlsbad gelernt. Dort, im Allgemeinen Krankenhaus, wo im Jahre 1932 Pavla Kytlicová starb, haben sie eine Kapelle, in der ich damals und auch heuer immer um halb sieben Uhr morgens die heilige Messe feierte. Und die Nonnen beteten: *Wende Deine barmherzigen Augen uns zu!* Während ich bisher gewohnt war, deutsch zu beten: *Wende Deine barmherzigen Augen zu Uns!*

Dazwischen besteht ein großer Unterschied; die ehrwürdigen Schwestern betonten das *WENDEN*, während ich, weil ich – dieses *WENDEN* bereits ganz voraussetzend – meine e i g e n e P e r s o n betonte. Welche Verblendung von mir, welche Anmaßung und welcher Stolz! Es hätte mir ja darauf gesagt werden können: Ich habe eine Mutter, die heilige Anna, und meinen Sohn Jesus: *ich habe ganz und gar keine Pflicht, für Ihre Gesundheit und für Ihr Wohlergehen zu sorgen!*

Herr B.M.P., sollte ich überraschend sterben, sagen Sie meinen Freunden, bitte, es wäre von unmäßigem Alkoholgenuß. Ich möchte nicht, daß plumpe Legenden darüber in Umlauf geraten. Eine Obduktion ist nicht nötig, man kann sich auf mein Wort verlassen.

Diese meine Liebe erlischt. Ich war heute nacht wieder bei ihr, sie hustete eine Handvoll Blut nach der anderen aus und würgte daran. Ansonsten war sie ziemlich bei Bewußtsein. Eine Frau vom anderen Ende von Tasov war bei ihr zu Besuch, und weil die Kranke nach dem blutigen Anfall vor Erschöpfung einschlief, hob ihr Mann leise zu reden an: »So bis morgen früh wird's noch dauern, glaub ich!« Ich drohte ihm mit dem Finger und legte mir den Zeigefinger auf den Mund, um ihm damit anzudeuten, er solle schweigen. Sterbende täuschen den Schlaf nämlich oft vor, um die nackte Wahrheit über sich zu erfahren. Vor etwa 30 Jahren las ich, entweder von Balzac oder von Flaubert, eine schöne mittelalterliche Novelle: ein anmutiger 16jähriger Page betet seine junge verheiratete Herrin an. Die Dame schläft in ihrem purpurnen Stuhl ein. Die Dame schläft bereits. Der Page nähert sich ihr und ergötzt sich an der schlafenden Schönheit. Die Dame schläft immer weiter. Der Page berührt züchtig ihren Knöchel. Der Page seufzt und küßt das zarte Knöchelchen. Es war, als würde ein purpurroter Schmetterling die Rose La France streifen. Doch kaum hatte er das getan, wich der Page entsetzt zurück. Die Dame flüstert mit geschlossenen Augen: Keine Angst, Bursche, ich schlafe!

Wider alle Erwartung öffnete die sterbende Bäuerin einen Spaltbreit die Augen, drehte sich zu ihrem Mann und fragt: »Was hast du gesagt?«

Ach, nichts weiter, ich sag nur der Tante da, wir werden morgen Erdäpfel klauben!

»Aber du hast gesagt, du glaubst, es wird noch bis in der Früh dauern!«

Ich weiß nicht mehr, welche Lüge der unvorsichtige Mann darauf zur Antwort gab. Es war schon Nacht. Die Kinder schliefen längst, František, Mařenka, Jiřík, Jarmilka und Stanislav. »Frau Zezulová, ich möchte Ihnen gern den Leib Christi bringen?«

Sie möchten mich also schon unter der Erde haben?

Es ist merkwürdig, daß unser Volk so schön und richtig Gott und den Tod gleichsetzt. Ich erklärte der sterbenden Frau, ich hätte ihr nur gute Nacht wünschen wollen.

Sie ahnt nicht, was in mir vorgeht. Sie ist eingeschlafen. Das Tantchen vom anderen Ende Tasovs flüstert: Das kommt von dieser heiligen Theresia. Ich hatte der sterbenden Frau nämlich eine Reliquie der heiligen Theresia zwischen ihre Finger gesteckt. Dabei segnete ich sie, weil die ehrwürdige Anna Katharina Emmerich[9] mehrmals daran erinnert, welch eine starke Wirkung die Segnung der rechten Hand eines Priesters hat. Es ist schrecklich. Die Petroleumlampe leuchtet auf die Kredenz gleich neben meinen Geschenken, die gleichzeitig mit der Patientin aus dem Krankenhaus gekommen waren: Weintrauben, ein Rehrücken aus Biskuit und ein unberührtes Weckglas mit meinen Marillen. Die Marillen stammen aus meinem Garten, und ich möchte einen Roman über sie schreiben.

Die Fliegen um uns herum summen im Schlaf, Bubáček, mein treuer Sancho Pansa, kratzt sich unter dem Bett der sterbenden Frau mit dem Hinterbein hinter dem Ohr, wartet, daß ich mich erhebe – Sie haben aber Flöhe hier, sage ich zu Herrn Zezula, mich an den Beinen kratzend, bald unten, bald in der Mitte, bald ganz oben bei der Wurzel, auch die Socken habe ich mir über die Knöchel gezogen: ich vergesse kein Wort, und sofern Sie dieser meiner Sym-

9 Anna Katharina Emmerich (1774-1824), stigmatisierte Nonne.

phonie lauschen, Herr B.M.P., es ist Smetanas »Mein Vaterland«.

Radix. Wurzel. Merken Sie, daß ich dieses Wort in dieser meiner Symphonie erst zum zweiten Mal sage? Und sehen Sie, daß es hinter jedem Satz versteckt ist?

Einem Mann, der zur Feder oder nach dem Meißel greift, ist es nicht gestattet, Originalität zu suchen, denn seine einzige Sache ist die Leidenschaft, und er kann nicht anders, als auf eine neue Art zu gestalten oder zu singen, denn »kein Unglück ist wie das andere« (W. B. Yeats).

Als ich der Zezulka heute früh zum letzten Mal den Leib Christi brachte, bekam ich gleich neben dem Altar, hastig niederkniend, einen Herzanfall, der eine Stunde dauerte, so daß ich als ein 90jähriger Greis zu der Sterbenden ging und die Leute sich umsahen, warum ich wider meine Gewohnheit nicht schnell ginge.

Vorgestern hatte ich ein wunderschönes Gedicht im Kopf, welches »Die Wahrheit« hieß. Es hatte genauso viele Strophen, wie viele meiner Wahrheiten über die Wahrheit es gab. Es gibt eine Wahrheit des Tages und eine Wahrheit der Nacht. Eine Wahrheit der Kranken und eine Wahrheit der Gesunden. Eine Wahrheit der Kinder und eine Wahrheit der Erwachsenen. Eine Wahrheit der Männer und eine Wahrheit der Frauen. Eine Wahrheit der Lebenden und eine Wahrheit der Sterbenden. Eine Wahrheit der Liebenden und eine Wahrheit der Hassenden. Eine Wahrheit der Glücklichen und eine Wahrheit der Unglücklichen.

Ich hatte alles schön gereimt: eine Wahrheit der Mädchen und eine Wahrheit der Mütter und eine Wahrheit der Witwen und eine Wahrheit der Geschiedenen und eine Wahrheit des Priesters und eine Wahrheit der Bäuerin und eine Wahrheit der Gräfin und eine Wahrheit des Kutschers und eine Wahrheit der Näherin und eine Wahrheit des Buchkünstlers und eine Wahrheit des Studenten, der einen kleinen Jungen getötet und in einen Fluß geworfen hat, und eine Wahrheit der 45jährigen kranken, nervösen, arroganten Haushälterin, die ihren Brotgeber für einen Stiefelknecht hält, und eine Wahrheit des Hundes und eine Wahrheit der Dohle und eine Wahrheit der Lilie und eine Wahrheit des Wassers, des Schweines, des Tomáš Baťa, der tschechoslowakischen Bischöfe und der Lacrimae Christi.

Mein Fieber ist schon abgeklungen, jetzt packt mich ein Schüttelfrost, ich mußte einen wollenen Pullover anziehen. Ich huste. Bubáček dreht sich unter meinem Schneeballstrauch und knurrt und kläfft die Flöhe an, die ihn heute nacht unter dem Bett der sterbenden Bauersfrau gefunden haben und die ihn beißen. Wir kratzen uns jeder anders, und jeder knurrt und bellt anders: das kommt nicht von Böswilligkeit, sondern von geistiger Verblendung, denn ein Floh ahnt gar nicht, daß wir knurren und bellen und uns um unseren Schwanz im Kreise drehen. Ein Floh ist auch zu klein, als daß wir ihn mit unseren Zähnen fassen könnten. Für uns Hunde ist das ein nicht faßbares Mysterium.

Im 4. Kapitel des Buches Hiob stehen Verse, die mich immer wieder verblüfften: Es stahl zu mir sich ein geheimes Wort, mein Ohr erfaßte davon ein Geflüster.

Im Traum der Nacht beim Spiele der Gedanken, wenn tiefer Schlaf den Menschen überfällt, traf mich Entsetzen und Erzittern und ließ erschaudern alle meine Glieder.

Ein Hauch glitt über mein Gesicht dahin, es sträubten sich die Haare meines Körpers.

Es stand da – ich erkannt' sein Aussehn nicht. Ein Wesen stand vor meinen Augen da, das Säuseln einer Stimme hörte ich:

»Ist wohl ein Mensch vor Gott gerecht? Ist rein ein Mann vor seinem Schöpfer?«

Sieh, seinen Dienern traut er nicht, zeiht seine Boten noch des Irrtums. Doch mehr noch jene, die im Lehmhaus wohnen, die auf dem Staub gegründet sind, die man zerdrückt wie eine Motte!

Am allerschlimmsten sind die Nächte. Wissen Sie was, sagte ich zu meinem Freund Karel Veselý aus Karlsbad, jeder Mensch braucht eine Belohnung, und wenn ich nach einer großen schweren Arbeit heimkomme, erwartet mich niemand, lobt mich niemand, bedient mich niemand, dankt mir niemand, streichelt mich niemand und sagt: Das hast du gut gemacht!

Darauf antwortete mir mein Freund Karel Veselý: Das verstehe ich nicht, ich habe dieses Bedürfnis nicht.

Freund Veselý, wie ich Sie beneide um dieses Glück, das Sie mit so vielen emanzipierten Frauen gemein haben! Nur irren Sie sich, Sie haben ja eine Ehefrau, und das heißt die Musik der Sphären, von der Otokar Březina schreibt: »Sogar diejenigen, die sich dieser Musik ›nicht bewußt sind‹, weil sie in ihr geboren wurden und ›unaufhörlich begleitet werden von ihr‹, werden ›in Augenblicken der Freude und Liebe‹ plötzlich in unerwarteter Erkenntnis von ihr berührt wie von einem Lied hehrer Hoffnungen …«

Und überdies, mein Freund Karel Veselý, haben Sie Ihre Tochter Maryon, die so viel gelitten hat und die Sie so bewundernswert und so heimlich liebt! Also kommen Sie mir nicht mit solchen Reden, und kränken Sie mich nicht, sondern überlegen Sie sich das alles gut, dann urteilen Sie und sagen mir offen, daß auch ich das Recht auf irgend so einen Kinderschenkel und ein Streicheln habe!

Aber gestern um 10 Uhr nachts ging es mir schlecht, ich schluckte 20 Tropfen Dr. Fragners Stabilactrum Valerianae, ging in den Garten, beklagte mich bei Bubáček, und der sagte mir, ich solle zu Liškas ins Wirtshaus gehen, dann würde es aufhören. Und so ging ich, es regnete tüchtig, durch die Wolken schimmerte der Mond, es regnete tüchtig, und alle schliefen schon, in keiner Kate und keinem Haus brannte mehr Licht, die Stille war unermeßlich, alle schliefen schon, und ich und Bubáček gingen ins Dorf, bei den Zezulas war noch Licht, und die beiden Fenster zur Straße standen offen, ich öffnete das Tor, uns begrüßte die große Sau, die noch nicht schlief und die vor einem Jahr ihrer Besitzerin die halbe Wade weggebissen hatte … Bubáček wußte nichts davon, wir gingen an der alten Sau vorbei und kamen in die Stube.

Dann gingen wir in den Ort, bei Prokeš in der

Küche sah ich Licht, wir gingen hinein in das Wirtshaus, man fragte uns, was wir wünschten, ich wollte Sodawasser, aber sie hatten keines, sie hatten es angeblich der sterbenden Zezulka geschickt – es war traurig dort in der Küche, nach einer Weile ging ich mit Bubáček hinaus, wir waren unter den Sternen – und was nun? Wir gingen in das zweite Wirtshaus, dort waren der Herr Oberwachtmeister und ein betrunkener Mann, und wir setzten uns demütig dazu, der Betrunkene sprach von Tod und von Beichte, ich solle ihm die Beichte abnehmen, wenn er dereinst sterbe, der Herr Oberwachtmeister wies ihn zurecht, und ich kaufte Bubáček um eine Krone eine Knackwurst, und der Herr Ober sagte, der Hund komme mich teuer zu stehen – und dann kamen die Herrschaften von der nächtlichen Gemeindesitzung, und ich ging mit Bubáček auf die Straße, aber ich fürchtete mich vor dieser Nacht, und wir gingen zu meinem Bruder, dem Postmeister, er hat ein einstöckiges Haus, die unteren Fenster waren dunkel, nur die oberen waren erleuchtet und offen, und dort spielte das Radio, ich rief: *Herr Postmeister, hallo!* – niemand hörte mich, niemand meldete sich, unten war schon zugesperrt, und nach einer Weile erlosch auch das Licht in diesen Fenstern meines Bruders.

Nichts, wohin man gehen kann. Nichts, wohin man gehen kann. Nichts, wohin man gehen kann. Und so kehrte ich mit Bubáček zu der sterbenden Bäuerin zurück …

Und dann kamen wir gegen Mitternacht heim, und niemand streichelte, niemand lobte, niemand tröstete, niemand erwartete uns.

Und es hörte zu regnen auf, und der Mond schien, und wir konnten nicht schlafen.

Angst vor der Nacht.

Entsetzen vor der Nacht.

Vor vielen Jahren sah ich Nacht für Nacht im Wirtshaus einen Mann, der vor kurzem geheiratet hatte: er war 60, die Braut 24. Ich sage zum Wirt: Hören Sie, dieser Herr hat vor kaum 14 Tagen geheiratet, er hat eine so hübsche junge Frau: wie kann er so lang im Wirtshaus hocken?

Darauf erwiderte der Wirt: Er fürchtet sich vor der Nacht, er wartet hier, bis seine Frau eingeschlafen ist. Er ist 60, sie 24.

Aber es gibt Blumen, die sich nur in der Nacht öffnen und duften. Und es gibt auch Schmetterlinge, die nur in der Nacht herumflattern und sich freuen. So der Totenkopfschwärmer. Und seine traurige Oenothera.

Es gibt Wahrheiten, die der Weise allen Menschen sagt,
es gibt solche, die er seinem Volk zuflüstert;
es gibt solche, die er dem Freund anvertraut,
es gibt solche, die man keinem sagen kann.

Anders ist die Wahrheit der Nonne und anders die Wahrheit des Ulanenrittmeisters; anders ist die Wahrheit der Gräfin und anders jene ihres Ochsenknechts, des Deputatarbeiters, der mit dem Ochsengespann fährt. Anders ist die Wahrheit des Silvestr M. Braito,[10]

10 Silvestr M. Braito (eigtl. Josef Braito, 1898-1962), Dominikanerpater, Herausgeber einer katholischen Revue, Verfasser religiöser Schriften, Literaturkritiker.

anders ist die Wahrheit des P. Emilián Soukup, anders die von Josef Florian,[11] anders die von Jaroslav Durych, anders die von Otokar Březina, anders die des Herrn Fabrikanten Sáblík, anders die des Grafen Harrach, anders die des Dechanten Richard Tenora, der mich duzt, wie eine Zigeunerin ihre Läuse duzt, und am traurigsten von allen ist die Wahrheit des Jakub Deml.

---

11 Josef Florian (1873-1941), Übersetzer und Verleger bibliophiler Werke in Stará Říše, mit dem Deml 1904 bis 1911 zusammenarbeitete.

Das Lied eines wahnsinnig gewordenen Soldaten* (Mai 1935)

Auszug

XIV

Sie zupfte ihren Rock – so war's – über die Knie.
Nie
hätte man's erwartet. Bleich
war sie dabei. Gleich
darauf
stand sie auf
und ging in die Wüste.
Ich küßte
ihres Schattens Rand
in Gedanken. Das Gewand duftete nach Rosen,
wenn sie sterben. In kleinen Dosen
mein Gift ich trank,
bis ich sank.

Sind es Rosen, gelbe Rosen?
Zeig! –
Schweig!

---

* Von J. Deml deutsch geschriebenes Poem, inspiriert vom Scheitern seiner Beziehung zu Katharina von Sweerts-Sporck (1895-1945, Selbstmord).

Tief ins Auge
dieses Gelb ich sauge
durch mein Blut bis in die Seele.
Ich zähle
deinen Pulsschlag, er bleibt aus,
woraus
ich ersehe, du seist im Himmelreich.

Wird man dabei so bleich
und starr?

Du Narr,
du Tod, du Traum!

Es war ein Schattens Schaum.

Fußspuren XXIII (1937)

Auszug

Mit Frau Gustel Glimmer machte ich so Bekanntschaft: Ich bin in Dubrovnik. Ich wollte nicht um den ganzen Hafen herumgehen, ich hatte es auch eilig, es war früher Vormittag, und so bestieg ich vor dem Hotel Petka ein Fährboot, und mein Fährmann, der niemanden mehr erwartete, stieß auch schon vom Ufer ab. Wir fahren bereits, plötzlich schreit und winkt eine Dame meinem Fährmann zu, also kehrte er ihretwegen um, obwohl noch mehrere dieser Boote dort warteten und die Fahrt auf jedem gleich viel kostete, ich weiß nicht mehr, den wievielten Teil eines Dinars, aber der Dame pressierte es wohl, daher möchte sie sofort fahren und fährt auch schon. Wir fahren zu dritt: der Fährmann, ich und die Dame. Das Meer ist ruhig. Überall ringsum sieht man von der Sonne bestrahlte Berge, dort rechts, tief im Meeresschoß, leuchtet blendend weiß die Villa Solitudo, ihr gegenüber öffnet der Fluß Ombla, vulgo Rijeka, friedlich sein Walfischmaul, auf der linken Seite dort hinter diesen Bäumen und hinter dieser Anhöhe versteckt sich Grad Dubrovnik und vor uns in ewigem, von Myrten, Lorbeerbäumen und Rosmarin umkränztem Grün, mit den schwarzen, hohen Flammen der Zypressen, mit dem uralten Kirchlein Sankt

Michael, das mich so sehr an das Jasenicer Kirchlein zwischen Jinošov und Tasov erinnert – ja, vor uns die Halbinsel Lapad, gekrönt vom Petka-Berg, dem ewig grünen Petka, denn er ist von Pinien bestanden, und wenn man ihn aus der Ferne betrachtet, ist es, als würde man einen von dunkelgrünem Moos bewachsenen riesigen Felsblock sehen. Man hat hier nicht den Eindruck eines Waldes wie bei uns, weil bei uns nicht die Bora wütet, der Himmel die Erde bei uns nicht mit tropischen Regengüssen peitscht, einzelne Bäume ragen bei uns ja doch hoch empor und trotzen den Stürmen, auch wenn sie holzig, auch wenn sie nicht so biegsam wie Zypressen sind; aber die Pinien auf dem Petka-Berg haben keine spitzen, aufragenden Wipfel, sie übergießen den Berg, diesen steilen Berg gleichsam mit einer dunkelgrünen Legierung, und selbst wenn die Bora noch so zornig rast, rührt sich der Petka kein bißchen; die ganze Halbinsel bis zu den Wurzeln bebt von den Stößen der Meereswellen, aber der Petka rührt sich nicht einmal, seine Haare sind wie mit Öl eingefettet, anhaftend, kompakt. Weh ruhig, weh ruhig, du Sturmwind, der Petka hat keinen Grund sich zu fürchten: was schwach und angefault war, haben Sturm und Regen längst in die scharfen Felsen zur Erde hinabgestürzt, hat auf den Steilhängen eine Sturzflut längst ins Meer gefegt und fortgerissen. In den Kronen dieser Bäume gibt es überhaupt keinen Platz für Vogelnester und Schmetterlinge und Käfer und für welche Nester auch immer: das alles versengt die Sonne zu Asche, das alles reißt die Bora heraus, das alles stürzt ein tropischer Wasserguß unter Blitzen und Donnern in den Abgrund. Aber nicht einmal die Erde selbst unter diesen Pinien ist weich und zart, und es braucht sehr lange, ehe man überhaupt einen Fleck zum Niedersetzen findet, und wenn man sich niedergelassen hat, sollte man sich lieber nicht bewegen, weil man sich blutige Wunden zuzieht, die Kleidung zerreißt, es einen sticht und kratzt. Hier haben auch die dem Augenschein nach zartesten Blümchen Stacheln und Krallen. Ich vernahm nur die Stimmen zweier Vögel: der Eule und des Raben, noch vor zwanzig Jahren jedoch soll Lapad vom Gesang der Nachtigallen getönt haben. Seit Straßenbahnen und stinkende Autos verkehren, verschwanden die Nachtigallen mehr und mehr, bis sie ganz verschwunden waren. Es gibt sie wahrscheinlich noch, aber nur mehr in geringer Zahl, und sie singen nicht mehr. Ich hörte eine von ihnen, sie hob an, ihr paradiesisches Instrument zu stimmen, versuchte zu singen, versuchte es, deutete nur einen musikalischen Satz an und ließ es sofort bleiben. Fast täglich sah ich von meinem Fenster aus, wie junge und ältere Leute ganz ungeniert mit Flobertgewehren auf Vögel schossen. Kaum daß sich in der Krone eines Oliven- oder Brotbaums eine Amsel hören ließ, knallte auch schon ein kurzer dumpfer Schuß, und der Vogel verstummte. Sicher ist es nicht gut, ständig nur Kraut und Sardellen zu essen. Doch auch die Katzen fangen viele Nachtigallen und Drosseln und Grasmücken, und in Gegenden wie in Rom und in ganz Italien ist die Katze ein häufig vorkommendes und irgendwie heiliges Tier. Einen Vogel kann man essen, denn man weiß, was er frißt, aber eine Katze zu essen ist unmöglich, weil man weiß, was sie frißt.

Wir steigen aus. Über uns ragt der Petka empor. Die Sonne sticht. Das Meer und seine Ufer lachen. Die kahlen Kreidehänge uns gegenüber über dem Hafen leuchten so grell, daß wir die Augen zukneifen. Auch das Meer hat einen blendenden Glanz.

Madame Gustel Glimmer möchte den Fährmann entlohnen, es sind kaum fünfzig Para, aber Mme Gustel Glimmer hat nur eine große Banknote, sie hält sie über ihrem Täschlein zwischen den Fingern, der Fährmann hat kein Kleingeld, also zahle ich, damit wir den Fährmann nicht aufhalten, und Mme Gustel Glimmer dankt mir, daß ich ihr ausgeholfen habe, und sie werde mir die fünfzig Para zurückzahlen, sobald sie unterwegs irgendwo wechseln könne. Ich versicherte Frau Gustel Glimmer vergeblich, die fünfzig Para (es waren sicher nur dreißig!) wären nicht der Rede wert, sie möge sich deswegen keine Gedanken machen, sie solle sie doch einfach von mir annehmen und ihrer Wege gehen, und ich würde auch meiner Wege gehen – nein, Frau Gustel Glimmer besteht streng darauf, sie werde diesen blaurosa Geldschein wechseln und ich solle sie zu diesem Zweck begleiten. Ich hatte es sehr eilig, aber um die Dame nicht zu beleidigen, begleitete ich sie zum Wechseln. Gegenüber in der Taverne hatten sie kein Kleingeld, und dann war keine Taverne mehr. Es gab noch zwei, aber ich weiß nicht mehr, wie es kam, daß Mme Glimmer dort nicht wechselte: entweder sie hatten dort auch kein Kleingeld, oder wir begaben uns durch die obere Gradska[1] zur Stadt, wo es wirk-

---

1 Gradska ulica – Stadtstraße.

lich keine Tavernen mehr gab, oder, was die dritte Möglichkeit darstellt: Frau Gustel Glimmer ging so energisch neben mir und sprach so temperamentvoll, daß ich sie gar nicht darauf hinzuweisen wagte, daß wir gerade an einem Laden oder an einer Trafik oder einer Weinschenke vorbeikamen. Und so geschah es, daß wir Gruž und Lapad verließen und in die Stadt zogen. Der Weg dauerte eine halbe Stunde, es war unerträglich heiß, und Himmel wie Meer waren so ausdrucksvoll und so klar wie die länglichen mandelförmigen Augen byzantinischer Madonnen, Engel und Heiliger.

Ich schlug Frau Gustel Glimmer vor, das Stadtcafé aufzusuchen, wo täglich mein berühmter Landsmann Vlach-Vrutický, Komponist, Virtuos, Dirigent der Dubrovniker Philharmonie, konzertierte, dort würden wir wechseln. Mme Gustel Glimmer war nicht abgeneigt und schritt ganz selbstverständlich mir voran in das Café. Der Kellner fragte, was wir wünschten. Etwas zu essen und zu trinken. Mortadella gab es nicht, aber etwas Ähnliches war da, vielleicht auch irgendein Wein, es schmeckte und kostete läppische zwanzig, dreißig Dinar, der Fährmann hatte fünfzig Heller gekostet, aber Frau Gustel Glimmer konnte sich nicht so tief erniedrigen, von einem mährischen Priester fünfzig Heller als Geschenk anzunehmen. Wir aßen, wir tranken, bezahlt habe ich, und Frau Gustel Glimmer war so taktvoll, nicht mit der Wimper zu zucken, als ich bezahlte, was ich für mich und auch für sie bestellt hatte, als gebildete Dame hielt sie das bei einem Gentleman für selbstverständlich, und man hatte von diesem Kaffeehaus einen entzückenden Blick auf das Spiel der Möwen und der Meereswellen – dann traten wir hinaus auf den schönen, sauberen, von der St.-Blasius-Kirche gekrönten und venezianisch von Tauben bevölkerten Platz, und dann gehen wir auf der rechten Seite am französischen und tschechischen Konsulat vorüber zum westlichen Stadttor, aber noch vor dem Franziskanerkloster steuert Frau Gustel Glimmer, ohne mich irgendwie darauf hingewiesen zu haben, in forschem Tempo in eine Art Kaffeestube, ich natürlich höflich ihr nach, erst beim Eintreten sagte sie mir schlicht wie eine Taube, sie müsse dort einkehren, so daß wir denn einkehrten. Frau Gustel Glimmer setzte sich gegenüber der Tür an ein Tischchen, ich zu ihrer Linken, wie es sich für einen Herrn geziemt, sie bestellte Kaffee, ich wahrscheinlich Wein, und ich entdeckte nicht den geringsten Hinweis, warum meine Dame nach dem ersten Kaffeehaus dieses zweite kleine Café aufgesucht hatte. Aber das ist belanglos. Ich ließ mir auch ein Getränk bringen, weiß Gott was, vielleicht auch Kaffee, vielleicht diesen berückend bitteren Opolo-Rosé, ich weiß nur so viel, daß ich neuerlich für beide bezahlte, vielleicht noch ein subtropisches Obst, weiß der Teufel, und wir kehren nach Gruž zurück. Man plauderte und plauderte, es war auch ein klein wenig sensationell, daß ein Herr mit katholischem Kollar eine durch und durch schwarze Dame begleitete, so schwarz wie unser Freund Prof. Marko Rašica,[2] der mir gestand, seine Familie stamme aus Spanien, so unglaublich schwarz wie dieser unser Marko, daß

2 Marko Rašica (1883-1963), auf der Insel Krk ansässiger Maler.

man mit einem Extrakt aus seinen Augenbrauen und Haaren Luzifers Ehebett hätte schwarz färben können – nun denn, mit einer derart schwarzen Dame ging ich, und von den Ohren bis auf die Schultern hingen ihre goldenen Ohrgehänge herab, schön und schwer wie die Ohrringe einer Schlangenkönigin, beim Gehen funkelten sie und baumelten schwer.

Von der Zeit datiert unsere Bekanntschaft, und sie war so ernsthaft, daß Frau Gustel Glimmer mich ersuchte, Minister Göring, der sich damals mit seiner Frau in Dubrovnik auf Hochzeitsreise befand, anläßlich einer Audienz die Aufwartung zu machen. Ich weiß nicht, warum Gustel Glimmer sich dann eines Besseren besann, so daß ich mich nicht zu seiner Exzellenz begab, doch gibt es Zeugen dafür, daß ich dieser Exzellenz wegen ernstlich von der Polizei bedroht war. Verhaftet wurde ich nicht, nur schickten sie mich höflich, aber bestimmt zurück, als ich auf Herrn Göring zueilte, um ihn ganz aus der Nähe zu sehen.

Frau Gustel Glimmer lud mich ein, zu der und der Stunde dort und dorthin nach Gruž zu kommen, sie würde mir ihren Freund, sagen wir Walter, vorstellen. Wir sollten ihn am Abend zu der und der Stunde erwarten, wenn er mit dem Boot aus Cavtat oder aus Kupari zurückkehre. Gustel Glimmer versicherte mir, Walter und das Boot kämen zu der und der Stunde. Wir warteten eine ganze Stunde, warteten zwei, von Walter und dem Boot keine Spur. Hinter uns befand sich ein großes Hotel, der Petka beschattete es mit seinen schwersten Aromen, und da ich im Geiste längst auf mein stilles Abendessen bei meinen Nonnen verzichtet hatte und mich die Beine schmerzten, versetzte ich resolut: Wozu hier warten, setzen wir uns in das Hotel und bitten den Portier, uns Bescheid zu geben, wenn das Boot eintrifft. Gesagt, getan.

Wir sitzen im Hotel beim Abendessen. Es ist ein bestens geführtes Hotel. Das Abendessen kostete ungefähr achtzig Dinar oder mehr, ich weiß nicht, eines allein nicht. Der Portier kam nicht. Später traf irgendein Boot ein, aber Walter nicht. Was tun?

Aber Gustel Glimmer wünschte, ich solle Walter kennenlernen, und lud mich nach Zaton ein, damit ich ihre Jacht sähe, auf der sie von Sachsen auf der Elbe und um Frankreich herum über Gibraltar und Suez nach Indien und weiter reisten … Sie beide luden mich auf ihre Jacht ein. Eine Jacht kannte ich nur aus englischen Romanen, und daher versprach ich, zu kommen, und kam. Meinen lieben Nonnen sagte ich, sie sollten mit dem Mittagessen nicht auf mich warten. Am Morgen betete ich das Brevier, kaufte in einem Delikatessenladen ein delikates Mahl, etwas mit Fleisch und irgendwelche Südfrüchte, ich weiß nicht mehr was, es kostete ungefähr soviel wie das Abendessen beim Warten auf Walter, und fuhr los. Es waren unser mehrere im Boot, unterwegs stiegen einige aus, wir fahren, fahren längs des Kalkgebirges, seine Hänge küssen droben fromm den Himmel, sie sind von winzigen Häuschen, Villen, geduckten Olivenbäumen, Myrten, Brot- und Granatapfelbäumen bedeckt, da und dort ein Wacholder oder eine Zypresse, auch ein Mensch oder ein Schaf oder ein Muli oder Esel, doch sind die Hänge so felsig und schroff und hoch, daß sie wie die reglose und unbewegbare Ewigkeit sind, die sich im Spiegel des Meeres betrachtet, und das Meer ist die zweite Ewigkeit, und obwohl es wogt und tost, ist es genauso gefangen und eingekerkert und verflucht wie die himmelhohen, überschweren, auf den Menschen stürzenden Berge. Aber das Meer hat die Küste ausgenagt, und während wir fahren, haben wir zur Rechten Grotten, die sich halb über das Meer wölben und halb ins Meer sinken, sie sind wie offene weite Keller, und als wir vorbeifahren, prallt der Wellenschlag gegen sie, und in den Kehlen der Felsen braust es wie die Bässe eines liturgischen Chorals. Es ist gespenstisch und schön. Bei uns in Böhmen kann bald einer viel von sich halten, hier aber auf dem Meer vor den Bergen beim Triumphgesang der Meereswogen lernt man nur zu lieben und anzubeten. Hier ist der Tod so kurz und freundlich …

Über einer Bucht liegt das Gut des Dubrovniker Bischofs Dr. Carevič, ich war vor einem Jahr da, der Bischof nahm mich mit, er war mir auf dem Stadtplatz begegnet und hatte mich eingeladen. Er hat das Gut samt diesem Berghang hinauf und hinunter bis zum Meer spottbillig erworben, das alles erzählte er mir, ich werde es euch einmal berichten, ich habe mir noch einiges gemerkt, und auf diesem Gut hat er einen Wirtschafter, der kümmert sich um die Kühe und wohl auch um die Schafe, er bot uns Obst und Prosecco an, kann sein, daß wir auch Mandeln gegessen haben, ich weiß es nicht mehr, vielleicht Feigen, aber das wird mir wieder einfallen, und dann erzähle ich es euch, aber auf dem Hof, in der Ecke gleich neben dem Eingang, stand ein Orangenbaum und an ihm hingen wie goldene Kugeln die Orangen … Nun ja, was nicht so seltsam gewesen wäre, aber dieser

Wirtschafter hatte Kinder, und die tollten jeden Tag um den Baum herum, die Orangen waren zum Greifen nah und leuchteten und dufteten, aber die Kinder rührten sie nicht an ... Ehebruch oder Unzucht – wartet, ich werde mich an das alles erinnern und es euch dann sagen.

Schon steige ich in Zaton aus. Es ist gegen Mittag. Eine Bucht, so lieblich, daß man hierbleiben möchte.

Meine Augen suchen eine Jacht, ich sehe keine, so daß ich erschrecke, ich hätte mich geirrt. Ich muß am Ufer nach links gehen. Frau Gustel Glimmer heißt mich willkommen und wundert sich sehr, daß Walter nicht mit mir gekommen ist. Ich hatte nicht gewußt, daß er mit mir zusammen kommen sollte. Ich überreichte Frau Gustel Glimmer das Päckchen, ich hatte die Sachen gekauft, um sie nicht in Verlegenheit zu bringen. Frau Gustel Glimmer aber kam nicht in Verlegenheit. In Verlegenheit kam ich, als ich die Jacht erblickte. Es war ein größerer, oben und an den Seiten mit Brettern verschalter Kahn. Wie eine Zigeunerhütte ohne Fenster. Frau Gustel Glimmer forderte mich auf, einzutreten, wies mich aber darauf hin, man krieche auf allen vieren ins Innere und es sei nur für zwei Personen Platz, doch zur Not paßten auch drei hinein. Ich kletterte auf den Bug, an Land, denn die Jacht stand außerhalb des Wassers auf dem Strand, hinein kroch ich aber nicht, mit den Worten, das genüge mir. Frau Gustel Glimmer kochte das Mittagessen im Freien, wie es Nomaden machen. Sie war nicht förmlich gekleidet, aber ihr war heiß, das sagte sie auch und entschuldigte sich dafür, daß sie sich ausziehen werde, zog sich bis zur Taille nackt aus und fragte, nachdem sie das getan hatte, ob es mich störe. Ich sagte nein. Gerne hätte ich ihr geraten, das Kochen zu lassen, da ich einen Happen mitgebracht hätte, aber sie kochte, wobei sie dastand wie Mutter Kirke, hie und da ging eine Zatonerin an uns vorüber, mir war gar nicht so heiß, daher nahm ich das Kollar nicht ab und ließ meinen Blick über die Umgebung schweifen, über das Meer, die Berge darüber, die Bäume, den Himmel, und ich suchte zwischen den Kieseln und im Meeressand eine kleine Muschel oder eine Schnecke zu entdecken. Ich fand nichts, zu meiner Verwunderung.

Gustel Glimmer servierte mir, was sie auf dem Petroleumkocher zubereitet hatte, nämlich in Öl gebratene Kartoffeln und gekochte Melde. Sie fragte, ob es mir schmecke. Ich sage ja.

Herrn Walter lernte ich dann auch kennen, es war ein junger, gesunder, sehr sympathischer Mann, er war Deutscher und sicher Arier, und ich überlegte, wie diese beiden Menschen einander wohl begegnet waren und wie es gekommen war, daß sie zusammen auf so einer Jacht reisten. Frau Gustel Glimmer ist mindestens zehn Jahre älter als Walter, und in Dubrovnik hatte man mir gesagt, sie sei Jüdin, ich weiß nicht, warum man mir das gesagt hatte, man sieht es ihr an, ich mag dieses Volk und seine Kinder.

Ich weiß nicht, wie lange Frau Glimmer in diesen Gegenden gelebt hat, aber auf unserem Weg hatte sie in jeder Gasse irgendeinen engen Bekannten, aus etlichen Türen oder Fenstern rief man ihr zu oder winkte ihr. Und in manchen Straßen waren sogar mehr solche Häuser und Leute, aber gekannt haben sicher alle Einwohner Dubrovniks und seiner Umgebung Frau Gustel Glimmer, so daß es kein Wunder ist, daß auch ich sie kennenlernte. Mit ihren reichsdeutschen Pässen war irgendwas, denn sie bat mich, in dieser Angelegenheit mit Göring zu reden, aber daraus ist dann, wie ihr schon wißt, nichts geworden.

Zu der Zeit, früh um fünf, als ich dem Erzbischof von Sarajewo, Dr. Ivan Šárič, bei der Messe akolythierte, gingen mein Paß und mein Notizbuch verloren, und verschwunden waren auch mein Rasiermesser und meine Geldbörse mit den letzten Dinaren. Daß ich nicht zwangsweise nach Mähren heimkehren mußte, dazu verhalfen mir die heilige Agnes von Böhmen und mein Dichterruhm. Der Verdacht war auf den Hausdiener gefallen, er wurde drei Tage ohne Essen auf dem Polizeikommissariat eingesperrt und verprügelt, aber mangels Beweisen wieder freigelassen. Er hat es nicht gestohlen, ich weiß, wer mich bestohlen hat, aber wenn ich es sage, würde sich die hochehrwürdige Schwester Gabina, Priorin des Salvator-Priesterheims, wie vor dem Teufel bekreuzigen. Sie ist wie ein Kind, bezichtigt sich ständig und verleugnet sich und tut Buße. Mein Wissen und meine Überzeugung, wer der wahre Dieb meines Passes war, habe ich taktvoll und weise sogar Frau Glimmer verheimlicht, schon allein deswegen, weil sie mir im Vertrauen mitgeteilt hatte, ihretwegen würde ich von ganz Dubrovnik und Lapad verleumdet. Man muß froh sein, wenn aller Schmutz unkontrolliert in Hrvatska Dubrava[3] endet.

---

3 Hrvatska Dubrava – Kroatisch Dubrava (Umgebung Dubrovniks).

Was mich betrifft, glaube ich, daß Mme Gustel Glimmer mit der Generalsekretärin des Verteidigers von Madrid, Miaja,[4] identisch oder daß sie Dolores[5] persönlich ist, deren Bild ich sah und über die die Brünner Zeitung »Lidové noviny« einen Hymnus der Begeisterung und des Lobes sang. Auf Wiedersehen Dolores, ich liebe Mut, ich liebe Begeisterung, auf Wiedersehen auf *meiner* Jacht, sie wartet schon an der Oslava! Auf Wiedersehen an der Oslava!

4 José Miaja Menant (1878-1958).

5 Dolores Ibárruri »Pasionaria« (1895-1989), spanische marxistische Politikerin, Generalsekretärin der Kommunistischen Partei Spaniens, 1939-1977 im Exil.

Heimat (1936)

Das Dorf, in dem ihr geboren wurdet, liegt am Grund zweier Hänge, wie der Körper einer Möwe zwischen den beiden Flügeln. Durch das Dorf fließt ein Bach, und etwa zweihundert Schritte von seinem linken Ufer liegt das Bauerngehöft, wo ihr eure Kindheit verlebt habt. Und etwa dreihundert Schritte von seinem rechten Ufer ist oder eigentlich war jene Gemischtwarenhandlung, wo sich erstens der Laden und außerdem noch andere Räumlichkeiten befanden: die Post, eine Küche, der Keller, der Dachboden und auch jene nach Nordosten liegende Kammer, in der eure Mutter starb. Und über den Bach führt eine Brücke, vor fünfzig Jahren führte freilich nur ein Holzsteg darüber, und auf diesem Steg war eure Mutter damals eines Nachts, als sie aus dem Ort von diesem Kaufmannsladen zu ihrem Bauernhaus ging, damals in der traurigen, sternenlosen Winternacht war sie auf diesem Steg einem schwarzen Mann begegnet, er war ganz schwarz, hatte auch ein schwarzes Gesicht und schwarze Augen, und auch seine Stimme war schwarz, nur auf seinem Rücken leuchtete, wenn man so sagen kann, ein wie mit Kalk aufgemaltes, weißes Kreuz. Eure Mutter bekreuzigte sich, und der schwarze Mann verschwand. Möglicherweise waren seine Augen wie zwei glühende Kohlen gewesen, denn als wir danach fragen konnten, waren wir noch Kinder, und für uns war schon das mehr als genug gewesen, was wir zu hören bekamen. Und dieses weiße Kreuz? Ein unzerstörbares Zeichen. *Inextinguibile signum sacramenti.* Vom Messias sang der Psalmist, er wäre ein Wurm und kein Mensch und hätte weder Gestalt noch Schönheit, und einer der Kirchenväter, vielleicht der heilige Augustinus, erkühnt sich bei der Erläuterung der bekannten Scheinheiligkeit Rebekkas, der Mutter des Patriarchen, sogar zu sagen: *Non est mendacium, sed mysterium.* Ich kenne nur einen einzigen Mann und nur eine einzige Frau, die ihn für dieses Zeugnis nicht bespucken würden. Das reicht zwar zur Glückseligkeit, ja sogar zum Gesang, aber nicht zur Niederlage. Seit der Zeit, da die Frauen Priester lieben, gehen alle Männer rasiert. Schade, daß in der Familie der Poetik eine Stilfigur so plötzlich ausgestorben ist: das Sich-in-den-Bart-Lachen. Nur mehr hie und da in Dörfern findet sich ein Kerl, der eine Vorliebe dafür hat, so wie auch noch in der Nachbarschaft gleichfalls zum Aussterben verurteilter Provinzkonvente; in Städten hingegen mit einer Einwohnerzahl, wie sie beispielsweise Olmütz besitzt, gibt es das nicht mehr.

Es hätte gar nicht den Anschein und man würde es kaum glauben, daß nicht die Gesunden eines Arztes bedürfen, sondern die Kranken, und daß es möglich sein könnte, neunundneunzig Schafe in der Wüste zu lassen und nur ein einziges irgendwo zwischen Tabor und Böhmisch Budweis zu suchen.

Eine Schiffssirene heult. Von Split fährt der Dampfer ab, ich sehe ihn zwischen der beleuchteten Schramme der Insel und dieser hohen Zypresse, die mich so lebhaft an Jaroslav Vrchlickýs Verse über die Antike oder an Rudolf Pannwitz erinnert. Faunohren, ihre winzigen aus der Dunkelheit leuchtenden Äuglein. Das Meer wogt, die Kronen der Eichen schwanken, die Wolken fliegen dahin, nur diese Zypresse bewegt sich fast nicht.

Aber dort in Mähren ist ein Dorf, und durch dieses Dorf fließt ein Bach, und am Bach entlang liegen Gärten, und der ganze Bach ist von Erlen, Pappeln und Weiden überwachsen, nur bei der Brücke atmet das fließende Wasser in der Sonne, aber im Moment scheint die Sonne nicht, es ist finsterer Abend, und in dem Bach oberhalb der Brücke gibt es einen Fischhalter, aus dem das Wasser durch Holzrohre in eine Schnapsbrennerei fließt, und am Fuß einer Terrassierung oberhalb des Fischhalters stehen fünf, sechs Männer, alle jünger als ich, es ist eine Militärstreife, aber alle sind in Zivil, das habe ich erst jetzt erkannt, nachdem ich unter der Brücke durch den Bach gewatet bin und nun auf sie zugehe; ich müßte nicht zu ihnen gehen, mein Weg führte in die Ortschaft, durch eine kleine Gasse zu jenem Haus, in dem, Blut speiend, meine dreiunddreißigjährige Mutter gestorben ist, aber etwas zieht mich in die Dämmerung zu diesen Männern hin, es ist das Gefühl des Bedrohtseins. Ich weiß nur, daß dieser Ort gefährlich ist und daß ich, wenn ich meinen Weg einfach so fortsetze, in Lebensgefahr bin, obwohl ich vorerst weder Gewehre noch andere Waffen bemerken kann, aber ich erkenne das alles in der Dämmerung an den Bewegungen und den Stimmen der Männer, in denen eine unterdrückte und hinterhältig, ja sogar arglistig manifestierte Mordbereitschaft liegt ... Verläßlich sehe und erkenne ich, mit meinen Nerven, meiner Seele und meinem Blut, daß es sich hier keinesfalls darum handelt, daß ein Tier getötet, sondern daß einzig und allein und ohne viel Federlesens ein Mensch getötet werden soll, darin kann man sich nicht irren ... Und eine Art neues Gesetz, irgendeine brandneue Verordnung gibt es hier, wahrscheinlich etwas wie ein Standrecht, und alle diese Männer wissen, daß sie an diesem Abend und zu dieser Stunde bei Einbruch der Dunkelheit jeden beliebigen Menschen töten können und, selbst wenn vielleicht, was ausgeschlossen ist, die alten Rechtszustände zurückkehren, sie niemand zur Rechenschaft ziehen, sich das auch niemand, selbst wenn er im Recht wäre, trauen würde, denn wer einmal die Hand auf den Pflug gelegt hat und zu ackern anfängt, kehrt nicht mehr um: *Revenons sur nos pas!*

Es gibt eine Vis maior, die zu Recht für sich in Anspruch nimmt, daß Unkenntnis des Gesetzes nicht entschuldigt. Daher kann eine Militärpatrouille in der Dunkelheit der Dämmerung mit vollem Recht einen Taubstummen erschießen, der ihre Kommandorufe nicht gehört hat, oder einen Menschen, der ging und ging und so delikat oder so verdutzt war, daß er nicht stehenblieb und keinen Laut von sich gab. Um den Preis seines Lebens, wahrscheinlich in der Annahme, daß Der, der das Leben gibt, in seinem Budget auch das hat, was es nimmt, wie uns scheint, denn eine Form zu zerschlagen, bedeutet nicht, das Material zu vernichten, und mit dem, was mir einmal zuerkannt wurde, kann ich tun, was ich will.

Es passierte mir nichts, die Streife erkannte mich rechtzeitig, aber es hätte mir zu Recht passieren können, daß ich ums Leben komme, weil nicht ein einziger unter diesen Männern war, der mich leiden mochte, wie es sich versteht, und es sich sogar ausnahmslos um Leute einer ganz anderen politischen Überzeugung handelte, aber ich überhaupt keine politische Überzeugung hatte, es sei denn, Lachen wäre auch eine politische Überzeugung. So kam ich bei den Männern an, sie musterten mich etwas herablassend und gleichzeitig ein wenig freundschaftlich, und bei einem von ihnen, der hier gewissermaßen der Kommandeur war, konnte ich unter dem schwarzen Schnurrbart und in den Spiegelchen seiner gleichsam chungusenhaften Äuglein deutlich lesen: Kamerad, nur an mir hat es gelegen! Und ich sage lieber gar nicht, was dieser Mensch gegen mich hatte, denn wer nicht aus meiner engeren Heimat Anno Domini nach einem gewissen Umsturz kommt, würde es nicht glauben.

Zu Füßen dieser Wache, vom Gestrüpp entlang des Baches getarnt, lagen scharf geladene Militärgewehre, die so plaziert waren, daß sie alle Passanten, das heißt alle Menschen, die vom Stránka in die Ortschaft gingen, treffen konnten, die also gegen die Kasematten und gegen jene gerichtet waren, die auf welche Weise auch immer den Bach überschreiten wollten. Ich weiß nicht, was diese Maßnahme bedeutete, und möchte nicht zu grübeln beginnen, aber als ich an der Streife bereits vorbei war und auf das

Gestrüpp am Bach trat, das die scharf geladenen Militärgewehre verdeckte, hob einer der Männer, wahrscheinlich noch Gefreiter, das Gewehr und lud es vor meinen Augen mit einer Messingpatrone und hielt dabei den Lauf auf mich gerichtet, aber ich merkte, daß in der Patrone keine Ladung war. Es sollte so etwas wie ein Scherz sein.

Ich überquerte den Bach, ging in die Kasematten, wie die ebenerdigen Häuser der ehemaligen Baroniedeputatarbeiter genannt werden, und ging von dort aus unter der Brücke noch einmal durch den Bach, watete durch das Wasser und setzte mich neuerlich der Gefahr aus, erschossen zu werden, da ich denselben Weg wie beim erstenmal nehme und sich die Dämmerung schon so verdichtet hat, daß fast Nacht ist. Aber die Streife hat inzwischen ihre Aufgabe erfüllt und kommt mir entgegen, und ich weiß, daß ich nicht mehr bedroht bin. Ich wußte, daß ich nur durch die Dunkelheit bedroht bin, das heißt, bevor die Leute mich erkennen, deswegen hatte Rudolf Fuchs im Prager Tagblatt gesagt: Alles erhofft der »Wahnsinnig gewordene Soldat« von diesem *Wiedersehen*, und deswegen war meine »Burg des Todes« nicht die Phantasie einer gemarterten Seele, sondern eine *Prophezeiung*, auf tschechisch: *Weitersehen*.

Wenn die Buben zweier Nachbardörfer sich auf der Weide mit Steinen bewerfen und sich die erwachsenere auswärtige Dorfjugend bei Tanzunterhaltungen blutig schlägt, kann ich es verstehen. Ich würde auch noch verstehen, wenn ein tschechischer Priester sich in eine ungarische Komtesse verliebte, aber ich würde es absolut nicht mehr begreifen, wenn sie seine Liebe erwiderte, denn dazu braucht es mehr als schöne Schenkel und neun Ohren. Es ist viel leichter und auch verdienstvoller, einen einzigen keuschen Juden zum katholischen Glauben zu bekehren, als sich einen einzigen lasterhaften Freund zu erhalten.

Aber ja, ich würde alles verstehen, schließlich ist die Seele in ihrer uneingeschränkten Anwesenheit nicht nur auf Gehirn und Herz beschränkt, sondern wohnt in allen Gliedern und in jedem Körperteil, also auch, ihnen Schönheit und verführerischen Reiz verleihend, in den Beinen und in den Ohren, denn bei Gott wie in der Natur ist alles zweckdienlich, mich verblüfft nur, warum man mir, wenn mir mein geliebter Hund krepiert, theologisch mit Nachdruck verdeutlicht, daß mit seinem Körper auch seine Seele eingegangen wäre? Glücklicherweise gibt es bei Gott keine Halbwahrheiten wie beim Menschen: kann denn etwas verenden, was ich liebte? Es stirbt nur wie der Mensch.

Der kleine Mohr, der im neuen Dubrovniker Stadtcafé die Türen öffnet und schließt, rot angezogen wie ein Affe: Hosen bis auf den Boden, kurzes Jäckchen, polierte Messingknöpfe und auf dem Kopf ein kleiner, runder Hutdeckel von komisch unterdurchschnittlichem Durchmesser, genau so ein rotes Käppchen, als würde ein Specht es sich aufsetzen – ich tätschelte seine Wangen (Otokar Březina machte das in heiklen Fällen auch, wenn er sah, daß so ein Gesicht rundum ratlos war, wie es vielleicht nur bei jungen Mädchen möglich ist), und er hätte das verstanden, allerdings war mir gleich darauf klar, daß mein Benehmen, wenn schon nicht unwürdig, dann wenigstens nicht ganz passend war ...

Ich wollte diesem Mohren für einen Augenblick lang sein Heimatland ersetzen, so wie jemand anderer einer ungarischen Komtesse irgendwo im uruguayischen Dschungel oder in Böhmisch Lhota gerne ihr Heimatland ersetzen würde. Pavla Kytlicová konnte so etwas vollkommen verstehen, daher war es damals in dem Frühjahr in Karlsbad auch ihr einziger Wunsch, ihr einziges Gebet, als sich ihr Tod näherte, in Tasov zu sterben. Sie war eigentlich heimatlos, wie man sagen würde, denn sie wurde in Wien geboren und hatte auch über zwanzig Jahre dort gelebt, aber Heimat ist nicht die Gegend, wo wir geboren wurden und wo wir gelebt haben, sondern die Gegend, in der wir leben und für die wir bestimmt sind, denn wenn es anders wäre, würde Gott keinen Menschen ins Paradies hineinbekommen und der ungarischen Komtesse würde die Pußta mit den Ziehbrunnen, Wassertrögen, Kürbissen, dem Paprika, den Kukuruzkolben und den ungarischen Riesenhornochsen rund um den Plattensee und mir der uruguayische Dschungel vollauf genügen.

Der Schwarze sah mich an, als ich mit den Fingern sein Gesicht tätschelte, sah mich an wie ein Kaninchen. Ich wollte ihm meine Liebe zeigen und fragte auch, ob er Zigaretten rauche, aber gleich darauf war mir klar, daß mein Benehmen, wenn nicht unwürdig, dann wenigstens einigermaßen unpassend war ... Also verleugnete ich meine Liebe zu dem Schwarzen.

Ich liebe das dunkelblaue Meer hinter meiner Zypresse, die schwankenden Kronen der Eichen und Feigenbäume und Buchen und Oliven, die Pinien, schwarz wie Gußeisen, und die von den salzigen Meereswellen ausgenagte Flanke von Koločep, wo der Dichter Rudolf Pannwitz, ein Freund Otokar Březinas, seine Verbannung verbringt – und zugleich, wie fremd ist mir das alles! So stark und so heftig fremd, daß ich mir wünschte, hier auf der kleinen felsigen Insel zwischen den Oliven zu sterben, denn diese Bäume sind die kläglichsten unter allen Bäumen des Paradieses, trauriger als unsere Weiden, weil sie sogar im Winter ihre Blätter nicht abwerfen, die weder grün noch grau sind – hier zwischen den Oliven, deren Körper so verstümmelt ist wie der Körper keines anderen Baumes auf der Welt, gespalten, geborsten, verdreht und hohl, Wunde an Wunde, Schmerz an Schmerz und gar kein Harz zum Verheilen und dabei dieser zwergenhafte Wuchs und keine Biene, weil sie weder Blütenstaub noch Honig hier finden würde, und kein Vogel, weil diese Zweige zu schütter und zu weit weg vom Himmel, direkt am Erdboden, sind. Um zu erkennen, daß ein Olivenbaum auch wächst, müßte man wirklich zweimal geboren werden.

Christus konnte in keinem anderen Garten leiden als in einem Olivenhain, weil die Früchte des Olivenbaums keiner ißt und sie frisch auch keiner essen kann: die Früchte des Olivenbaums werden nicht von Menschenhänden gepflückt, sondern noch grün mit Stöcken heruntergeschlagen, weil sie zu fest an den Zweigen haften und so zahlreich sind, daß es mit den Händen viel zu lange dauern würde, o Dichter! Und wenn man sie mit Stöcken von den Zweigen heruntergeschlagen hat, sammelt man sie auf der Erde zwischen spitzem Gestein im trostlosen Gras auf, dieses harte Obst der Olivenbäume, das nicht einmal Schweine fressen, weil es nicht schmeckt – ich selbst habe die Frucht gekostet, sie hatte keinen Geschmack, auch nicht nach Öl, so daß ich sie wegwarf – und wenn man dieses Obst wenigstens auf einmal mit den Stökken von den Bäumen schlagen würde, es wird jedoch wahrscheinlich nicht alles zur gleichen Zeit reif, und so gehen sie sogar im November, dem Allerseelenmonat, Tag für Tag mit ihren Stöcken zu den Bäumen und schlagen soviel wie möglich herunter, deshalb wurde ich damals im November hier an der Adria morgens von dem Klopfen geweckt, das zwar nicht so stark war wie in Prag das Teppichklopfen (mein Gott!), mein Selbstbewußtsein jedoch nicht minder verletzte.

Aber ausgerechnet aus diesen Früchten wird das Öl zum Salben von Propheten und Königen gewonnen. Schlagt sie nur herunter, zermalmt sie in Stampfmühlen, weicht sie nur monatelang ein, zermahlt sie zu Brei mit euren Mühlsteinen: *dazu sind sie da!* Ihr Blut, Tochter der Erde und der Sonne, ist in Speisen ja auch gesünder als Schweineschmalz!

Heimat ist nicht die Gegend, wo wir geboren wurden und gelebt haben, sondern jene, die uns bestimmt ist. Ich selbst wurde in Mähren geboren, und noch vor zwei Jahren – noch vor einem Jahr – hätte mich niemand überzeugt, ich würde Mähren verlieren. Auch in Böhmen lebe ich nicht mehr, und woanders habe ich überhaupt nicht gelebt.

Ja, ich lebte und es ist mir zu leben bestimmt auf einer großen Insel inmitten eines unendlichen Meeres in einem Olivenhain. Die einzigen Tiere dieser Insel sind das Schaf, der Esel und die Amsel. Möglich, daß es hier auch die wilde Turteltaube oder die Nachtigall gibt, aber gehört habe ich sie nicht.

Monsieur l'Abbé, y a-t-il un homme quelconque dans le monde, dont la lèpre guérirait sous mes lèvres? Dites le moi, c'est important!, je me mettrais tout de suite en route pour le chercher.

Man muß um Mitternacht aus Prag abfahren und bei Sonnenaufgang jenseits der Grenzen Böhmens aufwachen, um das zu verstehen.

… car ma vie ne sera plus longue que celle de vous, et les pivoines n'ont pas encore fleuri dans votre jardin.

Siehst du denn nicht, daß sie schon gestorben ist?

Komm, mein Geist, mein vergossenes Blut, du, die du deine Schlagadern geöffnet hast, wenn ich trinken wollte, komm in mein verwüstetes Königreich! Du ärmste von allen, meine Bedauernswerte, du meine Sans Nom, und wenn du willst, setz dich auf meinen Thron, wenn alle meine Untertanen tot sind …

Bereit ist das Lager, ein weißes Lager,
um den Mund kreisen Lilienflammen.
Ihre glutrote Blüte in den Azur steckte meines Ziels
Koralleninsel im Stillen Ozean und sprießt.

In den Landstrich, der meine Heimat ist, kann man von allen Seiten kommen. Ich denke an nichts anderes als an meine heimatliche Gegend. Ich habe niemals an etwas anderes gedacht. Es gibt dafür Zeugen, und wenn ich sterbe, werden sie es bezeugen, denn solange ich lebe, ist es meine größte Freude, ohne Zeugen zu sein, was die einzige Quelle meiner Fröhlichkeit und die einzige Werkstatt meines Humors ist. Manchmal ist es nicht zum Aushalten, und ich bin mir dessen bewußt, daß das ein Germanismus ist, aber ich liebe Germanismen, um den Menschen nicht mit grammatischen Heugabeln zu umarmen. Ich umarme gerne, deshalb kreist mein Wort um den Menschen wie die Sonne um die Erde: da drüben bei Holubí Zhoř geht sie auf, und dort drüben bei Dolní Heřmanice geht sie unter. Man erzählt, dem sei nur scheinbar so. Daß die Sonne angeblich überhaupt stünde und nur wir uns angeblich drehen. Papperlapapp: alles dreht sich. Und wenn ich (um auch poetisch zu sprechen) meinen Arm um deine Hüfte schlinge, Geliebte, bewegst du dich da gar nicht? Wer dreht sich? Alles dreht sich!

In meine Heimat kann man von Holubí Zhoř kommen und auch von Dolní Heřmanice. Aber auch von Pyšel, von Naloučany, von Oslava, von Kamenná, und leider, auch von Jabloňov. In diese Richtung gehe ich immer vom Grab Pavla Kytlicovás weg, in dieser Richtung leuchten in klaren Nächten der Große und der Kleine Wagen. Das ist ganz hoch oben: wie oft müßte ein Mensch sterben, bevor er nach Billionen Jahren dort ankäme? Und vielleicht ist gerade dort meine Heimat. Warum hätte ich sonst so eine Sehnsucht?

Und wie kommt es, daß mir hier in Dalmatien die Schwalben nichts zu sagen haben? Und wie kommt es, daß selbst der Rabe, der nach dem Hahnenschrei mit seiner Familie kost, eine ganz andere Stimme hat als sein Bruder im Föhrenwald oberhalb meines Hauses? Ich bin überzeugt, daß die Schwalbe oder die Lerche nur so nach Afrika fliegen, wie im Frühjahr die Reichen aus Deutschland an die französische Riviera reisen oder auf Hochzeitsreise nach Indien gehen. Doch in Wirklichkeit ist bekanntlich unser Norden die Heimat der Lerche und der Schwalbe, und nicht irgendwo im Norden, sondern genau dieses oder jenes Dorf, genau dieses oder jenes Feld oder Gebäude …

So verhält es sich auch bei den Menschen, ob sie es wissen oder nicht. Vielleicht war Gott besorgt, alle Menschen und alle Tiere und überhaupt alle Lebewesen würden sich an einem einzigen Ort drängeln und die ganze übrige Erde bliebe leer. Daher mahlt der Eskimo seine Flechte, spült sie mit Lebertran hinunter, tummelt sich in Schnee und Eis mit seinen Rentieren und Hunden, und in seinen Polarnächten, die kein Ende nehmen, ist er in einem Bärenfell unter einem Grabhügel aus Eis beim Qualm einer Tranlampe bei seiner Frau und seinen eingefetteten Kindern um nichts weniger glücklich als sein menschlicher Bruder unter Palmen im ewigen Frühling und beim Flug nach Tahiti.

Es gibt keinen Platz auf der Welt, der nicht schön wäre. Überall gibt es Schönheit, aber nicht überall kann der Mensch sie genießen. Schönheit ist überall, aber ein Recht auf sie erhalten wir nur dort, wo wir sie uns mit unserer Arbeit erringen.

Daher ist auch der Nomade nur scheinbar ein Nomade, weil sein Heimatland ausgedehnter ist, als unsere Augen es zu sehen sich angewöhnten. Wenn ein Siebenjähriger zum ersten Mal und allein ins Nachbardorf aufbricht, das von seinem Zuhause kaum eine halbe Stunde entfernt ist, kann er noch nach Jahren von dieser seiner Reise träumen wie von einem Kreuzzug ins Heilige Land. Der körperliche Horizont seiner Augen wird immer weiter und weiter, so wie die Wasserkreise auf einem See von der Stelle aus, wo aus Tausenden Metern Höhe ein Hydroplan abgestürzt ist, sein geistiger Horizont jedoch wird auch nach Jahren noch in diesem Zentrum bleiben, das man Heimatgegend nennt. Immer wird sein Archimedischer Punkt und immer auch seine Achillesferse bleiben.

Es gibt keine einzige Tugend von mir, die nicht wie die Kamille oder die Pfingstrose oder der Eberwurz, die Nelke und die Wucherblume aus meiner Heimatlandschaft hervorgewachsen wäre: wie die Birke, die Föhre, wie der Wacholder und der Granitblock, wie die blaugrauen und silberblauen Wellen des Korns, an denen entlang im Juni die Wölfe dahinjagen: wie die schweren Nebel und Herbstregen, wie die grimmig krachenden Eisschollen, oder wenn ein ganzer zugefrorener Fluß auf einmal tief aufseufzt zwischen von Fichten bewachsenen Berghängen: das alles in meinen Tugenden kommt aus meiner Heimat, auch die Sommerwolken und die im Flug kreisenden Mauersegler, ein Wunder, daß ihre Schnäbel nicht vor Seligkeit im Abendrot bersten: und auch der Gesang der Wiesenlerche und der Duft von gewendetem und aufgehäuftem Heu und das ruhige und selbstbewußte Flüstern der Gerstengrannen, wenn ein Mittagslüftchen sie streichelt: und auch das Abendgeläute, das sich von der Höhe auf müde Köpfe und Rücken und Hände herabsenkt wie eine köstliche Anerkennung von Gott: das alles, selbst wenn ich es nicht einmal weiß, legt meine Heimatlandschaft in alle meine Blicke, die gut waren, in alle meine Worte, deren Stimme demütig war, in jede Geste meiner Hände, in jedes Aufrichten und Beugen meines Körpers, in jeden Schlag meines Herzens, in jedes Gefühl, in jeden Gedanken, in jede Hoffnung, in jede Verzweiflung, in alles, o Gott sei gedankt, o weh: in alle meine Träume!

Ich kann nichts Gutes, das ich je tat oder tun wollte oder dachte, auf etwas anderes zurückführen als auf die Fluren meiner Heimat, aber sogar meine Missetaten und Sünden, jede Schuld, kann ich auch nicht anders rechtfertigen als durch meine heimatliche Landschaft, und wenn ich jemanden hasse, haßt ihn meine Heimat, und wenn Gott mir die Gnade schenkt, daß ich jemanden liebe, kann ich nur sagen: Gott, ich nehme dieses Kreuz gerne auf mich, denn Du als einziger weißt, daß es so schwer ist wie der Tod. Wenn uns nicht geglaubt wird, können wir nicht lieben. Unsere Sprache, die Sprache unserer Liebe ist unsere Heimatgegend. Wenn ich hier diese karminrote Steinnelke pflücke und dir gebe und du würdigst sie kaum eines Blicks und wirfst sie gleich darauf weg, Geliebte, dann siehst du mich nicht. Und wenn ich mit dir hinter einem Granitblock auf einem Hang liege und sage: hörst du das Rauschen der Föhren und die Flügel der Heuschrecken, wenn sie von Ort zu Ort hüpfen, und du hörst das alles nicht, weil du in Gedanken versunken bist: wie kann ich dich lieben, was kann ich dir geben, wenn ich den Mund kaum aufmachte und es mein einziges Verlangen war, daß wir in dieser Pracht gemeinsam schweigen und nur unsere Blicke lautlos wie Strahlen auf alle Dinge um uns herum fallen und langsam, lautlos, heimlich in unsere Augen zurückkehren, deine in meine, meine in deine, immer kostbarer und kostbarer, bis auch das nicht mehr notwendig wäre, weder das noch ein Lächeln, weil es genügen würde, daß wir gemeinsam und ohne Rückkehr auf einen einzigen Fleck schauen, durch keine, gar keine Finsternis mehr weder in der Tiefe noch in der Weite begrenzt …

> Wahrscheinlich stamme ich nicht von hier,
> ich sehe es an diesem Sonnenuntergang;
> er kommt mir vor wie eine Tür
> in eine Zukunft, ewig lang …[1]

Ich liebe diese meine Landschaft, denn mit ihr werde ich nach Golgatha gehen: alle werden wir gekreuzigt werden, auch diese Linde, auch dieser Felsblock, auch dieser Eberwurz mit dem ölartigen Herzblatt, auch dieser blaue Himmel, auch dieser mein Brunnen, auch mein Hund. Aber ich liebe diese Landschaft, weil sie von den Toten auferstehen und in den Him-

1 Im Original deutsch.

mel fahren wird. Sie ersteht unablässig von den Toten auf und fährt unablässig in den Himmel und blutet unablässig am Kreuz. Ihre Steine werden rufen, und aus den Mündern unmündiger Kinder wird sie ihr Lob empfangen.

Vladimír Binar

Jakub Deml, Schöpfer eines unbekannten Meisterwerks

> »Der Morgen ›Meiner Freunde‹, die Nacht des ›Totentanzes‹, der Tag des ›Grabhügels‹, Ländliches und die engelhafte ›Miriam‹, die Stadt und der Teufel der Prosa ›Die Kirche‹, das sind die Ränder des Sternbilds, zwischen denen der so kompakte Kosmos von Demls Werk aufgespannt ist.«
>
> *V. Nezval*

Das Werk des Dichters und Priesters Jakub Deml (20.8.1878 bis 10.2.1961) zählt durch seine Dimension, die dichterische Kraft und Phantasie und den formal experimentellen Charakter zu den bedeutendsten Manifestationen der tschechischen Dichtkunst des 20. Jahrhunderts. Der Stand der Rezeption von Demls Werk in der tschechischen Öffentlichkeit scheint das genaue Gegenteil nahezulegen. Eine Ausnahme bildeten die kleine Gemeinde von Demls Freunden und Mäzenen und Dichter, die sich, entweder offen oder nur dadurch, daß sie seine Anregungen aufgriffen und assimilierten, zu Deml und seinen dichterischen Errungenschaften bekannten. Dazu gehören beispielsweise Stanislav Kostka Neumann (1875-1947), František Xaver Šalda (1867-1937), der führende Repräsentant der tschechischen Avantgarde Vítězslav Nezval (1900-1958), von den Lyrikern und Prosaisten der dreißiger Jahre Vladimír Holan (1905-1980), Jan Zahradníček (1905-1960) und Jan Čep (1902-1974). Bohumil Hrabal (1914-1997), ein Beispiel aus der jüngeren Zeit, reihte Deml unter die fünf für ihn bedeutsamsten tschechischen Prosaschriftsteller.

Das Schicksal von Demls Werk in der tschechischen Kultur stellt die fast grausam anmutende Kehrseite des begeisterten Interesses von Dichtern und Prosaautoren an einem Wortkünstler dar, der die Impulse und Innovationen der tschechischen Literatur des 19. Jahrhunderts, von Karel Hynek Mácha (1810-1836) bis Otokar Březina (1868-1929), ausformte und weiterentwickelte und Tendenzen der Literatur des 20. Jahrhunderts absteckte und vorwegnahm. Demls Werk ist ein Kreuzungspunkt, aus dem zwei markante und gänzlich gegensätzliche Traditionen der modernen tschechischen Dichtung wegführen, verkörpert von Nezval – einem Mann der Menge und hedonistischen Zauberer der Metamorphosen – und Holan – einem Mann der Einsamkeit, dem Dichter der Apokalypse und Schöpfer der reinen Transzendenz. Dennoch versagten mit wenigen Ausnahmen, wie sie Bedřich Fučík (1900-1984) repräsentiert, die Literaturkritik und Literaturwissenschaft Deml die ihm angemessene und gebührende systematische Aufmerksamkeit, und auch ins Bewußtsein einer breiteren Leserschaft trat er nicht. Dieses Schicksal Jakub Demls – eines »poète maudit« – und seines Werks, das zwischen 1902 bis 1960 entstand und aus hundertfünfundvierzig Publikationen besteht, vollendete sich nach dem Zweiten Weltkrieg: Nachdem sein Name mit der kommunistischen Machtergreifung (1948) vollkommen aus der tschechischen Kultur verschwunden war, tauchte er in der Atmosphäre der Liberalisierung kurz vor dem Prager Frühling wieder auf, um danach für weitere zwanzig Jahre zum Tabu zu werden.

Die Literaturkritik und Literaturwissenschaft reagierte eher auf einzelne Züge von Demls Werk, versuchte aber nie, es als Ganzes zu verstehen, das heißt, die Struktur zu erfassen, die sich hinter der scheinbaren Chaotik und den Peripetien seines Œuvres verbirgt. Deml scheint in Bewertungen auf als ein Dichter des Todes oder ein Dichter der Blumen, als galliger Polemiker oder Dichter der heimatlichen Landschaft und dergleichen mehr. Häufig stellt man ihn an die Seite Richard Weiners (1884-1937), wie es der führende Literarhistoriker Arne Novák (1880-1939) tat, dann wieder wird er der postsymbolistischen oder katholischen Lyrik zugeordnet. Nezval sah in ihm einen Vorläufer des tschechischen Surrealismus, Jindřich Chalupecký (1910-1990) reihte ihn unter die tschechischen Expressionisten. Ähnlich widersprüchlich wird gewöhnlich Demls Persönlichkeit charakterisiert: Dichter, Priester, Sokolmitglied, Konservativer, Solipsist, Antisemit etc. Widersprüche erweckt Demls Werk auch formal: Es besteht aus Gedichten, Prosapoemen, Traumprotokollen, Essays, chronikartigen Texten, polythematischer Prosa, Tagebucheintragungen, Korrespondenz. Das Resultat ist eine unübersichtliche Reihe großer, kleinerer und ganz kleiner Publikationen, die der Dichter in mehr oder weniger bibliophiler Form selbst verlegte und die heute somit unzugänglich sind. Dabei hatte Deml aber schon am Beginn seiner literarischen Tätigkeit 1913 behauptet, er schaffe aus allen seinen – »vergangenen und künftigen« – Büchern »ein einziges Buch«.

Nach der Priesterweihe (1902) war der junge Dichter in den Dienst der Kirche getreten und vertrat seine eigenwillige Auffassung von der Sendung eines Priesters als Redakteur der zusammen mit dem Verleger bibliophiler Werke Josef Florian (1873-1941) edierten Sammelbände »Studium«. Dort verbreitete er päpstliche Schriften, Mystiker, zeitgenössische Literatur (Bloy, Rilke u.a.) und druckte auch seine Korrespondenz ab, in der er kirchliche Mißstände aufdeckte. Das und sein eigenes dichterisches Schaffen trugen Deml einen heftigen und unversöhnlichen Konflikt mit seinen Vorgesetzten ein. Er wurde von einem Ort in den anderen versetzt und schließlich aus dem Kirchendienst ausgeschlossen: Das machte ihn zu einem durch Böhmen und Mähren irrenden Gehetzten und Verbannten und ließ ihn zu der Erkenntnis kommen, daß der Mensch im Rahmen einer Institution (in seinem Fall der Kirche) rücksichtslos manipuliert, zu einer »Inventarnummer« degradiert und in dieser Lage vernichtet werden kann.

Aus dieser Lebenserfahrung entstanden in den Jahren 1907 bis 1917 Bücher mit lyrischer und traumartiger Prosa wie »Erste Lichter«, »Die Burg des Todes«, »Der Totentanz«, »Miriam« und »Meine Freunde«, die die zentrale Linie seines dichterischen Werks darstellen und von den Tagebüchern »Der Laubfrosch«, »Heim!«, »Für künftige Pilger und Pilgerinnen« begleitet werden. In den Träumen »Die Burg des Todes« und »Der Totentanz« analysiert Deml die Situation und Stellung des Menschen unter Menschen. Die Welt der Menschen in ihrer institutionalisierten Ordnung verwandelt sich für ihn in ein monströses unterirdisches Labyrinth oder absichtlich gestellte Fallen, in denen der Held umherirrt, vernichtet oder ermordet wird. Deml versucht, diese Bedrohung des Menschen, das Erlebnis des Todes durch die Liebe, sei es, wie in der hymnischen »Miriam«, durch die Liebe zu einer Frau, der Schwester und auch Geliebten, oder wie in »Meine Freunde« durch die Liebe zu den Blumen zu überwinden, deren Apostrophen für ihn die geheimnisvolle und paradiesisch glückliche, durch die Liebe gekittete menschliche Gemeinschaft bedeuten. Einen parallelen Versuch, der Bedrohung des Menschen Herr zu werden, sind seine Tagebücher, in denen Deml zeigt, daß der Mensch angesichts des Todes im zerstörerischen und unmenschlichen Automaten der Institution nicht allein und verlassen bleiben darf, sich mit einer Gemeinde von »Gottesfreunden« umgeben muß.

In den Büchern mit Tagebuchcharakter legte Deml ein dokumentarisches Zeugnis ab von seinem Irrweg durch kirchliche Institutionen, durch die er sich wie die Helden von Kafkas »Prozeß« oder »Schloß« bewegt. Die Tagebuchszene ist gleichzeitig die »Historie der großen Allgegenwart«, in welcher sich einzelne Begebenheiten, befreit von der Kalenderzeit und ohne Rücksicht auf die Chronologie, so anordnen, wie es das absurde Geschehen diktiert, welches der Held zwischen sich und der Welt durchlebt. Zugleich ist die Tagebuchszene ein der zentralen Werklinie dieser Periode beigefügtes Panorama, mittels deren zahllose Figuren aus allen gesellschaftlichen und sozialen Schichten in Demls Texte eintreten – neben historischen Persönlichkeiten wie O. Březina, S. K. Neumann, Bischof Huyn[1] u.a. gleichwertig auch Figuren und namenlose Gestalten.

Durch die Sublimation der Realität, des Lebensgeschehens und von tatsächlichen Ereignissen in traumgleiche Phantasien, und überhaupt durch die Verwendung der Poetik des Traums, nahm Deml die Texte der französischen und tschechischen Surrealisten weit im voraus vorweg. In ähnlicher Weise hatte er mit der assoziativen Metaphorik seiner Blumenapostrophen wesentlichen Anteil an der Herausbildung der dichterischen Verfahren der tschechischen Poetisten in den zwanziger Jahren. Dadurch wiederum, daß er das Tagebuch zu einer neuen und eigenständigen Form von Prosa oder Dichtung machte, begründete er eine Tradition des Tagebuches, die zu mannigfaltigen Ausformungen dieses Genres führte und eng verbunden mit Namen wie V. Holan, Jiří Orten (1919-1941), Jiří Kolář (1914-2002), Ludvík Vaculík (geb. 1926) und anderen ist.

Alle Bücher aus dieser ersten, der »heroischen Phase« Demls bilden den ersten Zyklus seines »einzigen Buches«, welches ein Grundthema zu einer Einheit verbindet: das Bewußtsein von der Gefährdung

---

1 Paul Graf von Huyn (1868-1946, Bozen), ab 1904 Brünner Bischof, 1916-1918 Prager Erzbischof, verließ nach Gründung der ČSR fluchtartig das Land.

des Menschen in der Gesellschaft und das Bemühen, diese Bedrohung zu meistern. Zusätzlich geeint wird es durch die Präsenz des Hauptheiden, Demls selbst, und weiterer Gestalten im Rang kultischer Idole. Es sind dies Eliška Wiesenbergerová (1869-1918), die Protagonistin des ganzen Zyklus, ferner seine Mutter, die Schwester Matylka und O. Březina. Diese positiven Figuren treten hier (wie auch in der ganzen folgenden Strömung von Demls Schaffen) als Gegensatz zu solchen auf, die negative Kräfte repräsentieren beziehungsweise repräsentieren werden.

Demls Figuren dürfen jedoch nicht nur in ihrer historischen Gestalt und Bedeutung verstanden werden, sondern gleichzeitig und vor allem von ihrem ästhetischen Wert her, den sie im Raum seines bewußt und auch unbewußt komponierten »einzigen Buches« innehaben, in welchem sie zu Helden eines Kunstwerks werden: Deml möchte seine konkrete Individualität in der Gemeinschaft konkreter Menschen realisieren und ist außerdem bestrebt, seine authentischen Äußerungen in ein Bild seines Traums, in das Fresko eines »Theatrum mundi« zu verwandeln.

Dieses Bestreben, Sitten und Veränderungen seiner Zeit einzufangen, realisierte Deml durch die Herausgabe des sechsundzwanzig Bände umfassenden Periodikums »Fußspuren« (1917-1941), die zwanzig Jahre lang die Begleitszenerie der zentralen Linie seines Schaffens wurden. Auf den Seiten der »Fußspuren« bemühte er sich, nachdem der Versuch, eine Gemeinde der »Gottesfreunde« zu gründen, gescheitert war, eine Gemeinschaft von Menschen auf nationaler Basis um sich zu sammeln.

Das in unregelmäßigen Intervallen erschienene Periodikum »Fußspuren« ist weder eine Zeitschrift noch ein Tagebuch. Seine Einzigartigkeit beruht darin, daß es von einem einzigen Autor geschrieben und herausgegeben wurde, der nicht nur Ereignisse seines eigenen Lebens, sondern auch gesellschaftliche Geschehnisse, Veränderungen und Umbrüche registrierte, und dies von der Gründung der Ersten Tschechoslowakischen Republik bis zu ihrem Untergang am Vorabend des Zweiten Weltkriegs. Ohne wie auch immer geartete apriorische Zielsetzungen ergießen sich Persönliches und Gesellschaftliches auf ihre Seiten, der Verfasser möchte vor allem alles Zufällige, Geheimnisvolle und Unlogische des Lebens in seinen sämtlichen authentischsten und gleichzeitig aus unzähligen Blickwinkeln gesehenen Manifestationen erfassen und festhalten. Dadurch bestehen die »Fußspuren« aus einem Strom von alltäglichen Vermerken, lyrischen Notizen, Anleitungen zur Erzeugung von Nistkästchen, Gedichten, Beschreibungen eines Spucknapfs in einem Wirtshaus und mutwillig abgeholzter Pappelalleen, Kommentaren zu politischen und kulturellen Vorfällen, eingetroffener und abgesandter Korrespondenz, Seiten aus der Familien- und Dorfchronik, Widmungen in Büchern, Rezensionen der Publikationen des Herausgebers, Kochrezepten, volkstümlichen Redensarten, Zeitungsausschnitten usw. Niedriges verfließt hier nicht unterscheidbar mit Hohem, was den Drang des Dichters belegt, in die Tiefe der Allgemeinheit einzutauchen, sich mit dem geistigen und materiellen Geschehen der Welt zu identifizieren, seinen Durst nach Ewigkeit und auch Vergessen seiner selbst zu stillen. Die »Fußspuren« sind ein gänzlich neues dichterisches Gebilde, gleichzeitig aber auch ein einzigartiges Dokument von Gepflogenheiten, des Charakters und des historischen Geschehens der Ersten Republik, erlebt von einer einzigartigen dichterischen Persönlichkeit und einmal hellsichtig, dann wieder im Spiegelsaal von Demls Imagination verzerrt gesehen.

Nach dem Ende des Ersten Weltkriegs und mit der Gründung der ČSR (1918) endet Demls Irrweg eines Gehetzten, indem er sich in Gesellschaft Pavla Kytlicovás (1874-1932), der zentralen Heldin dieses Zeitabschnitts, 1922 im heimatlichen Tasov ansiedelt. Er begründete dort mit ihr die »Tasover Freundesfamilie«, die ein breites Spektrum von Gestalten sowohl des literarischen Lebens, Šalda, Jaroslav Durych (1886-1962) u.a., als auch aus verschiedensten Gesellschaftsschichten umfaßte.

Das Mittel, den Weg zum Volk zu finden, wurde für Deml in den »Fußspuren« 1925 bis 1928 das Sokoltum.[2] Mittels des Sokols glaubte Deml, um sich herum eine Gemeinde von »Brüdern und Schwestern« schaffen zu können und sich so »aus der stinkenden Einsamkeit seines Ich« zu befreien. Die nationale Gemeinschaft sah er als einen physischen und geistigen Raum freier und aktiver Individuen in der gesamten gesellschaftlichen Breite – von Präsident T. G. Masaryk oder dem Dichter O. Březina bis zum Dienstmädchen.

---

2 Sokol [Falke] – 1862 gegründeter, patriotisch ausgerichteter tschechischer Turn- und Leibeserziehungsverband.

Demls inneres Verständnis von der Nation kristallisierte sich in den Tasov gewidmeten dichterischen Chroniken aus dem Jahre 1926 heraus: »Grabhügel«, »Flugloch«, »Zum Wort spricht die Stimme«, Werke, die den zweiten Zyklus seines »einzigen Buches« formen. Deml versuchte darin, das Geheimnis seiner Familie zu enthüllen, das gegenwärtige mit dem physischen und geistigen Leben der Vorfahren zu verbinden, also einen Raum der Zusammengehörigkeit der Individuen im Tod, in den ewigen Metamorphosen des Lebens, in seinem Erlöschen und in seiner Wiedergeburt herauszubilden – und die auf diese Art und Weise konstituierte mythisch-familiäre Gemeinschaft stellt für ihn die lebensspendende Quelle der nationalen Zukunft dar. Diese harmonische Vision sollte abermals die Bedrohung durch den Tod, das Erlebnis des Todes, dem der Mensch in einer institutionalisierten Ordnung der Welt ausgeliefert ist, überbrücken. In einer mythischen Raumzeit verschmelzen Gegenwart und Vergangenheit der Vorfahren und Zeitgenossen, des Dichters selbst und auch der Landschaft von Tasov. Tasov und die Tasover Freundesfamilie werden für Deml zum Modell seiner Auffassung von Nation, und diese mythologisierende harmonische Sicht ist vom emphatischen Glauben getragen, er würde als einer der Sprecher und Stifter des nationalen Schicksals im Volk akzeptiert werden.

Zu zerschlagen beginnt sich diese dichterische Vision bei Demls brutalem Bruch mit der Sokolbewegung, als diese die Teilnahme am Sankt-Wenzels-Millennium ablehnte. Entscheidend für ihren Zerfall war aber der Tod O. Březinas ebenfalls 1929. Zwei Jahre später veröffentlichte Deml »Mein Zeugnis von Otokar Březina«, in dem er einerseits die Bedeutung Březinas und seines Werks für das geistige Leben der Nation hervorhob und postulierte und andererseits diesem seinem Idol die Maske des Symbolisten vom Gesicht riß, hinter der sich der Mensch Březina verbarg. Gleichzeitig enthüllte er hier in dokumentarischer Form seinen Weg bei der Verfolgung seiner Idee eines »Reichs des Guten und Schönen« von der Gemeinde der Gläubigen zu seiner Sicht nationaler Harmonie. Gegen die Art, wie Deml Březina präsentierte und auch gegen seine eigene existentielle und dichterische Einstellung erhob sich in der gesamten kulturellen Öffentlichkeit ein derartiger Sturm der Entrüstung, daß Deml sich nicht nur in seinen existentiellen Bemühungen in Zweifel gestellt fühlte, sondern es direkt als Verrat seines Ideals und als Verstoßung aus der Nation empfand. P. Kytlicovás Tod (1932) fegte definitiv das Universum hinweg, das Deml jahrelang aufgebaut hatte, er blieb allein, bestand aber auf seinem Mythos vom Volk, von dem ihm nur mythologisierte, im Strudel der gesellschaftlichen Veränderungen der dreißiger Jahre von ihm hochgehaltene Idole blieben – der tote Březina und die tote Kytlicová. Heroisch räumt er allerdings ein, sein Traum von der Nation – Tasov – sei »gestorben«.

Aus dieser Krise ging in den Jahren 1934 bis 1936 der dritte Zyklus seines »einzigen Buches« hervor – »Das vergessene Licht«, »Die Reise nach Süden«, »Die Prinzessin«, »Jugo«, »Heimat« und andere Texte. Dazu gehören auch die deutschen Verse »Das Lied eines wahnsinnig gewordenen Soldaten« und »Solitudo«, die inspiriert waren von der tragischen Beziehung zu einer Deutschen, der Gräfin Katherina Sweerts-Sporck aus Kuks, die die zentrale Heldin dieser Periode ist. Deml war neuerlich zum Gehetzten und Verbannten geworden, er floh aus Tasov nach Kuks, dann nach Jugoslawien und Deutschland, als hätte er seine Position außerhalb des Volkes, das sein Ideal ablehnte, demonstrieren wollen. Er stilisierte sich in die Gestalt eines Soldaten, der nach verlorener Schlacht wahnsinnig wurde. Im »Vergessenen Licht« ist nicht nur der Mensch, sondern auch Gott erschüttert. Die Welt als Ganzes zerfällt für den Helden in Trümmer und Splitter von Einzelheiten, in ein genaues Bild dessen, wogegen Deml immer gekämpft hatte: Das Individuum ist in völlige Isolation geraten, und die Gemeinschaft der Menschen stellt sich ihm nur als Summe in gleicher Weise isolierter Einzelner dar. Der Protagonist irrt durch die Welt – die Institution von Staat und Nation –, und es handelt sich dabei nicht mehr um das einstige unterirdische Labyrinth, sondern eine tagtägliche gesellschaftliche Realität, die Ortschaft Tasov, die sich in das erschreckende imaginäre Labyrinth einer Großstadt wandelt, in der »man nirgendwohin gehen kann« und wo nur »Angst vor der Nacht, Entsetzen vor der Nacht« übrigblieben. Deml hat keine andere Wahl mehr, als auf seiner subjektiven Wahrheit zu bestehen und lediglich einen *Situationsbericht* zu liefern, Kunde zu geben von der Todesgefahr, die daraus entspringt, daß der Mensch »in die stinkende Einsamkeit seines Ichs« getrieben wird, sowie aus der Unmöglichkeit – sogar in der Liebe – über sich selbst zu einem anderen hin hinauszugehen oder sich in einer überpersönlichen Gemeinschaft zu materialisieren, so daß es zur Depersonalisierung kommt. Das offenbart sich für Deml als Tod, als ein tagtäglich gelebter Tod, und läßt ihm die Wahrheit des eigenen Ideals als ein am hellichten Tag absurd leuchtendes vergessenes Licht erscheinen. Der Mensch lebt hier nicht mehr in der Zeit, sondern in der Zeitlosigkeit seiner relativen Wahrheit.

Stilistisch ist das »Vergessene Licht« ein Konzentrat aus den von Deml in den »Fußspuren« angewendeten Collage-Verfahren, diesmal jedoch durch eine tragische Liebesbeziehung und den Identitätsverlust zu einem geschlossenen, wenngleich unablässig geysirartig emporschießenden Strom geeint, der sogar die Vorstellung erweckt, es handle sich um einen automatischen Text. Es kommt darin zu ständigen Metamorphosen brutaler und banaler Phänome der Realität in den Traum und umgekehrt, wobei das Bild des Traums und des Wachzustands kaum zu unterscheiden ist. Außerdem ist der Text von einer für die damalige Zeit schockierenden erotischen Offenheit. Dieser Qualitäten wegen wurde »Das vergessene Licht« zu einem Kultbuch nicht nur der tschechischen Surrealisten, sondern beeinflußte in den darauffolgenden fünfzig Jahren mit seiner Narrativik merklich die tschechische Prosa und insbesondere Bohumil Hrabal. Die gerichtliche Beschlagnahme und Eingriffe der Zensur gleich im Erscheinungsjahr (1934) ließen es für die tschechischen Leser darüber hinaus ein halbes Jahrhundert lang zur für sie nicht zugänglichen Legende werden.

Die Größe von Demls Sicht der tragischen Stellung des Individuums in der tschechischen Nachkriegsgesellschaft erfaßte Roman Jakobson, der »Das vergessene Licht« als das »tragischste Buch der tschechischen Literatur neben dem ›Tkadleček‹[3] und dem Werk der Božena Němcová«[4] bezeichnete. Man kann behaupten, daß dieses Buch in der tschechischen Literatur eine ähnliche Stellung einnimmt wie Henry Millers »Wendekreis des Krebses« im Kontext der Weltliteratur.

Demls »einziges Buch« wird im Grunde mit den letzten Bänden der »Fußspuren« (1936 bis 1941) abgeschlossen, auf deren Seiten er seine »vergessene Wahrheit« mit der politischen und kulturellen Realität der Zeit vor dem Zweiten Weltkrieg und der ersten Kriegsjahre konfrontiert. Er sagte sich darin völlig von der tschechischen Gemeinschaft los, weil sie mit seinem Begriff von Nation nichts anfangen konnte, und entfesselte hier – den Antisemitismus inbegriffen – einen ironischen und sarkastischen Karneval, in dessen Schlußszene er das eigene Volk als eine atomisierte Prozession von Einzelwesen sieht: Jeder von ihnen verfolgt seine isolierte, tragische Wahrheit, die die Form einer *Anekdote* annimmt, in deren lächerlich

3 *Tkadleček – Das Weberlein*, um 1409 entstandenes Streitgespräch zwischen dem Tod und dem personifizierten Unglück.

4 Božena Němcová (um 1820-1862), die bedeutendste tschechische Schriftstellerin des 19. Jahrhunderts, schuf u.a. das idyllisch wirkende Werk *Babička* (*Die Großmutter*), 1855, obwohl sie selbst schwer krank war und in tiefster materieller Not lebte.

absurdem Ablauf und durch deren Banalität das Individuum vernichtet wird. Mit dieser Vision nahm Deml die Situation des Individuums in der tschechischen Nachkriegsentwicklung vorweg und zeichnete eines der Hauptthemen voraus, das in der tschechischen Literatur später in verschiedenen Formen und Abwandlungen im Werk Vladimír Holans, Jiří Kolářs, Bohumil Hrabals, Milan Kunderas (geb. 1929) und auch Ludvík Vaculíks auftauchte.

Der scheinbar unübersichtliche, formal und genremäßig heterogene und gegensätzliche Komplex von Demls 145 Büchern hat also einen festen und gesetzmäßigen Grundriß und eine zyklische Form. Die zentrale Linie von Demls »einzigem Buch« besteht aus dem Zyklus um »Die Burg des Todes« (1912), dem Zyklus des »Grabhügels« (1926) und dem Zyklus des »Vergessenen Lichts« (1934). Ergänzt und vollendet wird diese Hauptlinie, beginnend bei den ersten Tagebüchern (1912/13) bis zu den letzten »Fußspuren« (1941), durch die Tagebuchszenerie beziehungsweise die Linie der Tagebücher. Beide Linien durchdringen einander unentwegt in Hinblick auf Themen und Motive und sind miteinander verflochten, ähnlich wie Demls Helden von der einen in die andere wechseln, was in den einzelnen Zyklen gleichzeitig geschieht. Bis zu einem gewissen Maß ist Demls Werk ein origineller und eigenwilliger »roman-fleuve« oder ein »work in progress«, somit also keinesfalls nur eine Summe einzelner Bücher, sondern ein ständig abrollender und wiederkehrender »sonderbarer Seelenroman« oder ein kontinuierlicher »Text aus der Krise«. Es gelten darin nicht die Regeln und Verfahren der traditionellen Romanpoetik, sondern er schafft sich selbst seine Poetik. Die grundlegenden geistigen Konstanten dieses Ensembles – der Mensch und der Tod, die Zeit und der Tod, der Mythos und der Tod – zeigen, daß auch in der tschechischen Literatur jene großen Themen auftraten, die am Beginn gewichtiger Versuche um eine neue Form des Romans stehen, wie wir es etwa bei Marcel Proust und James Joyce finden.

Demls »einziges Buch« oder Demls *unbekanntes Meisterwerk* ist fest in den Traditionen der tschechischen Literatur verankert. Durch das Beharren auf der Idee der menschlichen Gemeinschaft und der Gemeinschaft des Volkes hatte Deml die in Březinas Vision der Gemeinschaft der Brüder und »Baumeister am Tempel« gipfelnde Tradition eines Erben und Neruda[5] wiederbelebt und diese Tradition um die Perspektive der Beziehung zwischen Individualität und Gemeinschaft verlängert. Mit seinem eigenen Schicksal und auch dem Los seines Werks verkörpert Deml die tragische Form dieser Perspektive im politischen und kulturellen Geschehen der Tschechen und liefert auch den Beleg, daß die von ihm tragisch und grotesk entblößte Beziehung zwischen Individuum und Gesellschaft bis zum heutigen Tag zu den Kardinalfragen des modernen Menschen und der Welt überhaupt gehört.

---

5 Karel Jaromír Erben (1811-1870); Jan Neruda (1834-1891).

Christa Rothmeier

Jakub Deml, Dichter zwischen Licht und Schatten

»Die Nation hat sich immer noch nicht daran gewöhnt, in Deml einen der größten Autoren des 20. Jahrhunderts zu besitzen. Was diesen schwarzen Diamanten, der unfaßbare Blitze und Lichtstrahlen wirft, als oft wenig anziehende Schlacke des Alltagslebens des Dichters verhüllt, hindert uns, nicht nur sein Werk, sondern uns selbst in unserer Existenz in diesem Jahrhundert zu verstehen. Wir hören ungern, daß außer der schwindelnden Tiefe des Himmels auch das schwarze Loch der Senkgrube existiert – Deml teilt uns das mit der für ihn typischen unverfrorenen Aufrichtigkeit mit.«

Jiří Rulf (Wochenmagazin »Reflex«, Nr. 34, Prag 1995)

Kein anderer tschechischer Autor hat zu solchen Kontroversen provoziert und ist auch noch mehr als vierzig Jahre nach seinem Tod so umstritten wie Jakub Deml (1878-1961). Demls (wohl auch zum Teil selbstverschuldeter) dorniger Lebensweg, der begleitet war von öffentlichen Anfeindungen, Werkkonfiskationen, Geldsorgen, Prozessen, Skandalen, Zensureingriffen und Publikationsverboten, nahm seinen Anfang noch zur Zeit der österreichisch-ungarischen

Monarchie, in einem geistigen und gesellschaftlichen Klima, das auch andere tschechische Schriftsteller zutiefst deprimierte. Bezeichnend dafür ist eine Stelle in einem Brief, den Richard Weiner (1884-1937) von einem Militäreinsatz im Balkankrieg 1913 nach Hause schickte: »Ich habe alles so satt, daß ich mich nur danach sehne, so bald wie möglich aus diesem Reich zu verschwinden und nicht zurückzukehren [...]. Lieber in bitterster Not im Ausland. [...] Überall kann ich freier atmen als in Österreich. Es gibt keinen Staat, der sich seiner Schwäche dermaßen bewußt und gleichzeitig so eingebildet wäre.«

Drei Jahre zuvor hatte sich Deml in seinem tagebuchartigen Werk »Heim!« (erschienen 1913) aufgebäumt: »Ich bin kein Tier, ich bin kein Stück Holz, ich bin keine Inventarnummer einer Redaktion oder eines Ordinariats. Ich bin ein Mensch. Und ohne Zweifel bin ich ein Slawe.« Deml, 1902 zum Priester geweiht, beschreibt in diesem collageartigen Seelenbericht mit eingestreuten Sentenzen und Reflexionen seine Konflikte mit den Kirchenbehörden und familiäre Probleme, wie Krankheit und Tod seiner jüngeren Schwester Matylka. Wie er entstammte sie der zweiten Ehe ihres Vaters, eines Landgreißlers und Kleinbauern, der insgesamt drei Ehen einging und vierzehn Kinder hatte. Demls Mutter war 1890 gestorben, während sich der Zwölfjährige im niederösterreichischen Wulzeshofen bei Laa an der Thaya auf dem damals üblichen Kinderaustausch befand, um Deutsch zu lernen.

Zur Entstehungszeit von »Heim!« (1910/11) sah sich der Zweiunddreißigjährige, den man von einer

Pfarre in die andere versetzt und schließlich von der Seelsorge ausgeschlossen hatte, vor den Trümmern seines Lebens. Er war zermürbt von langjährigen Maßregelungen und der Bevormundung durch das Brünner Konsistorium und schon seit langem enttäuscht durch die Diskrepanz zwischen seinen christlichen Idealen und der tatsächlichen pastoralen Praxis sowie dem weltlichen Benehmen des Klerus.

Aber nicht nur die Auflehnung gegen die präpotente geistliche Obrigkeit – ein ungleicher Zweikampf, den Deml durch Veröffentlichung der dabei gewechselten Korrespondenz in »Laubfrosch« (1912) und »Für bessere Zeiten« (1927) dokumentierte –, sondern auch seine schriftstellerische Berufung, in die ihm die Kirche hineinredete, hatten ihn in eine ausweglos erscheinende existentielle Situation manövriert. Dazu gesellten sich, wenn auch nicht in aller Deutlichkeit ausformuliert, Gewissenskonflikte in Fragen des Zölibats, dem er sich allem Anschein nach für immer verpflichtet fühlte, ohne seine Zuneigung zu Frauen je unterdrücken zu können. Diesen Schluß lassen nicht nur die sein ganzes Werk bestimmenden weiblichen Figuren zu, die inspirierenden »Musen«, ohne die Deml zu keiner Zeit auskam und die ihm auch im Alltag eine Stütze waren.

Mittellos, ohne feste Bleibe und am Beginn einer in vielerlei Hinsicht außerhalb der Norm stehenden literarischen Laufbahn, war Deml praktisch da schon der Außenseiter, der er bis zu seinem Tod am 10. Februar 1961 blieb. Die ersten Zeilen eines Briefes vom Juli 1946 – »... ich reise durch Böhmen mit dem Gefühl eines Geächteten ...« – rufen einem die Worte in

Erinnerung, die er 1912 anläßlich der Veröffentlichung eines seiner wichtigsten Werke, der »Burg des Todes«, an den symbolistischen Lyriker Otokar Březina (1868-1929), seinen Freund und sein Vorbild, richtete: »Alle verstummten, alle wichen entsetzt vor mir zurück wie vor einer Leiche, wie vor einem Betrüger, wie vor einem Mörder, wie vor einem Ketzer [...]«.

Die eingangs zitierte Selbstcharakterisierung aus »Heim!« ist der Aufschrei eines Unbequemen, der zeit seines Lebens gegen – echte und eingebildete – Zwänge revoltierte, eines Individualisten, der gegen – tatsächliche und eingebildete – Mauern anrannte, wobei er sich jeden gangbaren Weg verbaute, wenn ihm der Geruch eines Kompromisses anhaftete. Es ist die exemplarische Aussage eines – trotz der ihm von Freunden nachgesagten Liebenswürdigkeit – galligen und gleichzeitig sensiblen Eigenbrötlers, der sich ungern manipulieren und vereinnahmen ließ und der leidenschaftlich kritisierte und polemisierte, ohne selbst, scheint es, Kritik ertragen zu können. Sein zum Unberechenbaren und Paradoxalen neigender Charakter und ein fataler Hang, Tabus zu brechen und sich über Normen und Regeln hinwegzusetzen, machten ihn auch in der Literatur zu einem – allerdings inspirierenden – Einzelgänger fern von Gruppen und Schulen. Deswegen pilgerte man aus der literarischen Metropole Prag zu ihm in sein selbstgewähltes Exil nach Tasov, seinen Geburtsort auf der Böhmisch-Mährischen Höhe.

Dort war der Rastlose 1922, nach etwa zwei Jahrzehnten Heimatlosigkeit, dank der Unterstützung von Freunden in einem eigens für ihn gebauten

Haus zur Ruhe gekommen. Der Großteil seines umfangreichen Werks enstand dort und wurde im Selbstverlag und oft in bibliophiler Aufmachung herausgegeben. In seiner bedingungslosen Wertschätzung des Buches dürfte ihn der Verleger bibliophiler Werke und »katholische Anarchist« Josef Florian (1873-1941) bestärkt haben, der u.a. Léon Bloy für die Tschechen entdeckte. Deml arbeitete von 1904 bis 1910 mit Florian in dessen »Buchmacherkommune« im mährischen Stará Říše (Altreisch), der »Wiege« des tschechischen Renouveau catholique, zusammen. Trotz der gegenseitigen Entfremdung wettert Deml 1920 ganz im Geist des Buchkünstlers, aber auch von Březina: » [...] mit geistigen Werten wie mit Kolonial- oder Kurzwaren zu handeln ist einfach unmenschlich [...]. Für mich ist ein Buch ein lebendiges Wesen [...] Herausgeben, zum Verkauf anbieten, aber auch drucken und setzen kann mein Buch nur ein Mensch, oder [...] ein Freund.«

Auf Grund der politischen und kulturellen Situation, insbesondere nach der kommunistischen Machtergreifung von 1948 mit dem verheerenden Feldzug gegen Geist und Kultur, der die kulturelle Elite aus dem öffentlichen Gedächtnis tilgte, ist Demls Œuvre in Tschechien bis heute in breiteren Leserschichten kaum bekannt, aber auch literarhistorisch nicht wirklich kanonisiert und somit wie sein Verfasser mehr eine Fama. Immer noch gilt die Einschätzung einer der großen Autoritäten des tschechischen Geisteslebens im 20. Jahrhundert, des Literaturkritikers und Verlegers Bedřich Fučík (1900-1984), der bis zu seinem Tod als unermüdlicher Propagator und verantwortungsvoller »Verwalter« des monumentalen Textcorpus das Andenken an Deml pflegte und an der durch Demls Empfindlichkeit nicht immer unproblematischen Freundschaft festhielt: »Demls Werk ragt aus der tschechischen Literatur empor wie ein ungeschlachter, mächtiger Felsblock voller Kanten, ein Felsen mit zahllosen Schichtungen und Spalten.«

Fučík, der in den dreißiger Jahren als Kritiker, Verleger und Entdecker von Talenten im Zentrum der Prager Literaturszene gestanden hatte, wurde 1960, kurz vor Demls Tod, als Opfer des Stalinismus aus rund zehnjähriger Gefangenschaft entlassen. Seitdem bemühte er sich um die Deml-Rezeption. Zusammen mit dem Bohemisten, Schriftsteller, Herausgeber und Übersetzer Vladimír Binar (geb. 1941), dem heute kundigsten Deml-Exegeten, stellte er in den siebziger Jahren eine vierzehnbändige Samisdatausgabe von etwa 10 000 Seiten fertig. Sie ist bis heute die einzige Werkausgabe und als Studienquelle unschätzbar, obwohl es sich nicht um eine Gesamtedition handelt. Sieben Anläufe zu einer Edition von Demls gesammelten Schriften waren, wie Fučík/Binar es im bibliographischen Begleitband ihrer Ausgabe beschreiben, seit 1931 gescheitert, die Originaltexte seit den fünfziger Jahren als libri prohibiti praktisch unzugänglich. Der skandalumwitterte Autor wurde schon in den sechziger Jahren zum Geheimtip eines kleinen Kreises von Adepten und zur »Kultfigur« des Underground und der Jugend, die sich wohl mit Demls Revolte gegen eine institutionalisierte Welt und menschenfeindliche Bürokratie identifizierte und zugleich seine literarische Originalität zu schätzen wußte. Nach der Niederschlagung des Prager Frühlings war dieses Phänomen in der kulturpolitisch restriktiven Ära der »Normalisierung« (1968 bis 1989) neuerlich zu beobachten. Hingegen scheint Deml in den neunziger Jahren an Anziehungskraft verloren zu haben. Und obwohl seit Ende des Kommunismus eine Reihe von Einzelwerken als Reprints, ein von Jindřich Chalupecký herausgegebener und von Jaroslav Med kommentierter Auswahlband (»Es leuchtet ein Traum«, Prag 1991), eine Werkübersicht von Jiří Olič (Olmütz 1993) und eine von diesem und Marek Nekula edierte Auswahl von Demls Korrespondenz aus den Jahren 1940 bis 1961 (Prag 1998) sowie etliche Studien erschienen sind, hat sich der unbefriedigende Stand der Rezeption nicht wirklich gebessert. Das mag auch daran liegen, daß sich, wie Fučík/Binar einräumten, selbst Fachleute im »Dschungel« der sich überschneidenden und gegenseitig durchdringenden Texte schwer zurechtfinden und das vieldeutige und widersprüchliche Werk sich der Einordnung ins Entwicklungsgefüge der tschechischen Literatur entzieht. Nicht zuletzt stellt die ästhetische und thematische Vielfalt von Demls Texten auch ein gewisses Hindernis dar, auf relativ kleinem Raum eine rundum informative, möglichst vielen Aspekten gerecht werdende und den Werkcharakter nicht verzeichnende Auswahl zusammenzustellen.

Immer waren es die namhaftesten Repräsentanten der tschechischen Literatur des 20. Jahrhunderts und selber innovatorische Autoren, die Demls Bedeutung und literarische Sprengkraft erkannten und ihm als einem virtuosen Sprachkünstler den gebührenden Respekt zollten: von den herausragenden Literaturkritikern František Xaver Šalda (1867-1937), von den Poeten Vladimír Holan (1905-1980), Jaroslav Seifert (1901-1986) und vor allem Vítězslav Nezval (1900-1958), ein Hauptrepräsentant der linksgerichteten »Devětsil«-Avantgarde der zwanziger Jahre des vorigen Jahrhunderts, dem der einer pietistischen katholischen Literatur zwar ferne, aber doch aus dem Geist und der Gedankenwelt des Katholizismus schöpfende und teils vom Spiritualismus beseelte Deml ideell eigentlich hätte fremd sein müssen. In aufrichtiger Bewunderung dafür, wie sich Deml über literarische Konventionen hinwegsetzte, bezeichnete er 1934 – damals war Nezval einer der führenden tschechischen Surrealisten – Deml als einen »jener wenigen Dichter, die schon lange vor der Entstehung des Surrealismus Surrealisten waren«, so wie »... Gérard de Nerval, Rimbaud, Lautréamont [...]. Noch lange, bevor sich die Surrealisten für den Traum zu interessieren begannen, pflegte Deml seine Träume aufzuzeichnen, und aus diesen Notizen entstanden überwältigende literarische Werke, deren Originalität so groß ist wie die Kraft ihrer Suggestivität.« Drei Jahre später kam Nezval in seiner Bestandaufnahme »Moderne Richtungen der Poesie« zu folgendem endgültigen Urteil: »Jakub Deml ist außer Karel Hynek Mácha der einzige Vorläufer des tschechischen Surrealismus, denn weder Otokar Březina noch Karel Hlaváček[1] haben in

---

1 Karel Hlaváček (1874-1898), führender tschechischer Repräsentant der symbolistischen Décadence-Dichtung.

ihren originellen Bildern in solchem Ausmaß auf nebensächliche logische Postulate und traditionelle Stilmittel verzichtet und gewagt, ihre Feder mit den unberechenbaren Schritten ihrer Phantasie verschmelzen zu lassen, wie Jakub Deml.«

In den sechziger Jahren wiederum begannen sich namhafte Literaturtheoretiker und Literaten wie Jindřich Chalupecký (1910-1990), der als erster auf die Ähnlichkeit zu Wassili Rosanow (1856-1919) hinweisende Jiří Němec (geb. 1932) und der Dichter Zbyněk Hejda (geb. 1930) für Demls Schaffen zu interessieren, und als prominentester Autor Bohumil Hrabal (1914-1997), der ein für Deml charakteristisches Verfahren, den oralen Stil, zu seinem dominanten Kunstgriff erhoben hatte. Daß er einer repräsentativen Auswahl seiner tschechischen Lieblingsautoren – »Bohumil Hrabals Lesebuch« (1967, deutsch 1969) – Demls zentrale Passage über die Vielfalt der Wahrheit aus dem »Vergessenen Licht« (1934) voranstellte und einen längeren Auszug aus diesem damals unzugänglichen Buch darin aufnahm, legt nahe, daß er von Deml, dessen Schnittechnik er zur gleichen Zeit in einer Literaturzeitschrift mit jener Fellinis verglich, sowohl formal als auch inhaltlich angetan war und sich ihm wesensverwandt fühlte.

Tatsächlich war Deml ein geradezu fanatischer Verfechter der Wahrheit, allerdings einem Wahrheitsbegriff anhängend, der der Vorstellung einer absoluten, für alle gültigen und geschönten Wahrheit zuwiderlief, eine Problematik, die in der tschechischen Literatur von Karel Čapek (1890-1938) über Milan Kundera (geb. 1929) bis zu Václav Havel (geb. 1936) immer wieder aufgegriffen wurde und die in einer Gesellschaft mit von oben verordneter Ideologie immer neue Nahrung und Aktualität erhielt.

Demls Wahrheits- beziehungsweise Aufrichtigkeitsbesessenheit hatte sich, wie in »Heim!« ersichtlich, schon in seinen frühen Schriften abgezeichnet und seine Konflikte mit der Kirche geprägt, pervertierte aber mit der Zeit zu einer oft selbstherrlich anmutenden kritischen Attitüde, durch die er sich zu ungerechten und bissigen Attacken hinreißen ließ. Zu den Ausfällen gegen historisch nicht relevante Personen, aber auch Freunde und Schriftstellerkollegen, den lebenslangen Querelen mit der Amtskirche, den Hieben gegen die akademische Welt mit ihrem positivistischen, aufklärerischen Elan, kamen auch Rundumschläge in alle politischen Richtungen, vor allem gegen den Kommunismus. Am beschämendsten und dem sonstigen Niveau seines Œuvres absolut unangemessen sind seine schockierenden antisemitischen Äußerungen, die im Widerspruch stehen zu seiner Bekanntschaft mit Juden und der an anderen Stellen geäußerten Wertschätzung von Juden sowie dazu, daß die jüdisch-alttestamentarische Tradition in seinen Texten prägenden Niederschlag fand. All das trug ihm nicht nur den Ruf eines Kritikasters und Pamphletisten ein, sondern nach Erscheinen seines mit ganz schonungsloser Offenheit verfaßten Erinnerungsbuches an den 1929 verstorbenen Březina – »Mein Zeugnis von Otokar Březina« (1931) – wurde er allgemein geächtet. Der von der Öffentlichkeit noch vor nicht allzu langer Zeit auf das Piedestal gehobene, über die profane Welt scheinbar erhabene

Dichter war nach Demls Beschreibung in vielen Belangen ein provinzieller Kleingeist. Demls Anfeindungen der Juden wiederum hatten, wie es Fučík/Binar im Kommentar zu Band 8 der Samisdatausgabe (1978) ausführen, bereits in den zwanziger Jahren eingesetzt und Züge des auf das 19. Jahrhundert zurückgehenden sozial und national begründeten Antisemitismus gehabt, wie er sich auch bei so berühmten Autoren wie Jan Neruda u.a. manifestierte. Unter Březinas Einfluß, vermuten Demls Herausgeber, weiteten sie sich ab Anfang der dreißiger Jahre auf den geistigen und religiösen Bereich aus und wandelten sich schließlich durch die gegen Deml gestartete Hetzkampagne nach Veröffentlichung und Konfiskation des »Vergessenen Lichts« zu unkontrollierten Schattenprojektionen insbesondere auf Juden, die er einerseits der angeblichen Dominanz im kulturellen und literarischen Leben wegen verunglimpfte, sie aber auch – ähnlich wie die Freimaurer – pauschal für alles Negative verantwortlich machte. Diese haßerfüllte Orgie kulminierte in Band XXV der »Fußspuren« (1940), derentwegen u.a. nach 1945 gegen Deml gerichtlich ermittelt wurde, ohne daß es zu einer Verurteilung gekommen wäre. Demls Antisemitismus ist ein Kapitel seiner Persönlichkeit und seines Werks, bei dem er zwar nicht exkulpiert werden kann, das aber – wie die meisten seiner tschechischen Interpreten, ohne etwas beschönigen zu wollen, betonen – nur nach einer umfassenden Untersuchung sämtlicher dazu existierender Quellen endgültig beurteilt werden kann.

Nicht befriedigend geklärt ist auch Demls angebliche »Nazikollaboration«, wie der Bohemist

Marek Nekula 1998[2] unter Hinweis auf Demls Publikationsverbot während der Kriegszeit und seine durch private Korrespondenz belegbare Ablehnung des Protektorats erklärt. Ein diesbezügliches Verfahren im Jahre 1948, das durch den damals zum kommunistischen Staatsdichter avancierten Nezval wesentlich beeinflußt wurde, führte zu keinem Schuldspruch.

Andererseits wird, wie es im Motto dieser Studie anklingt, das vor allem in den »Fußspuren« 1917 bis 1941 und später in der Privatkorrespondenz in der Art eines Puzzles entworfene Panorama der tschechischen Gesellschaft von der Gründung der Republik bis zur Volksdemokratie wie ein Zerrspiegel anmuten, aus dem das in Geschichtsbüchern ausgesparte, ungeschminkte Antlitz der Nation hervorblickt. Medium und Advocatus Diaboli in einer Person, holt der Autor in Verletzung des allgemeinen Konsenses mit traumwandlerischer Sicherheit Schattenseiten und kollektiv verdrängte Komplexe ans Licht, was die tschechische Öffentlichkeit irritiert haben dürfte bei ihrem vielleicht sogar unbewußten Bemühen, aus dem jungen Staatsgebilde nach 1918 einen nationalen Mythos zu konstruieren oder wenigstens zu einem Selbstbild zu finden. Das gilt wohl auch für jene Nummer der »Fußspuren« (XIII), in die Deml 1930 seine Kritik an den Verhältnissen in der Ersten Republik und an dem (ihn aber trotz gelegentlicher Mei-

2 M. Nekula, *Jakub Deml zwischen »Österreichisch«, »Tschechisch«, »Deutsch«*, in: *Brücken*, Neue Folge 6, hrsg. von M. Berger, K. Krolop, M. Papsonová, Prag/Prešov 1998, S. 3-31.

nungsverschiedenheiten immer wieder auch finanziell unterstützenden) Präsidenten Masaryk einfließen ließ und die konfisziert wurde.

Das Hauptthema von Demls Werk waren im Grunde immer nur er selbst und sein eigenes Leben, wohl aber stets in Beziehung gesetzt zu seiner engeren Umgebung und zum gesellschaftlichen Hintergrund. Der Hauptschauplatz, um den er seinen Mythos von Heimat rankte, allerdings Heimat im engeren Sinne als Geburtsort und heimatliche Landschaft, war Tasov, von dem er 1948 einem Freund gegenüber bemerkte: »Ich habe angeblich ›eine Reihe von Büchern‹ geschrieben. Sie, teurer Freund, wissen, daß ich nur ein einziges Buch schreibe. Und falls es möglich wäre, würde ich es in ein einziges Wort fassen. TASOV.« Von einigen Reisen nach Italien, Dalmatien und Deutschland abgesehen, die wie auch kurze Abstecher u.a. ins steirische Ehrenhausen und nach Wien Niederschlag in seiner Literatur fanden, fungiert dieser Ort mit seiner Umgebung als wichtigste Kulisse seiner Bücher, während Prag als Großstadt den negativen Gegenpol bildet, ohne daß Deml deshalb als Ruralist oder Vertreter einer Blut-und-Boden-Literatur einzustufen wäre.

Tasov und der Geschichte seiner Familie, mit Betonung der eigenen Kindheit, widmete Deml in den zwanziger Jahren gleich mehrere Publikationen, vor allem »Grabhügel« und »Schlagader« (beide 1926), denen 1932 als Nachzügler »Gruß aus Tasov« folgte. Aus dieser beschaulichen Periode von Demls Leben in den zwanziger Jahren ging auch die Prosasammlung »Flugloch« (1924) hervor, in der sich der Dichter unter anderem als ein erstaunlich moderner Umweltschützer erweist. Entgegen diesen Beschreibungen dokumentarischen Charakters ist der 1935 in Dubrovnik und auf der Insel Koločep niedergeschriebene und angeblich Jan Čep (1902-1974) gewidmete Text »Heimat« (1936) die literarische Transkription einer zum Komplex verdichteten seelischen Befindlichkeit und wurde zu einem Zeitpunkt verfaßt, als sich Deml nach allen Affären in der ersten Hälfte der dreißiger Jahre aus der Heimat vertrieben fühlte und sich auch bewußt von seinem Vaterland und seinem Tschechentum distanzierte. Während ihm aber früher auf Grund seiner dem Großvater nach deutschen Herkunft der Wechsel der Identität offengestanden hätte, war ihm durch die Zurückweisung durch die deutsch-österreichische Katharina Gräfin von Sweerts-Sporck (1895-1945), Inspiratorin des »Vergessenen Lichts«, dieser Fluchtweg vergällt, was er dort auch direkt ansprach: »Daß mich das tschechische Volk verleugnet, daß es mich verläßt, verläßt und verrät, überrascht mich nicht einmal, daß aber auch das deutsche Volk mir das antut, entsetzt mich, weil ich dem Volk, aus dem mein Großvater hervorging, eine weit höhere Intelligenz und eine weit höhere Sittlichkeit beigemessen hatte.«

Zu der Zeit, als Deml während seines dritten Dalmatienaufenthalts (1935) die ihm von Katherina Sweerts-Sporck und dem tschechischen Volk zugefügten seelischen Wunden zu heilen versuchte, war längst eine neue Muse auf den Plan getreten, die achtzehnjährige Marie Rosa Junová (geb. 1917), die Dialogpartnerin von »Jugo« (1936). Sie nahm sich des

Haushalts des zum damaligen Zeitpunkt hochverschuldeten Deml und seiner literarischen Geschäfte mit angeblich so energischer Hand an, daß sie ihm rasch viele treue Freunde entfremdete, doch sie stand ihm bis Ende der fünfziger Jahre aufopfernd und hilfreich zur Seite.

Demls Hauptwerke waren zu diesem Zeitpunkt geschrieben: Jene lichterfüllten, in die er seine Liebe zu den Menschen, zur Natur und zu allem Kreatürlichen legte, wie die seit der Erstausgabe (1913) mehrmals erweiterten Blumengedichte »Meine Freunde« und die Tasov und seiner Familie gewidmeten Texte aus den zwanziger Jahren, und jene Werke, in die er seine Ängste und Schatten transformierte, vor allem »Die Burg des Todes« (1912) und »Der Totentanz« (1914), die er 1929 zusammen mit später entstandenen Texten unter dem Titel »Mein Fegefeuer« herausgab. Den Höhepunkt seines Schaffens, den die »lyrische Symphonie« »Das vergessene Licht« darstellt, hatte er paradoxerweise zu einem Zeitpunkt erreicht, als es ihm am schlechtesten ging. Mit dem 1978 erstmals im Wiener Slawistischen Almanach abgedruckten »Herbsttraum« (1951), in dem er einen Besuch bei den aus ihren Klöstern vertriebenen, in einem stalinistischen Lager internierten Ordensbrüdern beschreibt, endet praktisch Demls Werk. Das allerletzte Kapitel sind die »Eisblumen«, mit denen er 1959 den Schlußpunkt hinter das Buch »Meine Freunde« setzte. Am 10.2.1961 – ein Jahr zuvor waren seine Freunde Jan Zahradníček (1905-1960), Bedřich Fučík u.a. nach einem Jahrzehnt stalinistischer Gefangenschaft durch eine Generalamnestie freigekommen – starb Jakub

Deml im Krankenhaus von Třebíč. An dem großen Begräbnis nahmen, was Bedřich Fučík in seinen Deml-Essays[3] als groteske Farce beschreibt, über fünfzig Priester teil. Die Hinterlassenschaft Demls, dieses überragenden tschechischen Wortkünstlers, bestand aus seinem Haus, Büchern, wertlosen Gegenständen des täglichen Gebrauchs, 7 Kubikmetern Kohle und 124,10 Kronen Bargeld.[4]

---

3 B. Fučík, *Čtrnáctero zastavení* (*Vierzehn Stationen*), hrsg. von V. Binar und Mojmír Trávníček, Prag 1992, S. 89-115.

4 Vgl. J. Olič, *Čtení o Jakubu Demlovi* (*Lektüre über J. Deml*), Olmütz 1993, S. 173.

Zur Aussprache tschechischer Namen

Die Betonung liegt im Tschechischen auf der ersten Silbe. Die Vokale á, é, í, ó, ú (ů) und ý sind lang; a, e, i, o, u, y sind kurz; ou ist ein Diphthong (o + u, nicht u). Vom deutschen Alphabet abweichende Laute:

c – z
č – tsch
ď – dj
ě – je
ň – nj
ř – Verschmelzung von r und sch
s – stimmloses s
š – stimmloses sch
ť – tj
z – stimmhaftes s
ž – stimmhaftes sch (französisch »journal«)

Zu beachten ist ferner, daß »ch« immer wie deutsch »ch« (ach) zu sprechen ist; vor i und ě werden t, d, und n palatalisiert.

Zu dieser Ausgabe:

Für die Übersetzung wurden folgende Ausgaben benutzt:

První světla (*Erste Lichter*, 1. Ausg. 1907 mit Titel *Notantur lumina*, 2. erw. Ausg., Jinošov 1917), 3. Ausg., Tasov 1931, S. 53 f., 81 ff.

Domů (*Heim!*, 1. Ausg. 1913), nakl. Jota & Arca Jimfa, Brünn 1990 (Reprint von *Domů*, 2. Ausg., Tasov 1928), S. 5, 7 f., 18-28.

Za našimi větami (*Hinter unseren Sätzen*), aus: *Česno* (*Flugloch*, 1. Ausg. 1924), in: J. Deml, *Rodný kraj* (*Heimat*), zusammengestellt von Miloš Dvořák und Bedřich Fučík, nakl. Československý spisovatel, Prag 1967, S. 175 f.

Hrad smrti (*Die Burg des Todes*, 1. Ausg. 1912), in: J. Deml, *Můj očistec* (*Mein Fegefeuer*), nakl. Škeřík, Prag 1929, S. 9-50.

Bílý medvěd (*Der weiße Bär*, 1. Ausg. in: J. Deml, *Tanec smrti* (*Der Totentanz*), 1914), in: J. Deml, Můj očistec, S. 61-64.

Orlové (*Die Adler*, 1. Ausg. in: J. Deml, *Tanec smrti* (*Der Totentanz*), 1914), in: J. Deml, *Můj očistec*, S. 67-82.

Cizinec (*Der Fremde*, 1. Ausg. in: J. Deml, *Tanec smrti* (*Der Totentanz*), 1914), in: J. Deml, *Můj očistec*, S. 97-110.

Hrající revolver (*Der spielende Revolver*, 1. Ausg. in: J. Deml, *Tanec smrti* (*Der Totentanz*), 1914), in: J. Deml, *Můj očistec*, S. 111-125.

O Benediktu XV. … (*Über Benedikt XV.* …, 1. Ausgabe zum Teil in: *Šlépěje* (*Fußspuren*) II, 1918, und in: J. Deml, *Česno* (*Flugloch*), 1924), in: J. Deml, *Můj očistec*, S. 159-166.

Kostel (*Die Kirche*, 1. Ausg. in: J. Deml, *Česno* (*Flugloch*), 1924), in: J. Deml, *Můj očistec*, S. 169-178.

Vražda (*Der Mord*, 1. Ausg. in: *Tvar* (*Die Form*), 2. Jg., 1928), in: J. Deml, *Můj očistec*, S. 195-212.

Sny o Praze (*Träume von Prag*), in: J. Deml, *Můj očistec*, S. 223-238.

Nebe se jiskří mlékem (*Der Himmel glitzert vor Milch*, 1. Ausg. in: *Umění Slovanů*, Jg. 1923 (Bratislava), Nr. 1, S. 61), in: J. Deml, *Moji přátelé* (*Meine Freunde*), Rukopisy VBF (Samisdat, hrsg. von Vladimír Binar und Bedřich Fučík), Bd. 1, Prag 1980, S. 296 f.

Moji přátelé (*Meine Freunde*, 1. Ausg. 1913, 2. Ausg. 1917, definitive Form: 8. Ausg. 1967), in: J. Deml, *Miriam – Moji přátelé* (*Miriam – Meine Freunde*), hrsg. von V. Binar, nakl. Odeon, Prag 1990, S. 159-169, 175 f., 178-186, 199.

Šlépěje (*Fußspuren*) I, Jinošov 1917, S. 5-10, 21-27, 51.

Tanec smrti (Der Totentanz, Widmung für B. Fučík vom 16.2.1927 in der 1. Ausg. von Demls *Totentanz*, 1914), in: J. Deml, *Můj očistec* (*Mein Fegefeuer*), Rukopisy VBF), Bd. 2, Prag o.J., S. 214.

Tepna (*Schlagader*, 1. Ausg. 1926), in: J. Deml, *Rodný kraj* (*Heimat*), zusammengestellt von Miloš Dvořák und Bedřich Fučík, nakl. Československý spisovatel, Prag 1967, S. 129-134.

Pojďme za Šlépějemi (Laßt uns den Fußspuren folgen, in: *Šlépěje* (*Fußspuren*) XX, 1934), in: J. Deml, *Tepna* (*Schlagader*), Rukopisy VBF, Bd. 7, Prag 1978, S. 461-464.

Zapomenuté světlo (*Das vergessene Licht*, 1. Ausg. 1934), Nachdruck des Verlags Victoria Aeterna, Wien 1985, S. 7 f., 54-74.

Das Lied eines wahnsinnig gewordenen Soldaten, Strophe XIV (1. Ausg. 1935), in: J. Deml, *Píseň vojína šílence* (tschech.-deutsch), nakl. Emanuel Ranný, Nehradov/Třebíč 1996 (ohne Pag.).

Šlépěje (*Fußspuren*) XXIII, 1937), in: J. Deml, *Není dálky* (*Es gibt keine Ferne*), Rukopisy VBF, Bd. 8, Prag 1978, S. 225-237.

Rodný kraj (*Heimat*, 1. Ausg. 1936), in: J. Deml, *Pozdrav Tasova – Rodný kraj* (*Gruß an Tasov – Heimat*), nakl. Jota & Arca Jimfa, Brünn, 1991, S. 38-61.

Folgende Texte wurden der Ausgabe: Jakub Deml, *Unheilige Visionen aus Tasov.* Prosa und Dichtungen, Auswahl und Übersetzung aus dem Tschechischen von Christa Rothmeier, Nachworte von Christa Rothmeier und Max Blaeulich, deutschsprachige Erstausgabe, © 1993 by Wieser Verlag, Klagenfurt/Celovec, entnommen und von der Übersetzerin überarbeitet: *Die Burg des Todes*, *Der weiße Bär*, *Der Fremde*, *Über Benedikt XV. …*, *Die Kirche*, *Der Mord*, *Träume von Prag*, *Der Himmel glitzert vor Milch*, *Widmungsgedicht*, *Heimat*, 31 Blumenapostrophen aus *Meine Freunde.*

Den Essay von Vladimír Binar *Jakub Deml, Schöpfer eines unbekannten Meisterwerks* übersetzte Christa Rothmeier.

Der Essay von Christa Rothmeier *Jakub Deml, Dichter zwischen Licht und Schatten* ist eine überarbeitete und erweiterte Fassung ihres Nachworts *J. Deml, der Sprachmagier aus Mähren* in der genannten Wieser-Ausgabe.

Inhalt

Bibliografische Information Der Deutschen Bibliothek

Die Deutsche Bibliothek verzeichnet diese Publikation in der Deutschen Nationalbibliografie; detaillierte bibliografische Daten sind im Internet über ⟨http://dnb.ddb.de⟩ abrufbar.

Satz: Wallstein Verlag, Göttingen
Druck und Bindearbeit: Clausen & Bosse, Leck
Printed in Germany
ISBN 3-421-05259-x